JN240966

『とあるリスナーのその後』

MoBthread
「ちなみにファンの目から見て最近の脱サラ君の配信はいかがでしょうかね」

「まあ、いつも通りじゃない？　あ、でもよくファンスレとかじゃあ『虚無配信』だとか言う人をよく見るんだけれども、あの人たちは多分本当にあの人の配信をずっと見てるわけじゃなくて一部だけ見ただけで判断しているか、そもそも視聴すらしてない人たちだと思うのよね。ずっと見ていればわかる話なんだけれども、（以下略）」

「お、おう……きゅ、急に語るやん。ごめん、愛を試すようなことして」

gckineki/

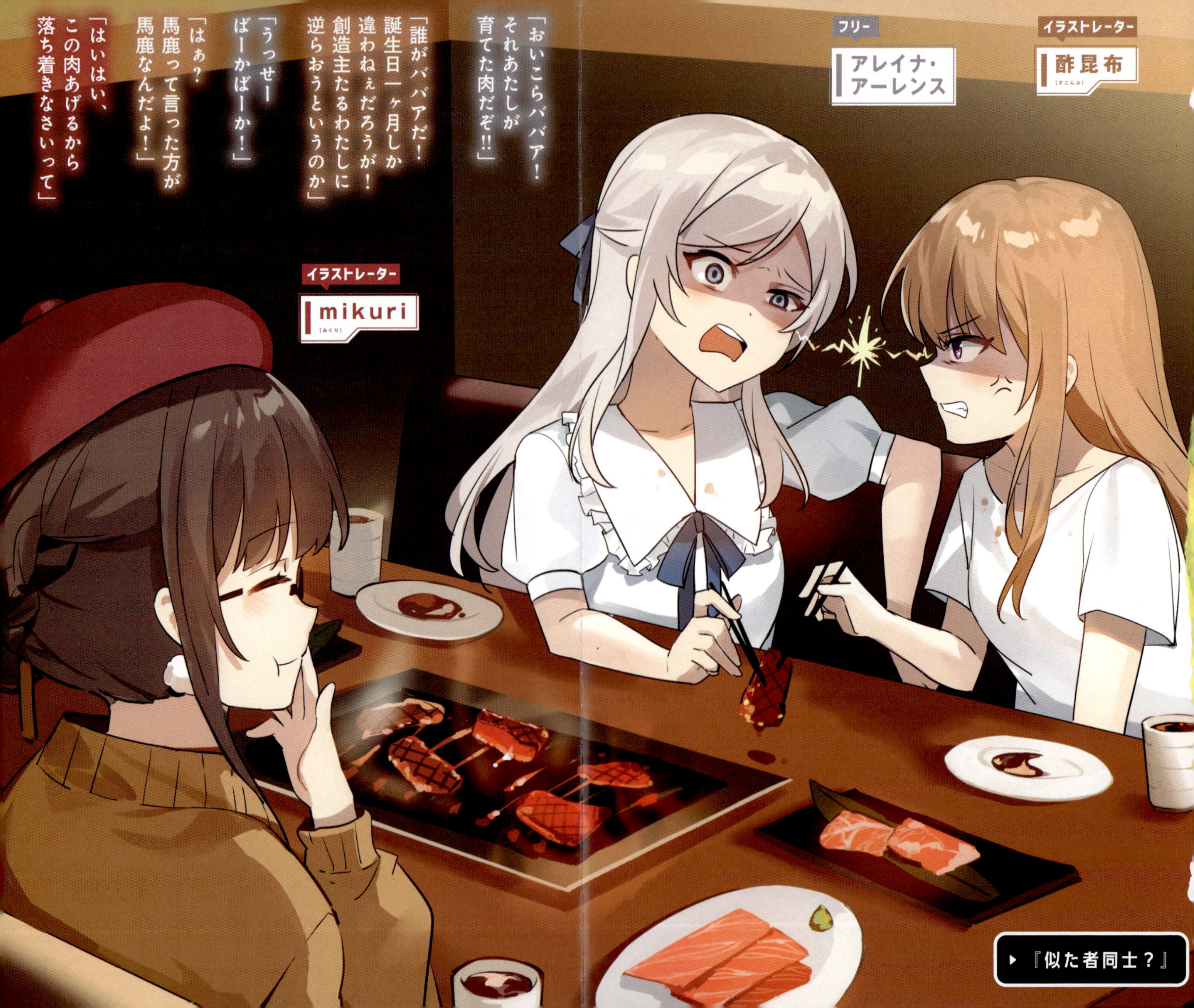
フリー
アレイナ・アーレンス
イラストレーター
酢昆布
【すこんぶ】
イラストレーター
mikuri
【みくり】
「おいこらババア！それあたしが育てた肉だぞ!!」
「誰がババアだ！誕生日一ヶ月しか違わねぇだろうが！創造主たるわたしに逆らおうというのか」
「うっせーばーかばーか！」
「はぁ？馬鹿って言った方が馬鹿なんだよ！」
「はいはい、この肉あげるから落ち着きなさいって」
『似た者同士？』

アラサーがVTuberになった話。

Around 30 years old became VTuber.

サブチャンネル

Subchannel

とくめい

[Illustration] カラスBTK

【Illustration】カラスBTK

Contents

Around 30 years old became VTuber. Subchannel

プロローグ

【10月×日】

「もうそんなに経つのか……」

　月が変わった自室のカレンダーをめくる。バーチャルタレントグループ『あんだーらいぶ』所属の男性ＶＴｕｂｅｒ――神坂怜としてデビューしてからもう随分と時間が経った。体感としてはほんの少し前にデビューしたばかりなのだが。もう半年以上が経過してしまっているが、もし1年前の自分に「お前ＶＴｕｂｅｒとして配信活動してるぞ」だなんて言ったところで、「えっ、ぶいなんだって?」と返答する自分の姿があるに違いない。去年の今頃は『ＶＴｕｂｅｒ』という存在すら知らなかったのだ。

　机の中にあるメモや日記として使っている手帳を取り出してパラパラとめくりはじめてみると、その書き出しである1月から2月は特に酷い有様だ。まるで蚯蚓ののたくったような文字で、「疲れた」「妹は元気だろうか」「妹に会いたい」だとか一文のみ綴られた、日記と言って良いのかどうかよく分からないものだった。土日祝日も関係なくぎっちり仕事の納期がスケジューリングされており、今見返してみると、よくもまああんな生活を続けていたものだと思う。あの頃はそれが正しい、それが当たり前だと思っていた。

あの頃の外注業者さんとかには随分と迷惑を掛けてしまったものだ。退職後、何社かお世話になったところにはあんだーらいぶの事務所に用事があって上京するついでに挨拶に伺った。志半ばって表現は正しくはないだろうが、仕事を途中で投げ出したという事は事実なわけで。ところが、どこも退職したことを責めるような人はいなかった。寧ろ「いやぁ、そりゃあそうなりますよねぇ」「大変でしたね」との反応が返って来た。当時の私って第三者目線では相当だったらしい。自覚が全然なかったと言えば嘘になるが、それほどとは思わなんだ。そして今何をやっているか？　と行く先々で問われ、毎回『ネットで商品ＰＲとかやっています』と答えている。嘘は吐いていない。説明が不足してはいるけれども。顔出しでのＹｏｕｒＴｕｂｅｒや個人Ｖで配信活動をしているのであれば、素直に彼らの質問に答えるところだが……生憎、企業所属としておいそれとは職業を明かせないのである。

「今度はここの製作所さんに挨拶に行くか……しかし３月に入って露骨に文章量増えてるな。実家に出戻りしてＶＴｕｂｅｒデビューする頃か」

　手帳のページをめくり進めていくと２月、３月は家族との話題。妹と買い物に行った話。妹がどんな料理を食べてくれたか。このあたりは未だに変わらないけれども……だがＶとして活動を始めてからの内容になると家族以外の話題が急に増え始めた。最初にコラボしてくださった柊先輩。イラストを担当してくださったｍｉｋｕｒｉママ、そして私なんかを推しと言ってくださる酢昆布ネキ。私の炎上のせいで急遽デビューすることになったブラン嬢と日野嬢。それからイベント代打として出演して以降、仲良くしてくださっている宵闇先輩。ボイスの台本や声劇などでお世話になった羽澄先輩。こんな私を色々な企画に巻き込んで盛り上げてくださった獅堂（しどう）先輩。あとは存在だけで面白い新戸（あらと）先輩。そして新人としてデビューして私を慕（した）ってくれている御影（みかげ）君に東雲（しののめ）さん。初めて事務所外でコラボさせていただいたアーレンス嬢、と挙げていけばキリがない。仕事上で付き合いは前職でも当然のようにあったが、今ほど親しい関係を持った経験はあまりない。それこそ配信もしないのに同僚と一緒に食事に行ったり、特に目的や中身のないトークで数時間もお喋（しゃべ）りすることなども初めての経験だった。配信活動もそうだが、この歳（とし）になって初めての事が多くて私はとても充実しているのだと思う。あまりにも恵まれた環境で、だからこそ今のこの時間が何よりも愛（いと）おしく思えてしまう。願わくば他の皆さんもそうであってほしいが……表に出ていないだけできっと私以上に様々な騒動や出来事があるはずだ。人の数だけそれぞれの物語があるとか言うとそれっぽいだろうか？　それを私が知ることはないんだろうけれども。

「あれ……もしかしなくても私という存在が足を引っ張っている可能性があるのでは……？」

炎上している時よりよっぽど胃が痛くなった。

【2月×日】

「え……?」

手に持っていたティーカップを思わず落としそうになってしまった。2月某日。その日、年の離れた兄が路上で倒れて病院に緊急搬送されたという一報が届いた。頭が真っ白になった。兄とは一時険悪な時期もあったけれども、色々あって今は他の家庭の兄妹と同じくらいか、もう少しだけ仲の良いくらいの関係だ。そんな身近な存在――家族がそんなことになるなんて生まれて初めてだったので、思考がフリーズしてしまった。

「大丈夫?」

「だ、だいじょうぶだよ」

困惑する様子を心配したママがわたしの手を握ってくれるが、その手は僅(わず)かに震えていた。きっとわたしと同じかそれ以上に狼狽(ろうばい)していたはず。それでも娘であるわたしの前でそんな姿を見せまいと気丈に振る舞ってくれているのが分かって思わず泣きそうになるが、ぐっと堪(こら)える。泣いたところで何かが解決するわけではない。

「この時間ならまだ終電に間に合う」

「そう、ね……着替えとか、思いつく限りの物持って行きましょうか」

ママの肩をポンと軽く手を置いてパパが落ち着いた口調で言う。確かにこの時間ならまだ新幹線があるはず……スマホの電車の乗り換え案内アプリを使って調べてみると確かにまだ最後の1本が残っていた。

「わたしも行く。チケット3人分ネットで取るね」

「頼む。そういうの苦手でな……」

パパはわたしも同行することを了承してくれた。今までぼんやりと東京に遊びに行きたいとか言っていたが、まさかこんな形で上京することになるだなんて思ってもみなかった。わたしが行っても何の役にも立たないかもしれない。いや、きっと何の役にも立たない。

でも、自宅で留守番していても何も手につかないのは目に見えていた。せめてできる事を——と思い、スマホで新幹線のチケットを確保する。パパが「このカードを使え」と財布から取り出してこっちに渡して来てくれたのは、家族で使える専用のクレジットカードではなく、銀行のキャッシュカードだった。そのことを指摘すると一瞬固まってから「間違えた」と一言だけ呟（つぶや）いてクレカを取り出した。家族全員が兄の件で混乱していた。だって家族なんだよ？いくら離れて暮らしていたって大事な人で、我が家にとってはいなくちゃダメなんだ。

移動中の車内ではほとんど会話はなかった。兄とはここ最近はまともに会えてもなく、ゴールデンウィークにお盆休み、年末年始すらも実家に帰省することがなく、ずっと「仕事が忙しい」とだけ言っていた。でもこんなことは予想していなかった。

普段仕事で忙しくて疲れていて、実家に帰らず自宅でゆっくり過ごしているものかと思っていた。便りがないのは実生活が充実していて、それこそ良いお相手がいるからだとか、そういう事すら想像していたのだが……まさか休みもほとんどなく働き詰めで、過労で倒れるほどだったなんて思っていなかった。

でもあの兄の性格を考えれば、そのくらい想像できたはずだ。頼まれると断れない。自分よりも他人を優先してしまう。異常なほどに自分に厳しく他人に優しい性格。それは過去の出来事が原因だ。イジメに遭った事や信じていた人に裏切られた事などは挙げればキリがないが、おおよそ思いつく限りの不幸をその身に受けたんじゃないかと思うくらいの人だ。お人好しだからか、兄を利用しようとする人が沢山いる。あの人はそれに腹を立てたりしない、作り笑顔で許してしまう。その方が効率的だからだ。おまけに何をやっても卒なくこなせてしまうので、尚更にそんな兄を利用する人が多いのだろう。

周囲から余計な仕事を押し付けられているのか、あるいは自ら進んでそれを受け入れたのか……だからってこんなことになるまで……！　そんな風なモヤモヤとした感情を抱えながら3人で移動したのだった。

【2月×日】

病室にいた兄は以前会った時とは随分と印象が変わった、顔はやつれている上に目の下のクマが酷い事になっていた。とても平気なようには見えない。こんな状態の兄を周囲の人間は良しとしていたのか。見て見ぬフリをしていたのか。思わず唇を噛んでしまう。どうしてお兄ちゃんがこんな目に遭わなくちゃならないのだろうか、神様がいるのなら直訴したい。どうなっているんだ、と。

過去のあれだけでも充分だろうに、これ以上どうして……お医者さんからこんな生活を続けていたら間違いなく取り返しがつかない事になっていたという話を聞かされた。周囲の人――特にご家族の皆さんがしっかりと見守ってあげてくださいと釘を刺された。お医者さんが言う取り返しのつかない最悪の事態を思わず想像する。そして今、こうして無事な姿ではないが生きていてくれた……そう思うと自然と涙が溢れていた。家では我慢していたが、もう抑えきれなかった。

「……ぁ？」

僅かに声がした。わたしのものでもないし、パパとママのものでもない。皆でベッドを取り囲むようにして寄り添ってみると、兄は目を開いて周囲を観察して今の自分の置かれている状況把握に努めている様子だった。「はぁ」とわたしたちは安堵のため息を漏らすのだった。

「おかえり」

「ああ――ただいま」

パパの「おかえり」の言葉を聞いてどこか安心したような、あるいは何かを諦めたような、そんな表情を見せてから「ああ――ただいま」と答えた。家族だから、お兄ちゃんの妹であるから分かるんだけれども、心配するわたしたちを安心させるために作った笑顔だった。そんな姿を見て余計に涙が込み上げてくる。

「おにいちゃんのばかばか！」

「ごめん、ごめん」

きっと病院のスタッフさんとかにも見られてしまったと思うが、それでもわたしはお兄ちゃんの胸に抱き着いてポカポカと叩きながら泣き喚いていた。大丈夫だ。温かい。ちゃんと生きてる。それを確かめてしばらくしてから、緊張の糸が切れたようにして病院のソファーの上で眠ってしまった。仕方がないじゃない、移動中だって一睡もできてなかったんだから。何にせよ、良かった……。

【2月×日】

先日は良かったとか言ったけれども、あまり良くなかった。意識が戻って真っ先にお兄ちゃんがやったのは仕事関係の連絡だった。もうこれには流石に一家でお説教した。でも当人は「受けていた仕事だけは最低限始末を付けなくちゃいけない」と、会社と関係先に謝罪や引継ぎ作業などを行っていたらしい。

傍で眺めていると——謝罪、謝罪、謝罪。聞いているこっちの方が胃が痛くなりそうだった。社会に出るってこういう事なんだろうか？　恐らくお兄ちゃんの場合は自分が折れて謝り倒しておいた方が『効率が良い』くらいの認識なのかもしれないが、そういうのも確実に心に積み重なってじわりじわりと自分を苦しめているという自覚はないのだろうか。というかこんな状態になっている兄に対して、無理させずに休ませようだとかそういうのはないんだろうか、あの会社……。

でも自分の会社とは違って、取引先とか下請けの工場さんのところはかなりお兄ちゃんの事を心配してくれていたらしい。しきりに体調を心配して、連絡なんて良いから休むように忠告してくれるところもあった。身内よりも他所の方が気に掛けてくれるって、やっぱりお兄ちゃんの会社って相当ブラックなんじゃん……スマホで会社名調べたら、検索候補にブラックという単語が出てきて思わず顔をしかめてしまった。そこそこ有名なところのはずなのに、世の中の恐ろしさの一端を見てしまった気がする。給与自体は悪くはなかったらしいが、体調崩してちゃ何の意味もないじゃない。

　結局わたしたちやお医者さんの説得の結果、兄は退職することになった。借りていたアパートを退去して、実家――つまりわたしたちの家に戻って来た。4人全員が揃って生活するのは本当に久しぶりで、お兄ちゃんが戻った日はパパがかなりお高めのお寿司を取っていた。でもその日の食卓でお兄ちゃんが一番美味しいと言っていたのは、ママが作った味噌汁だった。

「インスタントや外食で温かいご飯もそれなりに食べてはいたけれども……それとはまた違う温かい食事は久しぶりだったからさ」

「そう――ちゃんとお出汁とってるんだからね」

「あ、やっぱり？　明日から私も手伝うよ。ここ最近、全然料理とかできてなかったからさ。多分腕も鈍ってるだろうし」

「……じゃあお任せしちゃおうかしら」

　一瞬ママは多分無理させまいと断ろうとしたんだと思うけれども、それを断ると兄が罪悪感を抱きかねないと判断して家事をいくらかリハビリがてら担当してもらうことになった。性格的に何もせずに家にいるっていう事が苦痛になりかねない。それに昔から家事とか好きでやっているところがあったし、料理の腕もかなりのものだった。

「じゃあ、今度のモーニングでフレンチトースト作って！」

「そんな小洒落た物を所望するようになったのか。トーストにあんことマーガリンで喜んでいた時代が懐かしいよ、私」

「なによそれぇ。ね、お願い」

「はいはい、分かりましたよ。マイレディ」

こんな軽口が叩けるという事を幸せに感じた事なんて今まで生きてきた中で初めてな気がする……ちなみにフレンチトーストを食べたかったのは単なるわたしの願望。悪い？

ちなみに、トーストにあんことマーガリンも今でも好きだし、たまにやる。


【2月×日】


翌日。本当にフレンチトーストが出来ていた。しかもわたしが起きるのを見計らって作ってくれた出来立てで熱々。さらにミルクたっぷりロイヤルミルクティーまでセットときた。キツネ色の良い焼き加減のトーストにバターの香りが鼻をくすぐり、思わずごくりと唾を飲む。しかし、こんな小洒落た皿ウチにあったっけ？　あとこんな盛り方する人だったろうか。料理自体は前から上手だったのは間違いないんだけれども。

「こんなお皿ウチにあったっけ？」

「ああ……それは私のところから持ってきたやつ。ほとんど使ってない新品同様だったんで、捨てるのも勿体なくてな」

「ふぅーん。お兄ちゃんのセンスで選ぶようなお皿には到底思えないんだけれども」

「まあ、私が選んだものじゃあないからな」

「………………」

ほう……つまり他の人に選んでもらったものというわけか。なーんかまたどっかの変な女に騙されて酷い事されたりとかしていないだろうか不安になる。女運が悪い以前に、関わり合う人間がそもそも——という問題があるのは本当に笑えない話。

「女の人でしょ、これ選んだの」

「一応生物学上は女だな。酒をガソリン代わりに動いてるようなヤツだけれども」

「ええ……」

酒飲みの変な女に引っ掛かっていたんだろうか。ただまあ、その人の事を語るときの兄の様子から察するに、それほど悪い人ではないのかもしれないが……なんだかモヤモヤする。というか、自宅で使う食器を選んでいるって、もしかして同棲でもしていたんだろうか。どうせこのお人好しの兄の事だから、何か問題抱えた女性を放っておけずにお節介でも焼いたのだろうという事は容易に想像できてしまった。

「あっ、食べる前に——」

「若い子って食べる前によく写真撮るよなぁ。ＳＮＳにアップとかするの？」

「友達と共有するの。お兄ちゃん喜んで良いよ。これは中々『ばえる』から」

「そりゃあ良かった。じゃあ折角だから——父さんと母さんには秘密だぞ」

「？」

そう言ってお皿の隅っこの方にバニラアイスを添えてくれる。それを見て思わず心にもない事を言ってしまった。

「お兄ちゃん大好き！」

「そうかそうか」

心にもない事とは言ったけれども……まあ、べ、別に嫌いではないんだけれども………。

【2月×日】

「………」

家族と話しているときは本当にいつも通り、元気な姿でいるが……時折ひとりでいる兄の姿を見ると、抜け殻みたいな姿で思わずドキリとしてしまう。どこかに行っちゃうんじゃないか、今度こそ手遅れになるんじゃないかと思うと本当に恐ろしくなってしまう。きっと今のままのところで働いても同じような事になってしまうんじゃないか、そんな風に思えてしまうのだ。

しばらく休んでいれば良いとは言ったが、それをいつまでもお兄ちゃんが享受するとは思えない。今までは仕事を隙間なく抱えて働き詰めだったが、それを取り上げた今、打ち込むものが家事くらいになってしまっている状況だ。

「あー……もう、どうしよ………」

ベッドでごろんと転がってスマホを開くと、推しのＶＴｕｂｅｒ——あんだーらいぶ所属の獅堂エリカ様が配信している真っ最中だった。そう言えばこの時間から配信予定と言っていたっけか。すっかり忘れていた。

『え？　あんだーらいぶ新人さんを募集してたの？　最古参であるこの私に何の許可もなくぅ!?』

［なんでエリカ様の許可がいるんですかねぇ］
［だいぶ前から公式サイトで募集してた気がする］
［俺も応募しようかな］
［久しぶりに新人さん来ると良いね］

『最終面接、私が立ち合いましょう。さあ、リスナー諸君！　最終面接で私と握手ぅ‼』

［遊園地のヒーローショーじゃないんだからさ］
［そのネタ今時の子に絶対伝わらないと思うの］
［そのネタ17歳が知ってるのっておかしくない??］
［バーチャルと現実の時間軸って異なるからさ……］
［自称17歳（笑）］
［インターネット老人会］

『女性に年齢の事言うなんて失礼だな。そんなんだからモテないんだぞ。そんな君たちに優しく手を差し伸べる私って何てお優しいのかしら。流石私』

「はい、低評価」

「アッ、ハイ」

「そういうのはハッスのお仕事なんで」

「あ、そういうの貴女に求めてないんで」


『活動歴が長くなればなるほど皆様の私に対する扱い悪くなってない？』


「ネタキャラの宿命」

「それ自分の活動方針が原因なのでは？」

「変な配信ばっかしてっからだろ……」


『ま、少し話は逸れましたが新人云々に関しては私たちメンバーは全然知らないんですよね。でも、新しくメンバーが増えるなら良い事だよね。ラギー風に言うなら家族が増えるっていうわけだしさ。それに新しく子分が出来ますからね』


「良い事言うじゃんと思ったらこれだよ！」

「そういうところだぞ、女帝」

「さっきの扱い云々の件は、こういうところが原因だと思うぞ」

いつものコメントと息の合ったトークを展開する『あんだーらいぶ』というVＴｕｂｅｒ事務所所属の獅堂エリカ。それが彼女の名前だ。ここ最近すっかりハマってしまったこのVＴｕｂｅｒという世界の中でも、特にお気に入り――推しなのがこのエリカ様だ。暗い想いを一瞬でも忘れさせてくれるこの雰囲気が大好きだ。

「VＴｕｂｅｒ、か」

あんだーらいぶの公式サイトを見ると確かに新規で所謂『中の人』を募集していた。これは割とアリなのではなかろうか、そう思った。身内贔屓かもしれないが、無駄に声は良い。アニメやゲームなど数多く触れてきたわたしですら、そう評価してしまうくらいだ。Vの『中の人』の声の良さを評価ポイントとしているユーザーは数多くいるし、これはお兄ちゃんの明確な強みと言えるでしょ。

あとは当人の性格的に、過去に容姿や体形で色々イジメられた経験もあってか自分のビジュアルはコンプレックスになっているかもしれないし、その点においてもバーチャルのガワを被るVはメリットがある。何よりあんだーらいぶとなればガワの良いタレントばかりだ。ここにお兄ちゃんのボイスが付くのであれば……これまであまりVに興味を持つことがなかった女性ファンを新規で獲得できるんじゃないかな？

家事はできるし、家庭的なところもポイントが高い。性格もまあ、初対面で不快感を抱かれるわけでもないし。わざと作った声じゃなくて、普段喋っている素の声が良いのが何よりの強みだと思う。

【2月×日】

思い立ったが吉日。兄にノートパソコンを借りて、ＶＴｕｂｅｒという存在を見せてみてどういう反応を示すか見てみることにした。ＹｏｕｒＴｕｂｅが流行（はや）っていて、動画の配信で生活している人がいるという事は知っている様子であったが、やはりＶの存在は知らなかったらしい。エリカ様の配信を見せてみると、「これ、どういう仕組みなんだ？」だとかそういう方面には大変興味を示していた。フェイストラッキング技術が身近になっている事に驚いた様子で、少なくとも不快感を抱いている様子はない。兄は前職で技術系の部署にいたこともあったらしく、新しいテクノロジーには興味があるようだ。男の人ってそういうところあるよね。

「声だけはいいからオーディション受けてみなよ。今、丁度募集してるしさ」

「募集、ねぇ……」

「男性少ないしチャンスだよ。ね？」

「ふぅむ……まあ、確かにやる事なくて暇だし、面白そうな技術だしね」

「そっか、そっか！」

本当にダメ元だったけれど、どうやら前向きなようだ。あんだーらいぶといえば界隈（かいわい）でも割と上の方で、そこからデビューしたい人もきっと大勢いるはずだ。募集要項を見れば男女どちらでも良いらしいが、やはり業界的には圧倒的に女性Ｖが多く、兄が採用される見込みはあまりないだろう。でも新しい事に興味を示して、それ以降Ｖの配信を見たりするようになったのは良い傾向だよね。まあ、単純に私と共通の話題を作りたかったというシスコン的な要素が原動力な気がしないでもないけれども……。

ただお兄ちゃん、事務所の公式サイトを何度も見返して、資本金だけじゃなく過去に案件をやった企業までしっかり調査するのは、多分Vのオーディション受ける際にはあまり要らないと思うよ……？　事務所に前の職場の取引先とかとの関係があれば、面接の話のネタになるとか思っていたらしい。当人としてはネタとかではなく、クソ真面目（まじめ）にやっているのである。


【2月×日】


それから期間が少し開いて、パソコンのメールフォームを神妙な表情で眺めているお兄ちゃんの姿があった。気になったので声を掛けてみる。

「お兄ちゃん、どうしたの？」

「この間受けて来たVTuberのオーディションあっただろ？　あれの結果がメールで来ていてな」

きっとこの反応は……やはりダメだったか。元々絶対に受かるとは思ってはいなかった。そこそこ良いところまで行くとは思っていたけれどね、素材は悪くないんだしさ。最終面談まで行ったのであれば充分だ。寧（むし）ろ誇って良い。

ここまでくると個人勢でのデビューとかあんだーらいぶ以外の事務所からのデビューというのもひとつの選択肢になって来る。有名グループの最終試験まで残ったとか話の良いネタになりそうだし。とは言え、わたしの我儘（わがまま）にこれ以上付き合ってもらうのも悪いし、これはここまで、かな……勿体（もったい）ないな。デビューしていたらきっとわたしの一番の推しになったかもしれないのに。ま、本人に言うと気持ち悪い反応示すだろうから絶対に言わないけどね。

「困った事にな」

「うんうん。お兄ちゃんはよく頑張ったよ」

「採用されちゃったみたいでな」

「はぇ……？」

思わず声が漏れ出た。合格していた。こうしてお兄ちゃんのＶＴｕｂｅｒデビューが決まったのだった。


【3月×日】


兄が近々デビューすることになったらしい。色々事務所としても事情があるのだろうが随分と急な話だ。面接時もすぐに活動開始できるか、と問われたのだとか。そういったところに対応可能だったことも、採用の一因なのではないかと本人は推測（すいそく）しているみたい。

「へー、同期の人とも挨拶したんだ」

「リモートで声だけの挨拶だよ。あとは、こっちの業界で言うところの『ガワ』も送られてきたな」

「え⁉　見せて、見せて‼」

最初当人は「守秘義務」と呟いていたのだが、正式にそのあたりの書類をまだ取り交わしていなかったため、外部に情報を漏らさない事をしっかりと約束させられた上で見せてもらう事になった。ＶＴｕｂｅｒにとってその容姿は非常に重要だ。その出来によって今後の活動の成否が決まる――というのは言いすぎだけど、それでも活動に大きく影響を与える事は事実だ。有名イラストレーターさんを引き当てられれば良いスタートダッシュになる。

「神坂怜……？」

「その名前決めたのは会社の人だよ」

「お兄ちゃんがこういうネーミングしそうもないし、それは分かるよ」

見た所、かなり王道の爽やかイケメンさんだ。名前から既に恰好良さそうな雰囲気が何となくする。ガワの色使いも繊細で女子ウケもかなり良さそうだ。かく言うわたしもこの見た目のVがいたら、ついつい配信も視聴しちゃうと思う。控え目に言っても大当たりだ。ソシャゲで言えば最高レアリティのSSRキャラクターを引き当てたようなもので、それを見てわたし自身かなりテンションが上がってしまう。

「いいじゃん！　人気出そう。中身がお兄ちゃんじゃなければ推せたな」

「それって褒めてるんだよね？」

「当たり前じゃない。でもこのイラストのタッチといい、繊細な色使いといい……なんかmikuri先生っぽいんだよね」

「あー、マネージャーさんがそんな事を言っていたような。確かに良いビジュアルだよね。やっぱり有名な先生なの？」

「mikuri先生なの!?　すっごい人気絵師さんだよ!!」

滅茶苦茶有名なイラストレーターさんだった。イラストのクオリティもそうだが、先生が女性でそれもかなりの美人さんという事もあって熱狂的なファンも少なくはない。このガワであの声とくれば――これはもしかしたらもしかするのかもしれない。自然と口角が上がった。

【3月×日】

兄の演じる『神坂怜』のデビュー情報が正式に公開される。この時までわたしは『あんだーらいぶ』からの久しぶりの新人デビューということで皆から諸手(もろて)を挙げて歓迎されるんじゃないかと思っていた。

だが、現実は違った。有名な事務所、イラストレーターさんと、逆にこれまでがあまりにも順調に話が進みすぎていた。世の中そんな簡単には事は進まないようだ。この界隈は女性Vが大多数を占めており、自然と男性ファンが多くなる。お兄ちゃんがデビューする事務所――箱においてもそれは同じだ。女性演者がほとんどの事務所に新たに男性がデビューする事は一部の熱心なファンにとっては受け入れ難い『事件』のようだ。わたしは全然分かんないけれども、ファンのコミュニティでもかなり荒れ気味……つまり兄はデビュー配信もしていないのに早速炎上してしまったのだ。何もしていないのに……。

【3月×日】

デビュー配信直後にお兄ちゃんの同期がやらかして解雇された。Vとしてデビューする前の話にはなるが、未成年の女性相手に色々とやらかした事が明るみになり、事務所から契約解除の情報が公式サイトやSNSを通じて発表されていた。寝耳に水とはまさにこのこと。

元々炎上していたところに加え、この出来事があったことで、全ての批判がお兄ちゃんひとりに集中する形となった。本来非難されるべき相手は既に解雇されているので、同期の『神坂怜』に集まったということらしい。こんなはずじゃなかったのに……本当はもっと周囲の人から褒められたりしてるはずだったのに。まあ、確かに当人の配信はこれっぽっちも面白い内容ではなかったけれども。

トーク内容が面白くないし、何かあるとわたしの話ばっかりするし………コメントは荒れ放題だし、少しエゴサするだけで酷い誹謗中傷だらけ。どうしよう、どうしよう。わたしなんかがこっちの世界に入る事を勧めたりしなければ、こんなことにはならなかった。救いたかった大事な人を余計に傷付けるような結果になってしまった。

わたしが余計な事をしなければ――

「何を気にしてるんだ？」

「う……」

「お前は顔に出て分かりやすいからなぁ」

「お兄ちゃんは分からなすぎて逆に分かりやすいじゃん」

「なんだそれ」

「露骨に作り笑顔とかするじゃん、そういうところ」

「あー……流石に身内にはバレるか。でも、じゃあ分かるだろう？　私、別に今の状況をこれっぽっちも苦にしてないよ。安心しろ」

「安心できるわけないじゃん。ばか！」

この状況を苦にしていないという事そのものが問題なんだよ、お兄ちゃん。そしてそれが異常である事を自覚した上でなお、それを改善しようともしない。もう諦めてしまっている。そこが一番重症なところ。Vとしての活動を通して色んな人から認められることで、そういうところが少しでも改善されればと思っていたのに……これじゃあ逆効果じゃん。

「寧ろさ、数が少ないとはいえきちんと見てくださっている人がいらっしゃるわけだしね。人から褒められる事なんて滅多になかったから、楽しいと思っているくらいだよ」

「む、むぅ……じゃあ、いいけれどさ…………無理だけはしないでよ？」

「分かってるさ、そんなこと。お前を悲しませるような事はしないよ」

頭を撫(な)でないでよ、髪が乱れるじゃん。ばか、ばか、ばか、ばか！

「お兄ちゃん、ひとつだけ」

「ん？」

「その見てくださってる人たちの事、ファンって言ってあげなよ」

「なるほど。ファンか、何かむず痒(がゆ)いな」

わたしがファン1号なんだからね。とは恥ずかしくて言えなかった。この先の兄の活動に明るい未来があるように心から祈る。どうか沢山の人に――とまではいかなくても少しでも多くの人に愛され、認められてもらえますように。

イベント準備　日野灯の場合

【6月×日】

最近幼馴染(おさななじ)みの様子が変だ。

あたしと彼女――るーは幼い頃から、物心が付く前からの付き合い。幼稚園、小学校、中学校、そして現在の高校に至るまでずーっと一緒。それに加えて最近始めたネット上でのお仕事……ＶＴｕｂｅｒでも『あんだーらいぶ』というグループで共に活動している。あたしは日野(ひの)灯(あかり)、彼女はルナ・ブランとして。奇(く)しくもお互いに普段から呼び合っている渾名(あだな)通りに呼んでも違和感はなかった。それが原因で身バレとかにならなければ良いんだけれども。

学校で授業を終えたところで、何やら意味ありげにこちらをじっと見つめる幼馴染み。「どうしたの?」と尋ねてみる。最近るーに限らずやたらと視線を感じる。以前から体育の授業では『見られている』という意識はあったんだけど。ザックリ言うと顔よりも少し下……恐らくは胸のあたり。確かに無駄(むだ)に肉が付いている自覚はある。自分としてはあまり得をしたことはなかったが。下着は可愛(かわい)いのが少ないし、買ってもすぐにサイズ合わなくなっちゃうし……。

で、でも男の人はやっぱり大きい方が好きなんだよね……?　クラスの男子がそういう目で見てくるし。年齢はどうであれ嫌がる人は少ないはずだ、きっと。いやいや、他意はない。特定の誰かに見られたいとかそういうことはない……ないから……。

ふと脳裏にとある男性の姿が浮かんだけど、軽く頭を振ってそれを、その変な考えを消し去る。あれはそういうのじゃあない。いや、決して嫌っているというわけではない。寧ろ好意的に思っているからね。そこのところは勘違いしないように！

「最近髪伸ばしてる？」

ボーッと考え事をしていて、唐突に幼馴染みの声によって現実に引き戻される。

「え？　あ、うん……ちょっとイメチェンしようかなって。ほ、ほらずっと短かったからたまには伸ばそうかなって……へ、変かな？」

「ぜんぜん。いいとおもうよ」

伸ばしてはいる。ちょっとした気分転換というか、言葉にした通りイメチェンだ。でもよかった。似合っていないとか言われると思って、一瞬どきりとしてしまった。そっか……変じゃないんだ、にへへ。少しは女の子らしくなったんだろうか。以前から同性のクラスメイトからは所謂『王子様キャラ』として、『お姫様』である幼馴染みに付き従う存在としてしか見られていなかった。そんなあたしがこういう恰好をするのは中々勇気のいる行動だった。

「あ、そうだ。あーちゃん。あーちゃん」

「ん？　どうしたの？」

くいくいと手招きしてから彼女があたしの耳元で囁く。この子のＡＳＭＲ系の配信だと滅茶苦茶バズりそうだよな、とか考えていた。容姿だけでなく、この子は声も非常にキュート。天は二物を与えてしまったというわけだ。

「今度のイベント何着てこうかなって……今持ってるのはちょっとあれだし、あーちゃんに相談したくって………」

この子の言うイベントとは、今月開催予定のVTuber関係のイベントのことだ。同じ事務所の柊先輩の3Dお披露目のリアルイベントで、あたしたちも当日、本番直前の楽屋突撃インタビューのリポーターとして抜擢されていた。わざわざクラスの他の子に聞かれないように声を潜めたのは、周りにはVとして活動していることを内緒にしているからに他ならない。職業柄表立って言えるようなものでもないので、逆にいつか周囲にバレるんじゃないかと冷や冷やしているところはある。あんだーらいぶって業界的にはそこそこ有名みたいなポジションな上に、あたしたちは活動中も声を作ったりせずに地声でやっているからね。

しかし、この子と同じであたしも何を着ていくか悩んでいたところではあったので、渡りに船というやつだ。

「じゃあ今週末一緒に買いに行く？」

「うん」

よかった。当日は主催者である柊先輩を筆頭に、同じ企画にゲストとして登壇予定の獅堂先輩。ボイスや2Dでのゲスト枠として羽澄先輩。そして前説の事前収録で関係者である神坂せんぱ——怜先輩が会場入りすることになっていた。

やはり手持ちの服だとちょっと見栄えがよろしくないのばかりだったんだ。事務所の顔と言ってもいいし、VTuber業界としても間違いなく最上位クラスに位置する大先輩の晴れ舞台だ。緊張しないわけはないし、その分気合を入れなければならない。特に初めてお会いする人が多いから身だしなみにはいつもにも増して気を配る必要がある。やり取りしたことがないわけではないが、連絡は基本的には通話やチャットで行われており、お互いにバーチャルとしてのガワしか知らない間柄なので、リアルでは初対面ということで余計に。それにそのイベントには普段お世話になっている先輩もいる。あまりみっともない姿は見せたくない。できるだけ良く見てほしい。なんてったってあたしは悪い子だから。

「気合入れなくちゃ」

そのあたしの呟きを聞いて何故か意味あり気な笑みを浮かべている親友。最初に話を振ったのはそっちじゃない……それにあたし知ってるからな。最近になって前まで流し読み程度しかしていなかったファッション誌をガッツリ読むようになったのを。ちょっぴり背伸びした大人っぽく見えるメイクとかを動画見て覚えようとしていたことを。髪をひとりで結んでは解いて、「こうじゃない」って色々試行錯誤しているのも。

誰を意識しているか、なんて流石に付き合いも長いから分かる。分かってしまうのだ。まー、同じ人にお世話になっちゃったわけだしね。仕方ない。うん。ふたりともちょっと親戚のお兄さんに良いところ見せたい、子供でしかないんだけれども。あるいは塾の先生とか教育実習生でちょっと年上の人にいい恰好したがっているみたいなものだろう。

ただ、るーの行動見ると完全に恋する乙女の表情なんじゃ……？

メイクやファッションでは飽き足らず、最近は料理なんかにも興味を示しているくらいだ。クラスメイトで年上の大学生と付き合っている子の話を滅茶苦茶熱心に興味ありげに聞いていたことで、学校内で『好きな人って年上!?』みたいな噂が流れているのをあの子、絶対知らないんだろうなぁ……それを誤魔化すこちらの身にもなってほしいものだ。

【6月×日】

お洋服を買うためにるーとふたりで買い物へ。やって来たのは高校生でも手を伸ばしやすいプチプラブランドのショップだ。本当は高級ブランドといきたいところだが、流石にそれだとあまりにも背伸びしすぎと思われるので、身の丈に合ったものにしようということになった。

「にへへ」

「さっきからなーにしてるんだと思ったら……また先輩をからかって……」

るーが満面の笑みを浮かべながらスマホを眺めているかと思ったら、SNSで怜先輩の書き込みに返信していた。相変わらず滅茶苦茶手の込んだ食事の画像。しかも食後のデザート付き。更にはそれとは別に3時にはオヤツまで準備している。この人本当に女子力カンストしすぎでは？　そりゃあ女体化したら嫁にしたいライバーナンバーワン（当社調べ）だ。でもこれ、VTuberアカウントの発信としてはどうなんだろうか。パッと見は本当に主婦か料理研究家さんのアカウントかと思うくらい、投稿の半数近くが食事関連である。ちなみにもう半分が最愛の妹ちゃん好き好き投稿。あと時折配信の宣伝。この人本業が主夫なんじゃないだろうか、やっぱり。うちにもこんなお兄ちゃんが欲しい。

「仲良しアピールしないと不仲って言われるじゃん」

「そういう行動が叩かれる要因になってるんだよなあ」

「そういうあーちゃんだってこの前やり取りしてたじゃん！」

「むむぅ……」

ぐうの音も出なかった。あたしもこの子も最近すっごい雑に絡みに行っている。その度にそれなりの量のお気持ちマシマロが届くけれど。こういうのにまで口を出してほしくはない。『あたしを見ろ』とは言ったが、『口を出せ』とまでは言ってねぇ！　と最近では半ば開き直っている。もうこの界隈難しく考えてるとやってられないという事がよく分かった。

あの人にはあたし以上にそういう類いのメッセージが届いているという事が、容易に想像できてしまう。それでもあの人はきっと平気そうな顔をしているに違いない。申し訳ないという気持ちはあるが、ここで引いてしまっては本当に彼はずっとあのままになってしまう。そんな気がした。だからあえて自ら動いて絡みに行って、先輩は凄い良い人であるという事をひとりでも多くの人に知ってもらおうというのがあたしと、そしてるーの思惑でもある。あわよくばこの手のやり取りが「またか」と箱推しのファンの人に受け入れてもらえるくらいにまでなれば御の字だ。

間近に迫ったリアルイベント。初めての大役。勿論緊張している。でも、優しい先輩たちがいる――何より、彼がいる。心の中でそんな安心感があった。無意識に頼ろうとしている弱い自分。でもいつかあたしも誰かに頼られるような……自分を救ってくれたあの人を救えるような影響力のあるＶＴｕｂｅｒになれるだろうか？

まず、手ごろなところから自分を変えていこうと思う。

「よし――！」

そう自分に活を入れて、あたしは随分と久しぶりにスカートを手に取ったのだった。

イベント準備　ルナ・ブランの場合

【6月×日】

最近幼馴染みの様子が変だ。

いつぞやＶＴｕｂｅｒ関係でゴタゴタがあったときのような状態ではないんだけど。

わたしたちはどこにでもいるただの女子高生……ではなく、実はクラスメイトたちには秘密で『あんだーらいぶ』という企業ＶＴｕｂｅｒ——わたしはルナ・ブラン、彼女は日野灯——として活動している。周りにはすぐに身バレするかと思ったけど今のところバレてない。

アニメや漫画のコンテンツに興味がある人はそこそこいるかもしれないけれど、ＶＴｕｂｅｒまでカバーしている熱心なオタクさんはそこまで多くはないし。わたしや彼女はまだまだ『ＶＴｕｂｅｒの中で』比較的知名度が上がって来ただけで、業界自体まだアングラ的な印象が強く一般にまで認知されることはないようだ。

身バレしたらしたで色々不味いことになりそうなんだけどね。プライバシー保護の観点からもＶって凄い便利なのでは？　その分ユーザー層がＹｏｕｒＴｕｂｅｒと違うので気を付けなくてはならないことも多いんだけど。特に異性との絡みに関しては中々厳しい目で見られる。同事務所の先輩後輩でお話しするだけで叩かれるのって普通におかしくない？

リアルだって大して親しくもなくても、学校で挨拶とか簡単な雑談くらいするでしょうに。ただ、そういうアイドル性というかそういうものを目的として視聴してくれている人がいることも事実。色々と難しい。ファンが望む姿であるべきか、わたしたちが思うままに行動すべきか。きっとこれからもずっと悩まされ続けるだろう。

授業終わりにぼーっとそんなことを考えていたら——

「ん？　どしたの？」

あまりにもジーッと見つめすぎていたのか、あーちゃんがこちらの視線に気付いたらしく首を少し傾げて尋ねてきた。相変わらず可愛いな、このやろー。

「最近髪伸ばしてる？」

「え？　あ、うん……ちょっとイメチェンしようかなって。ほ、ほらずっと短かったからたまには伸ばそうかなって……へ、変かな？」

「ぜんぜん。いいと思うよ」

少しだけ頬を赤らめているあーちゃん。可愛いなぁ、こんちくしょう！　前までショートボブだったのに最近になって伸ばし始めたし、私服もちょっとガーリーなものを選ぶようになった。元の素材がいいだけに、めちゃんこ可愛くなった。クラスメイトの男子も凄い彼女のことを見つめることが増えた気がする。スタイルも良い上にこれだ。当然。寧ろ今までこんな原石を見逃していた男子はちょっと見る目がないのでは？　これだから男子連中は……まあ前々から、主にその胸部の大きな膨らみがガン見されていたのは、当事者でないわたしですら分かっていたけど。隣にいる事が多いから、わたしのと見比べているのまでバレてるからな。君たちい？　そりゃあ男の人からしたら胸が大きい方がいいんだろうけど!!

　そりゃ、あーちゃんに比べればわたしのは貧相な身体かも――いやこれはわたしがまだ成長期というか、絶賛成長中なだけだけど！　でもちょっぴり羨ましい。ほんのちょっぴりである。あ、あんまり大きいと肩が凝ったり服や下着を選ぶのが大変という話はよく聞くし……く、悔しくなんかないからね。

「あ、そうだ。あーちゃん。あーちゃん」

「ん？　どうしたの？」

　そうだった。あーちゃんに相談しようと思っていた事があったんだった。彼女の耳元で周囲に聞こえないように『今度のイベントに何を着て行くべきか相談したい』という事を伝えると、「じゃあ今週末買いに行く？」と誘ってくれる。流石我が親友。あと、なんかやたら良い匂いする。さてはシャンプーを変えたな。

　ちなみに『今度のイベント』というのは、同じ事務所の先輩である柊先輩の３Ｄお披露目のリアルイベントのこと。わたしたちも当日は本番直前の楽屋突撃インタビューのリポーターとして抜擢されていた。同じイベントには、獅堂先輩や羽澄先輩、そして神坂先輩が会場入りすることになっている。皆年上の人で、初めて会う人ばかり。着る物にも気を遣うのは至極当然。当然なんだけど……。

「気合入れなくちゃ」

　少し頰を朱に染めながら気合を入れる幼馴染みの姿があった。いや、それさぁ……絶対恋する乙女の表情では……？

彼が関わってからこの状態なわけで。わたしも彼女もあんまり男の人とお話とかする機会はそこまでなかったし、ああいうことされちゃうと確かに自然と好感は抱いちゃう。白馬に乗った王子様に女の子は憧れちゃうものなのだ。まあわたしもそれなりに好意は抱いているとは思うが、あくまで先輩後輩としてであって……もしかしたらあーちゃんもそうなのかな。距離感がよく分かっていないだけで、実際にはそういう感情は抱いていないのかもしれないけれど。

気が付けば『怜先輩』と名前呼びになっていたし。本当にいつの間に。何故だか負けたような気分になった。何でだろう。


【6月×日】


今日は柊先輩のお披露目イベント当日。ふたりしてお揃いのカットソーを着て来た。バーチャルのアバターと中身は当然ながら違うため、ある程度似せた恰好をしておけばスタッフさんたちにも分かりやすいだろうし、という我ながらよくできた気遣いさんなのである。えっへん。

普段結んでいる髪を下ろして、上は白のカットソー。下はデニムパンツ。周りは大人の人が多い事を意識してコーディネートしてみた。

——これでちょっとは大人っぽく見えるかな?

一方あーちゃんの方はというと……見れば見るほど美人さんだ。流石はわたしの自慢の親友。わざわざこっちに来る直前に美容院に行ってくる気合の入れよう。ゆるふわパーマで滅茶苦茶気合入ってる。普段あんまり着ないスカート姿。やだ、わたしの親友可愛すぎない?

「おはようございます」

その声で思わず身体がぴくりと反応してしまう。ちょ、ちょっとびっくりしちゃった。この妙に聞いてて心地よい声の持ち主には心当たりがあった。

わたし同様、あーちゃんも気付いたらしい。滅茶苦茶先輩に構ってほしそうに視線を送っている。それに気付いた彼が微笑みかけると慌てて目を逸らす。なにこれ可愛い。

その後、わたしの方に『何かあったの？』みたいな表情で目配せをしてくる。

そ　う　じ　ゃ　な　い

実は以前事務所で擦れ違ったことがあったのがたった今発覚したわけだ。その件について今から小一時間ほど彼を問い詰めたいと思います。

柊夏嘉、沼の入り口

【5月×日】

あたしにはＶＴｕｂｅｒの兄がいる。クラスの皆には言えない秘密の話だ。個人の趣味でやっているような規模であればペラペラ話してしまうかもしれないが……兄は企業所属なのでそういうわけにもいかない。何せ男性ＶＴｕｂｅｒで世界で初めて登録者１０万人を突破し、いわゆる『銀盾』持ちになった人だから。

バーチャルタレントグループ『あんだーらいぶ』所属の『柊冬夜』。ＶＴｕｂｅｒというジャンルを多少齧った事がある人ならほとんどが知っているであろう人物。男性Ｖといえばこの人、みたいな。そんな感じ。

「くぁああ。ねむねむ」

でも、あたしからするとただ自堕落な生活を送っているだけのぐうたらな兄貴でしかない。ひとり暮らしなのをいいことに、昼間寝て夕方起きる昼夜逆転生活でゲーム三昧。おまけにソーシャルゲームに大枚をはたく。しかもろくに家事もできない。あたしがこうやって足繁く通ってやらないとすぐに部屋がとんでもないことになる。食事もコンビニやフードデリバリーサービスに頼り切りの生活。手のかかる子供を持つ親の気持ちが少しだけ分かった気がする。以前某有名なお掃除ロボットを購入したこともあったが、一週間と経(た)たずに家出してそれ以降行方不明(ゆくえふめい)。オートロックのこのマンションからどうやって外へ出たんだ……この事件は兄の口からも配信で伝えられ、ファンからは『あんだーらいぶ七不思議』として語り継がれているんだとか。いや、そんな変な話は語り継がないで。

　そんなわけで今日もあたしは仕方なく、本当に仕方なく、兄の家に来てご飯を作ってやっているのだ。

「野菜……ぐぬぬ」

「野菜も食べてよ。お兄ぃの好きな肉もきちんと入れたでしょ」

「でもでもこのピーマンという名の緑の悪魔がいるじゃん‼」

「ガキか！」

「心はいつでも子供のままさ。それがVにとって必要なことだと思うんだよ、俺……大体ピーマンなんて人間が食べるような代物(しろもの)じゃあないよ、これ！」

「よし、まずは農家の人に謝れ。お兄ぃが選んだんでしょ、このサングラスでサムズアップするお婆(ばあ)さんの育てたピーマンを」

「だって生産者さんの写真で一番面白かったんだもん。見切れてるお爺(じい)さんが飼ってるであろう愛犬にめっちゃ吠(ほ)えられてるシーンとか、絶対俺に買ってって言ってるようなもんじゃん」

「生産者さんの写真は大喜利(おおぎり)会場じゃないのよ……」

「でも面白くないものと面白いものがあったら後者を選ぶのが、エンターテイナー。VTuberって割とそういうところあるじゃん？」

「涙目でピーマン頑張って食べてる姿で言っても全然説得力ないわよ」

この人滅茶苦茶偏食家なので余計に手がかかる。ご褒美と称してたまにお土産くれたり、外食に連れ出してくれたりするから、まあ、ある程度は目を瞑るけど……。っておい、あたしの作ったピーマンの肉詰めをただのピーマンと肉に分けるな。結構大変なんだからな！　子供みたいにピーマンだけを避けているのをジト目で見つめるあたしの視線に気付いたらしく、ピタリと箸を止める兄。

「ぐぬぬぬぅうう！」

「いや、キッズかよ」

目を閉じて口にピーマンを放り込んでお茶で流し込む。まあ残さなかっただけ良しとしようではないか。次からは細かく刻んで分かんなくしといた方がいいのか。めんどくさっ！

「肉うま！　美味しいよ！　ご飯が進む！」

「はいはい、良かったでちゅねぇ」

「ばぶばぶ」

「うわぁ……」

「自分で振っておいてそれは酷くない？」

仕方ないなぁ……野菜嫌いの子供用のレシピとかでいいか、面倒だし。普段の食生活が偏っているんだからこういうときくらいは野菜多めに取らせないと……新しいレシピ本買おうっかなぁ。

月に何度かこうやって兄の住むアパートにやって来ては部屋の掃除したり食事作ったり、作り置きを冷凍しておいたりとか家政婦さんの真似事みたいなことをしている。花嫁修業と称してお母様から色々叩き込まれたのがこんな形で役に立つとは思わなかった。

「んー！　食べた！　美味しかった！　ご馳走様！　いつもありがとう、愛してるぞ。妹よ」

「はいはい、お粗末様」

　美味しかったと言う割には随分と野菜に苦しめられていた印象があるのだけれども。でも思えば、あたしが作った料理をどんなものであれ必ず「美味しかった」と言ってくれるし、なんだかんだで最終的には完食はしてくれる。あたしが食器を洗おうとしたところを横から流れるようにインターセプトしてくる兄。そして鼻歌交じりに水仕事をはじめる。妙にご機嫌だ。

「なにか良い事あった？」

「ホラ、ウチにも遂に男子メンバーが増えたじゃないか」

「あー、ひとり速攻で消えたんだっけ。凄いよね。引退ＲＴＡ」

「ぐっ……身内だけにコメントしにくいので、そこはノーコメントで……！」

　つい最近……先月だったか？　兄の所属するグループ『あんだーらいぶ』からデビューした男性ふたり組のユニットであるが、そのうちの1名が早々に脱退していた。歴代最速だと思う。そのへんのバイトでももっと長続きするんじゃ？　しかもかなり悪い脱退のしかただったらしい。それが原因で残った方のもうひとりが滅茶苦茶叩かれているそうだ。よくわかんね。当人には非はないとの話なのでお気の毒だ。

　それでもあってか兄はそんな残ったひとり――神坂なんとか？　っていう人の事を随分と気にかけているみたい。結構裏話的なお話を嬉しそうに語るところを見ると、単なる同性の後輩という枠に収まらない感じ。

「結構気に入ってるんだ？」

「いや、アイツは普通に良い奴なんだって……それに俺と同じで相方不在だし、な……？」

「あー……」

お兄ぃにも元々は同期としてデビューした女性Vがいた。ダリア・バートンという名前で活動していた人。数字が伸び悩んでいた彼女は引退してしまったけれども。彼女が活動をやめた後からVTuberという存在が世間で認知され始めたのは何とも皮肉な話。あたしも今みたいに流行るなんて思っていなかったし。ちなみに彼女の引退は兄が配信で畳の画面を表示し続ける『畳事件』でバズるよりも前のこと。本人的にはもう少しこの事件が早ければ彼女の引退を止められたんじゃないかとか考えているんだろう。そして最後にした「今度一緒にコラボしよう」という約束を果たせなかったことを今でも悔いているに違いない。この人、そういうところは義理堅いんだもん。絶対そうに違いない。

「それにな、あいつも俺と同じで妹がいるんだ」

「へー」

「それも年代も多分同じ」

「ふぅん、共通点があるから仲良くなったってわけね」

「それになにより同じ妹大好き同盟を組んだ仲だしな」

「そんな同盟捨ててしまえ！」

【5月×日】

時間があったので兄が推している後輩——神坂怜という人の配信を覗いてみた。

「特別面白いわけじゃあないんだよねー」

そう。特別話が面白いわけでもないし、ゲームが上手なわけでもない。しかもゲームをしていると所々で無言のままプレイしそうになったりだとか素人感丸出しなのだ。その様から『虚無配信』だとか言われたりもしているらしい。実際見ている側からしても否定しきれないところではあるのだが……ただ——

「声、めっちゃ恰好良い……」

ぶっちゃけあたしの好みにドストライクな声だった。変に作った声じゃなく自然体なのが本当に良い。お喋りのプロという事を一切感じさせない素人みが逆に良い。トーク内容も家族や日常の家事を通じて感じたことなど、他のＶＴｕｂｅｒからは聞くことがない所帯染みたもの。あたしがお兄ぃの家に家政婦みたいに通ってることもあってか共感できることも多いし、彼がオススメするちょっとした一品レシピに助けられることもしばしば。

そうして気付けば全てのアーカイブを消化し、生配信があると知ればリアルタイムでチェックするようになっていた。これは世間一般に言う『推し』が出来たと言うやつなのだろうか？

なるほど、これは悪くない。うん。

【6月×日】

「あ、怜君のボイス販売あるんだ」

すっかり推しの事を『怜君』と呼ぶようになっていた。そして彼のことを調べる時間が増えていき、ついには某クリエイターズマーケットで、あんだーらいぶ公式が運営しているグッズの販売ページを見るに至っていた。そこにはグッズやボイス展開がされていたが、残念ながらあたしの推しのグッズはまだない。だが、マンスリーボイスというものは販売されていた。

「ボイスか……確かお兄ぃのは酷い有様だったな……」

高校生からすれば決して安くはない金額ではあるが、手が届かないわけでもない。放課後の買い食いを控えれば良いだけの話だ。スマホのゲームのガチャにお金を払うよりはずっと安価だし、有意義だろう。ボイスは何度も聞き返せるし。

ボイスは兄も販売はしているが、ぶっちゃけ滅茶苦茶棒読みで酷い。わざわざ台本や収録に付き合ってくれた同じ事務所で後輩の羽澄咲ちゃんですら匙を投げるレベル。妹としてSNSのDMでこっそり彼女に謝罪したのはここだけの話。あたしに免じて許してもらえたらしい、お兄ぃはあたしにもっと感謝すべきだぞ。

「でも怜君は素の声が良いし、多少棒読みでもお兄ぃよりは全然マシでしょ」

そう軽い気持ちで購入。早速ダウンロードし圧縮ファイルを展開する。そして愛用のイヤホンを引っ張りだして鼻歌交じりに再生ボタンをタップする。雨音のSE。成程。マンスリーボイスと言うだけあって季節感を取り入れるんだな、成程。

『傘忘れちゃったの？』

一言目で既に背筋がぶるりと震えた。なんだこれ。

『じゃあ、一緒に入る？　駅まで送っていくよ……え？　私の肩が濡れちゃってる？　気にしないで、君が濡れる方が大変だから』

「?!?!?!?!?!」

そ、そんなキャラじゃないじゃん。普段そういうの全然感じさせないくせに、ボイスの時だけ急に男を意識させてくるのあまりにも卑怯すぎる。ギャップ萌えという概念があるそうだが、これはもうそういう次元ではない。この男、絶対あたしのこと好きでしょ、というあれだ。兄のものとはクオリティが段違いだ。こういうものが世の中にあると話には聞いていたが、コンテンツに実際に触れたのはこれが初めてだったし、何より不意打ちでこんなのを叩きこまれてしまっては致命傷になりかねないじゃない。ちなみにこの後、滅茶苦茶リピートした。

【6月×日】

「——というわけでボイス、滅茶苦茶良かったの」

「そんな恋する乙女みたいな表情で語らないでぇ！」

買ったボイスは本当に良かった。あれからも何度もリピートして聞いている。めーっちゃいい。このクオリティのものが毎月発売されるとか、頑張ってるあたしへのご褒美じゃん。早く来月にならないかなぁ。

今回のは梅雨をテーマにしていたから、来月は本格的な夏の始まりになるわけだし、夏関係のイベントになるんじゃないかと推測している。海に行く、とかそういうのだろうか？　あのボイスの脚本を書いているのは怜君の妹さんである雫ちゃんらしい。妹だけあって兄の長所を理解しており、本当に最高の台本だと思う。ちなみにあたしにお兄ぃの台本書けって言われて

も無理だ。そういう姿をイメージできないし、当人もネタ以外絶対やりたがらなそうだし……。

ちなみにボイスの感想をＳＮＳで発信したら、彼のファンが『いいね』とかしてくれて嬉しかったし、同じように感想を投稿しているハッシュタグを見て「そうそう、そうだよね」と納得していた。雫ちゃんからも『いいね』されたのには少し驚いたけれども。あの子、絶対お兄ちゃん大好きっ子だよね。お兄ちゃんが褒められて嬉しくなる気持ちは同じ妹として分からなくもないが。

「お兄ぃもさ、もっと怜君のボイスを見習うべき、うん」

「怜君!?　怜君ってなに!?　確かに良い奴だけどそんなの許さないからねぇ!?」

「収益化通ったら絶対赤スパ投げるんだぁ」

「お兄ちゃん、悲しいよぉ。こんなの精神的寝取られだよぉお」

ただそれは本心として、お兄ぃの反応が面白くてついついからかってしまう。それでもどこか嬉しそうなお兄ちゃんの顔を見られて、あたしはそれなりに満足。できた妹だぜ、あたしってば。

【8月×日】


「うー、頭いたーい。のみずぎだぁぁ……」

二日酔いによる頭痛を堪えながら、わたしはなんとか起き上がる。あ、どうもはじめまして。わたしの名前は――って本名で言っても伝わらないか。『霧咲季凜』という活動名でバーチャルＹｏｕｒＴｕｂｅｒやってまーす。所謂ＶＴｕｂｅｒってやつっスね。

昨晩はついつい飲酒配信と称してついついお酒を飲みすぎてしまった。どこに需要があるかは自分でもイマイチ分からないけれども。こんなに可愛い子を捕まえて「排水溝みたいな音しながら飲む女」とか実に失礼な連中だ。失礼な言葉と共に投げ銭――スーパーチャットを投げてくれたから許すけれども。

「うげ、もう夕方じゃん……」

実家暮らしなら両親から怒られていそうだけれども、ここにいるのはわたしひとり。これぞひとり暮らしの強みというやつである。ただ、家事とかも全部自分でしなくちゃなのがズボラなわたしにはちょっと気にかかる点ではある。もっとも最近は簡単にお手軽に美味しい食事にありつく方法は多くなってきているので、それほど気にはしていない。仕事柄自宅に籠もりがちなので、以前はレトルトやインスタントで済ましていたんだけれども、最近はフードデリバリーにまで手を出すようになってしまった。最初「たっか！　これならコンビニまで行って弁当でも買うわ」とか思っていたのに、外に出なくても食べたいものを配送してくれるサービスを一度受け入れてしまうとズルズルと……こうして自堕落な人間って出来ていくんだろう。これ以上ズボラさに磨きをかけてどうするのか。こんなんだから、実家に戻る度に母さんから「そんなんじゃ嫁の貰い手がなくなるわよ」とか口煩く言われてしまうわけだ。実際に母の言葉には一切否定できる材料はない。同年代で結婚どころか子供がいる人だっているというのに……。

眼下に広がる酒の空き缶やおつまみの袋、脱ぎ捨てられた下着だとかが視界に入って、再び「うげぇ」とおおよそ若い女の子が出しちゃダメな呻き声を上げてしまう。でも不思議なもので、案外こういうのがVとしてウケが良かったりもする。美麗なバーチャルのガワとのギャップが刺さる人には刺さるんだろう。好き勝手に酒飲んでダラダラ喋っているのがメインコンテンツになりつつあるわたしとか正直異常だと思う。

「ネットで酒に酔った痴態を晒す仕事とか、世の中わっかんねぇ——ああ、語尾語尾。っス、ス、ス。キャラがブレるのはダメダメ。ただでさえ無個性なんだから、キャラ付けはしっかりしておかなくちゃ……」

語尾の『〇〇っス』ってのは後付けというか、素ではなくてキャラ付け。ゲン担ぎだ。芋女からの脱却を成功させた時のキャラをそのまま持ってきているというだけの話。もし当時のクラスメイトが配信を聞いたらわたしだと気づいたりするのだろうか。でも既に前世がストリーマーでしたってのはVとしてデビューした直後には特定されているから今更すぎるかな。というか、わたしの活動名『霧咲季凜』と入力すると前世での活動名が検索候補に出てくる程度には広く知られている。だけどそれはわたしに限らず他の多くの同業者さんも同様であると弁明しておく。VTuber検索候補ランキングがあれば『前世』『炎上』『中の人』あたりがほぼ上位にランクインするはずだ。

V文化が根付く今よりもずっとずっと前、黎明期あたりにデビューした人は本当にオーディションに応募してきた配信経験のないような人や、あっても知名度がそれほどない人たちを採用するケースが多かったみたいだけれども、今となってはほぼほぼ配信経験ありき。言うなれば前世を持った活動者がかなりの割合を占めるようになってきた。わたしもモロにそれなんだけれどもね。

前世前世と騒がれる反面、その頃のファンもそのまま一部ついてきてくれているので、一概に悪い点ばかりでもない。初期ブースト的な意味合いではむしろ美味いのでは？　もちろん所属しているSoliDliveという事務所の知名度ありきなのは否めないが。今考えるとよくわたしなんかを引っ張ってこようなんて思ったな。自分で言うのもなんだが、他の子みたいに可愛らしい美少女ボイスではない。どちらかというとちょっと低めの声だし。そういうハスキーボイスなキャラもスパイスとして欲しかっただけ説。こういうのぶち込んでおくと、相対的に周りの子の可愛さが際立って良いんだろう。ハンバーグの脇のポテト的な立場を目指したいところだ。

まあでも生活できる程度には収益をいただいている。自分でも実感はないが、広告収入やらスパチャやら、なんだかんだで生活はできてしまっている。長続きするかは置いておくとして。それにこのＳｏｌｉＤｌｉｖｅ……ソリライ所属のＶＴｕｂｅｒの収入ランキングでいえば下から数えた方が早いんだけどね、わたし。普段の同時視聴者数やら動画の再生数なんかも同様。それなのに食べていけているんだから流石トップバーチャルタレントグループ。何でわたしを採用というか、スカウトなんてしたんだろ。あれ？　話さっきとループしてね？

「あー、味噌汁味噌汁」

いくら自炊が苦手といっても一応味噌汁くらいは作れる。いつだったか、あの人と同棲しているときはよくこうやって作ってもらったなー、なんて思い出してみたり。初めてお酒を前後不覚になるくらい飲んで二日酔いで酷い時に、「手のかかる後輩だな」といいながら作ってくれた。豆腐とわかめの味噌汁が今でも忘れられない。あれ以来飲んだ翌日には必ず味噌汁にするのがお約束となっている。

なんか癪に障るけれど、これもあの人の影響だ。あの時のやり取りは今でも鮮明に覚えている。

「味噌汁美味い。良い主夫になれそう」

「このくらいなら誰でも作れるだろう？」

「料理のできない人間あんまり舐めない方がいいっスよ」

「なんで誇らしげなんだよ……」

「実家の母からは絶対に料理はするなって言われるくらいのレベルを舐めないでもらいたいっスね」

「そこまで言われるの逆に気になる」

ちなみに実話である。母はもう少し可愛い娘の事を信頼してくれても良いと思うの。幼い頃に砂糖と塩を入れ間違えたり、真っ黒こげに焦がした件を延々と引きずっているような節がある。流石に今ではそこまで言うほど酷くはない――と信じたい。

「毎日わたしのために味噌汁作ってほしいっスね」

「寝言は寝て言え」

即答だった。たしかに冗談交じりだったとは言え、扱いが雑すぎない？　流石のわたしも泣くぞ。あっちはこれっぽっちも気にしてないのに。卑怯だ。悔しい。わたし、そんな魅力ないのかぁ……？　まあ酔った勢いで色々あったのは事実だけど、あれってむしろこっちが加害者であっちが被害者みたいなものだし……いや、変に彼女面しているわたしの方に問題があるのか。実際そうなんだろうけど。薄い本ならそれをネタにあれやこれやある流れなはずなのにビックリするくらい何もないし、話のネタにすらならない。なんかもうなかった事になっている感すらある。

いや、確かに！　確かにいちいち掘り返されても困るんだけどぉ！　もっとこう……色々あっても良いじゃん。漫画とかアニメでよくあるラブコメ的なあれそれがさぁ！　なんかこれっぽっちも異性として見られていない感があって悔しい。なんだそれ。いや、あの人の場合既に老成して枯れてるという説もなくはなさそう。大体いっつも疲れた顔していたし。文字通り精も根も尽き果てた状態だったわけだし。……先日久しぶりに会った時は随分元気そうで安心した。顔色も大分良くなっていた。

昔からそうだ。よく笑うように見えて作り笑いばっかりだし。

一緒にいて作り笑いばっかりされる身にもなれってんだ。そのくせ妹トークの時だけは急に生き生きとするのやめろ。思い出したけど、何かあるとシームレスに妹トークする癖は本当に直した方が良い。多分本人に自覚はなさそうだけど、普通は久しぶりに会った元同僚との会話中に隙あらば妹トークを捻じ込んだりしない。もうあの人の近況より妹ちゃんの事情の方がわたし詳しくなっちゃったかもしれない。あれ？　それって会社員時代と変わってなくない？　でも妹トークは文字通りあの人の生き甲斐なので、それを取り上げると身も心も死んじゃうような気さえしてしまうので、否定できるわけもない。

昔っからそうだった。あの人が笑う理由なんて自分の家族が絡む時くらいのものだった。特に妹ちゃん――今は『神坂雫ちゃん』って呼んだ方がよかったんだっけ？　実物を見たことはないけれども、配信の切り抜きとか本人のＳＮＳ見てるからＶＴｕｂｅｒとしてのガワは知っている。わたしの同期である十六夜真ちゃんのリア友。そしてこっちはこっちで兄の方と知り合い。世間狭すぎるだろ。なんだこのご都合主義みたいな展開と設定は。こんなの創作だったら「あり得ない」って叩かれるって、マジで。

「ズズ……あー沁みるぅ」

パソコンでＳＮＳを巡回しながら味噌汁を啜る。おおよそ二十代前半の乙女の振る舞いとは思えないかもしれないが、誰も見てないから許して。え、配信でも随分と見苦しい姿を見せてるって？　あれはむしろそういう場面の方がファンからのウケが良いからやっているのだ。わたしじゃなくＶＴｕｂｅｒファンが変なだけ。

「ぬ……？」

ＹｏｕＴｕｂｅのマイページを開くと、先輩や同期、そして同業他社のＶＴｕｂｅｒの動画アーカイブが並んでいた。その中に、あの人のコラボ動画があった。あんだーらいぶの男性ＶＴｕｂｅｒ——柊冬夜、朝比奈あさひ、神坂怜の３人でマシマロを読みながら雑談をするというなんら珍しい要素もない配信だった。でもなぜかわたしの右手はその動画をクリックしている。男性ＶＴｕｂｅｒの人口を考えると、こうして集まっているのはまあ珍しいと言えなくもないけど。

「いや、なんでいちいちチェックしてるんだ。わたしぃ」

昔知人の女性が元カレのＳＮＳをチェックしているという話を聞いて「なんでそんなことすんの？」って言っていた過去の自分を笑えない。いや、別に付き合っていたとかそういう間柄ではないけど！　この動画に限らずどういうわけかチェックしてしまっている自分がいる。

そこには何気ない会話で３人揃って楽しげに笑う姿があった。Ｖのガワ——バーチャルの姿であったとしても……それが本心からの笑顔であることが何となくだが分かってしまった。過去のあの人を知っているが故に。

「なんだよ。ちくしょう……」

妹ちゃん絡み以外でそんな顔するんだ。自分でないのが何となく悔しいだなんて思ってしまった。本当にくだらない。彼のデビュー時期から考えても、知り合ってからそれほどの期間が経っているとも思えない。にもかかわらず非常に仲睦まじい様子を見せていた。Ｖ界隈では過剰に仲良しを演出するような場合もあるそうだが、彼らのやり取りには着飾ったような雰囲気はまったくない。

『次のマシマロ。えーっと、お酒で失敗してしまう事が多いですだって。俺、そういう失敗エピソードとか皆無なんだよなぁ』

『僕ら全然お酒飲めないんだよね。怜君も苦手なのはちょっと意外』

柊さんが視聴者さんから送られてきたマシマロを読み上げると、それに対して可愛らしい女の子みたいな見た目をした男の子Vである朝比奈さんが喋る。あの人お酒は苦手だけど、こっそり水やお茶とすり替える手口だけは非常に巧妙だったのを何となく覚えている。あの人マジックとか絶対できると思う。

『全然飲めないってわけでもないんですけれども……』

『神坂は社会人経験豊富だし、お酒失敗エピソードとかあるのか？』

『私、酒癖悪い人、あまり良い思い出ないんですよね。前職の時に凄い酒癖の悪い後輩がいて、いっつも介抱させられてたんですよ。結構高めのスーツが吐瀉物でお釈迦になったこととかありましたからねぇ。あと手が出ます。全然痛くはないですけれども』

あの人にしては妙に饒舌に語り出す。まるで本当に体験したような具体的なストーリーだ。

何故かわたしにも思い当たる節がある。

「って、オイ……！　これわたしか!?　わたしの事か!?」

話を盛ってるだけだろう、大体にしてわたし介抱されたことなんて――うん、ごめん。滅茶苦茶記憶にあるわ。ごめん。まさか自分の事を話のネタにされるなんてこれっぽっちも想像していなかった。

何だかむしゃくしゃして今日も配信でお酒を飲みました。そしてマネージャーさんから怒られました。

「禁酒しなさい」と同い年のマネージャーさんから凄い真面目なトーンで言われたとき、ちょっと泣きそうになりました。確かに！　確かにわたしに原因がある。それは認めよう。でも責任の一端は先輩にもあると思うんですよ、わたし。

「うぐぅ……お酒飲みたい……禁酒配信でもするか」

いつもより少しだけ同時接続者数が多かった。皆人の不幸は大好物らしい。

【8月×日】

地酒メーカーの案件が来たので禁酒しなくてよくなった。わーい。

似た者同士？

【8月×日】

わたしはｍｉｋｕｒｉという名前でイラストレーターをしている。今日はちょっと大きなお仕事を終えたばかりなので、自分へのご褒美として豪華な焼肉屋に来ていた。

「うんめぇ」

「おいこらババア！　それわたしが育てた肉だぞ‼」

わたしの目の前で肉を取り合っているのは……ひとりは酢昆布が好きというだけでそれを活動名にしている同じイラストレーター仲間。適当に決めた後で「エゴサに全然向いてない名前だった」と謎の後悔をしていた。わたしは『すーこ』と呼んでいる。外で呼ぶときとか『酢昆布』だなんて言えないし、本名も知ってはいるけれど、こちらの方が慣れ親しんでいることから愛称で呼ぶようになった。そしてもうひとり、彼女がイラストを担当したＶＴｕｂｅｒさん、アレイナ・アーレンスちゃんも同席していた。わたしやファンの人たちは大体アレちゃんって呼んでいる。

同人誌即売会の原稿脱稿した自分へのご褒美として焼肉屋さんに行きたかったのだが、ひとりで焼肉店に行くのはちょーっとハードルが高いのですーこを誘ってみた。そうしたら丁度アレちゃんと食事に行く約束をしていたらしく、じゃあついでにどうですか? なんて軽い気持ちで誘ったのは確かにわたしだけど……わたしだけどさぁ…………。

「誰がババアだ! 誕生月1ヶ月しか違わねぇだろうが! 創造主たるわたしに逆らおうと言うのか」

「うっせー! ばーかばーか!」

「はぁ? 馬鹿って言った方が馬鹿なんだよ!」

この母娘、恥ずかしげもなくそんな風に外で騒ぐの本当に止めてほしい。同じテーブルにいると、どんなに無関係ですよって涼しい顔していても、周りから見たらわたしまで同じ風に見られちゃうでしょ。今時小学生だってそんな低レベルな口喧嘩しないと思うわよ……ある程度騒いでも許される個室のある店舗だったのが不幸中の幸いか。まー、ふたり共、それ分かった上でこんなやり取りしてるんでしょうけど。

「はいはい、この肉あげるから落ち着きなさいって」

「わーい、お義母様大好き!」

わたしが育てたお肉をアレちゃんの取り皿に置いてあげると無邪気な笑顔ではぐはぐと食べ始める。そんな彼女の隣でタレにたっぷりと浸したお肉をご飯の上に乗せて一緒に頬張るすーこの方に視線を向ける。その細い身体のどこにそんだけ入るんだ、こいつ。

沢山美味しそうに食べるからついつい日頃から餌付けしてしまっている節はあるかもしれない。餌あげないと飢えていつ死んでもおかしくはなさそうな生活スタイルなので、余計に世話を焼いてしまっている。多分わたしがなにもしなくたって、この子はこの子でそれなりに生きていけるとは思う。もしかして自分って元々世話好きな性格していたりするのだろうか……？　全然自覚はないんだけれども。

「おかあさまって、あなたのおかあさま――ママは隣でしょうが」

「漢字が違うんですよ。義理のお母様って意味でー、つまりは怜くんの……ぐへへっ、じゅる。想像しただけで涎がうっへへぇ」

「はぁっ⁉　いやいやそれならまだワイの方があり得る話なんですけどぉ？」

「こっちは仲良くコラボ配信やってるわけなんですよ。勝ったなガハハ！　アレちゃん大勝利ぃいいいい！　勝ったッ！　第3部完！」

「こちとら配信上で全世界の人が見ている前で、『好き』ですって愛の告白してもらったんだが？　その程度で勝ち誇るとか片腹痛いわ、寝言は寝て言え」

「あのね、どっちも大事な息子を任せるには心配すぎるのでダメです」

「「なんでぇっ⁉　酷い‼」」

全然酷くない。こういう時に限って息ピッタリの反応を見せてくるあたり、やはり口では色々言い合っても親子だ。血の繋がりなどなくても自然と似てくるものなのだろうか？　あるいは似た者同士だからこそ、親子の縁が結ばれたのか。

「お義母様、冗談ですよね⁉　無関係のイラストレーターなのに配信にしつこくコメント残すようなのは、確かにNGしたくなる気持ちは分かるし、大賛成ですけれども」

「みーこ、言って良い嘘と良くない嘘ってあるんだよ。確かにコイツをママ権限でNGにしたい気持ちはとっても分かるし、大賛成なんだけれど」

「あなたたち、なんだかんだ言っても息ピッタリよね」

「「どこが!?」」

「主(おも)にそういうところ」

どうせこの子たち、体よく自分の面倒見てもらおうとしてるところありそう。あの子にはもっとしっかりした女の子が良い。一緒に仲良くお料理とかしてあげられる子だと中々良さそうじゃない？　うんうん。昔色々女性関係で問題あったみたいだから、優しくて包容力があって、無理しがちなあの子を諌(いさ)めてくれるようなところもなくちゃダメだし……って、こう考えると中々ハードルが高いな。いや、でもそのくらいじゃないと怜くんを幸せにしてあげられないんじゃないだろうか？

少なくとも眼前でいがみ合っているような変なのには引っかからないようにしてもらいたい。おおよそ思いつく限りの不幸をその身に受けてなお、捻(ひね)くれる事もなくあんな良い子に育つなんて、ある意味奇跡に近いだろう。ともあれ、そんな不幸続きな彼にこれ以上の不幸があって良いわけがない。わたしにはそんな事を心の中で願う事くらいしかできない、ダメな母親でごめんね。

「でもこのぐーたらイラストレーターさん、珍しく普通の服を着ていることにビックリ。最初会った時誰だか分からなかったもん。ずっと服を買いに行く服がないタイプの人種だと思ってた」

「アレちゃん……それを分かっていながら、どうしてこの子と一緒に食事に行くつもりだったの……？」

「いや、どんな恰好で来るかなって。ちょっとおもしろそーじゃん？　職業病だよね、こういうとこ」

コスプレ衣装ばかりが充実のラインナップを誇っているすーこ。実際にまともな服は本当に、ほんっとうにない。ジャージが一番マシなところ。それ以外となると高校の制服が上澄み(うわず)のマシな部類。制服は本人が高校時代に実際に着ていたもの以外に、学園物のコスプレ衣装でセーラー服から胸の形が謎に強調されるデザインのものまで十種類以上もあって驚く。どうしてその情熱をひとかけらでも良いから外出用の普段着に向けられないのだろうか？　流石(さすが)にそんなコスプレ姿で一緒にお出かけするっていうのは警察に職質(しょくしつ)されかねない……それだけは避けたい。一緒に出歩くこちらのメンタルの方がガリガリ削られてしまうじゃない。なので今日はどちらかというとあの子のため——というより主に自分のために手持ちの服でまだマシなのを着せてきたのだ。これが配信者さんならば、トークテーマとして笑い話にできるかもしれないが、わたしには無縁な話。

「この服、みーこからの借り物なんだけどねー。ちょーっと胸のとこきっついけど」

「おい……今すぐ表に出ろ」

「きゅぴぃ！　耳引っ張らないでぇ！」

「福耳で無駄(むだ)に触り心地(ごこち)がいいな、生意気に。実際だいぶ稼いでるんでしょ、あなた。有償絵のサブスク加入者数多いの知ってるんだからね」

「いだい、いだい‼　伸(の)びーる、伸びーる、ストップぅうう！　ワイの耳引っ張ってもストレッチパワーはたまんないからぁ！」

地雷を踏む己が悪いんだろうに。サイズ的には確かにわたしの方が僅かに小さいかもしれないが……僅かにだ。そんな窮屈とか言われるほどではないだろう。大袈裟なことを言うでない。失礼な。

「ちなみにお義母様が服を貸さなかったら何着てくるつもりだったん？」

「お義母様……？　アレちゃん、次はないよ？」

「ごめんなさい、ごめんなさい」

素直に謝るので許してあげよう。あと服の袖、タレの入った小皿に付きそうなのがすっごい気になる。危ないなぁ。こういう危なっかしいところは本当にすーこにそっくりだ。蛙の子は蛙とはよく言ったものね。そっと手を伸ばして、小皿をどかしてあげる。手のかかる子だこと。

「んー、比較的まともな女子高生の制服かなぁ」

「コスプレ風俗店かよ」

「その辺の有象無象の風俗店よりはラインナップ充実してるからな、舐めるなよ？　あと衣装自体のクオリティも滅茶苦茶高いからな、一緒にしてくれるな」

「どういうマウントの取り方なんだ……それ以前にババアが制服とかきっつ………」

「失礼な、我ぴっちぴちぞ？　この前コンビニ行く時着てったら、帰りにパパ活している女子と勘違いされて声をかけられた程度にはぴっちぴちなんだが？」

「そのあと職質されたんでしょうが……そもそも一緒にお出かけするつもりだったアレちゃんが貸してあげなよ」

「え？　嫌ですよ。なんか臭くなりそうだし」

「あー、それは何となく分かる。風呂嫌いだし」

「まさかみーこにまで梯子を外されるとは……このエロの酢昆布の目をもってしても読めなかった」

ちなみに風呂嫌いのくせにサウナは好きらしい。本当に謎。わたしが言わないと風呂にあんまり入りたがらない。この子放っておいたらペットボトルにあれをしかねないのではなかろうか。マジでその辺だけは直してほしい。

単純に時間が勿体ないって感じなんだろう。お絵描きや動画視聴できる防水のタブレットでもプレゼントすれば改善したりしないだろうか。

「すーこは置いておくとして、アレちゃんはきちんとご飯食べているの？」

「今めっちゃ食ってます！　猛烈に食ってます！」

「普段の話よ、普段の」

「んー、デリバリーとかコンビニとか多いかな」

「野菜とかもきちんと食べないと駄目よ。ほら、シーザーサラダも食べて食べて。小皿に取ってあげるから。あとよく噛んで食べないとダメじゃない。さっきから大して噛まずにドリンクで流し込んでるように見えるんだけれど？」

ふたり共もっとよく噛んで食べてよね。お肉ばかり食べているのも気になったので、わたしが頼んでおいたサラダを小皿に取って彼女たちに渡す。空いた皿を店員さんが運びやすいように脇に重ねて置いておく。

「みーこの野菜食べろーってそういうところ、怜くんとほーんとそっくりよね。野菜嫌いのラギ君に野菜食べさせるあれの系譜を感じる。てぇてぇ」

「わかる。まるで親子じゃん」

「何言ってんの、わたしたちは親子でしょ？」

それにあなたたちだってそういうところあるじゃない、と心の中で指摘していた。口に出すと多分また五月蠅く口論を始めるのが目に見えているので、控えたけども。わたしはともかくとして、アレちゃんはＶＴｕｂｅｒとして活動しているし、すーこは自分自身のお絵描き配信やらアレちゃんとのコラボもよくしているので、騒ぎ立ててそこから身バレする可能性がなくもない。あと単純にそのネタみたいなやり取りにいちいち付き合っていると、逆にこっちが疲れ果ててしまう。折角疲れた自分を労うための食事会で余計に疲れるのはごめん被る。

「そりゃあそうよね。分かってないにゃあ、アレくん。減点減点」

「失礼しました。お義母様」

「はい、お肉没収」

「あああァ！　育てたお肉がぁああ」

テンション滅茶苦茶高いなあ。どういう選択肢を取っても結局この謎のハイテンションなノリに行き着くらしい。省エネモードに移行したいわたしの思惑からことごとく逸れて行ってしまう。そのパワフルさを少しは分けてほしいよ、本当に……でも、まぁ……たまにはこういう風に食べるご飯も悪くはないかな。それにしてもこの子たちめっちゃ食べるわね。誘ったのはこちらなので奢りとなり、ちょっとお財布が軽くなった。

今度はこの子たちにご馳走してもらおうっと。

【8月×日】

ウチの親友の話をしようと思います。

長く艶やかな黒髪に可愛らしい大きな瞳。人懐っこい笑みが印象的な子だ。誰にでも優しいし、誰とでも仲良くできる。クラスでも人気者。それこそ男女問わずだ。彼女とは中学の頃からの知り合いで、ウチにとってはアニメやゲームといったサブカル系の所謂『オタク趣味』でも話の合う貴重な友人。

ただ彼女のお兄さんが有名バーチャルタレントグループである『あんだーらいぶ』所属の神坂怜として活動しているなんて誰が想像できただろうか。もっとも彼女からすれば、ウチが『ＳｏｌｉＤｌｉｖｅ』で十六夜真としてデビューした事も想定外だったはずだが。

実はこの前ウチが配信切り忘れるというちょっとした配信事故を起こしたのだが、その時にはあの子が大慌てで連絡をくれたおかげで個人の特定に繋がるような情報がネットの世界に流れることは阻止できた。一歩間違えれば、それこそ本当にＶＴｕｂｅｒとしてだけでなく、リアルでの生活も含め致命傷になっていた可能性があったことを考えると本当に我が親友には頭が上がらない。でもあのトラブルが原因となってちょっとバズった。おかげで登録者がちょっぴり増えたのは怪我の功名と言えるかも。

　ただ一点問題があるとすれば、その件でお兄さんの方に変なボヤ騒ぎが起こったことだろう。

　その後、この子までもがＶＴｕｂｅｒとしてデビューしたりとか、周囲にこんなにＶがいるような環境って他にないと思うの。

　我が親友は神坂雫という名前で活動を開始したのだが、この子的にはあくまでお兄さんの活動のサポートを主目的としているらしく、自分からチャンネル開設をして配信をやろうというつもりはないらしい。前提としてお兄ちゃんのキャラを立てることに徹している。

「ブラコンなんだよなぁ」

「んー。なにか言った？」

　学校の昼休みの一幕。ウチの独り言に彼女が反応する。今回の場合は雫って呼んだ方が良いのかな？　手作りのお弁当を美味しそうに頬張る姿を見ると、思わず自分の食も進んでしまうというものだ。太る原因になるので止めてほしい。これだけ美味しそうに食べるのであれば作る側も作り甲斐があるだろう。多分その辺の芸人さんが食レポするよりも、この子に食べさせておいた方が絶対良いアピールになるよ。しかし、この子滅茶苦茶食う割に全然太らないのちょっぴり卑怯だと思うの。その栄養どこに消えているんだ。胸に……は行ってないな、うん。

　ちなみにこの子のＶＴｕｂｒとしての『ガワ』である神坂雫は本物よりだいぶ盛っている。

　当人は決して口を割らないが、恐らくイラストを担当したｍｉｋｕｒｉ先生に頼んで盛ってもらったんじゃないかと邪推していたりする。

「相変わらず手作り弁当気合入ってるね」

「そうかな?」

「愛が籠もってるのはよく分かる」

「まあ、あの兄はシスコンだし。こんな可愛い妹がいるなら当然なんだけれど」

この春頃から雫は毎日お兄さんお手製のお弁当を携えて来ている。この弁当、滅茶苦茶美味そうなのだ。野菜なども適度に入っており、彩りも美しく仕上げられている。更には冷凍食品は一切なく、全て手作りだそう。今日はうずらの卵の白身を卵の殻、黄身をひよこに見立てて細工されている。可愛い。卵焼きもハート形にしてあるし。ウィンナーもタコさんと仕事が細かい。日によってはキャラ弁みたいなのまであるのだ。

「お兄さんって前職飲食店関係?」

「え? ふつーにブラックな製造業のなんとか管理みたいなポジションだったはず。たぶん」

「たぶん?」

「本来の担当以外の仕事もやっていたみたいだから、本人も具体的に何の仕事をしていたかって説明するのが難しいんだって。管理もやってたし、営業に、現場の製造の応援に、総務とか、無駄に色々押し付けられてたらしいよ」

「超絶ブラックじゃん、それ……そりゃあ炎上なんて何ともないわけだ」

「本人が平気だからってあれはやりすぎだってば」

「それはそう」

この子のお兄さんはなぜか毎月のように炎上している。それも当人に特に非はないような、かなり理不尽な理由で。男性VTuberだから。女性Vと仲良くしていたから。社内の情報をリークしただとか、証拠が一切ないのに決めつけたような意味不明なものまで……多分、ウチが同じような事になったらきっと病むと思う。だというのに、そんないざこざに巻き込まれながらも本人が涼しい顔しているのを間近で見ている妹のこの子の方が寧ろ精神的にダメージを受けている。元々Ｖになる事を勧めたのが自分だという事もあって、余計に。

　スペック的にはウチよりももっとファンが多く出来ても不思議ではないと思うのだけれど……界隈のファンに男性の方が多い事が原因なんだろうか。あとはデビュー直後に同期の人が女性問題が原因で事務所を解雇されてしまった件がキッカケとなって、その時から自然と批判が集まりやすい環境になってしまった事も大きな要因になっているんじゃ……？　少し難しそうな表情をする親友。でもお兄さんが平気なのはきっとこの子がいるからだろう。お兄さんがシスコンでこの子を猫可愛がりしているのは、お兄さんとそれほど親しい間柄でもないウチにもよく分かる。あとこの子自身もブラコンなので、ある意味相思相愛ってやつだ。確かにこんな妹がいたらそうなるのも頷ける。

「でも今日も食後のデザート付きとは羨ましいですなー」

「うん。昨日のガトーショコラ包んでもらっちゃった！」

　なんと手作り弁当だけでは飽き足らず、デザート付きの日もある。前日の余りもの、という話だが普通そんな頻繁にお菓子作らないと思うの。ランチバッグからスーパーでタダで貰えるあの半透明なポリ袋をうきうきと取り出す我が友人。その中からキッチンペーパーに包まれていたガトーショコラが顔を出す。食べやすいように小さめに切り分けられている。ちなみにバッグ内にはケーキ屋さんとかでテイクアウトするときに貰える保冷剤が仕込んであり、傷まないように配慮されている。至れり尽くせりだ。その様を見せつけられてクラス中の女子は「いいなぁー」と視線を送っている。

　たまにクラス内ではお菓子交換会が繰り広げられるのだが、お兄さんお手製のものが毎回取り合いになる。最近は隣のクラスからの参戦者まで現れる始末である。確かにそのくらい美味しいし、マメなことに毎日のように違うラインナップなので「お金を払うから毎日作ってほしい」と言う子までいる。

「ひと口食べる？」

「マジ？　食べる！」

　とまあウチは一番仲の良い親友というポジションにいる関係上ご相伴に預かることもままあるのだが、役得というやつだ。「あーん」と雛のように口を開くと彼女がしょうがないなぁというような微笑みを浮かべながら食べさせてくれる。少し甘さが控え目にされている。ビターチョコをベースにしているのだろう。しっとりとしていて濃厚なチョコの香りに思わず表情が崩れる。市販品より断然美味しいような気がする。多分主にこの子への愛情という最高の隠し味によるところが大きいのかもしれない。

「美味しい。お兄さん天才じゃん」

「まー、料理の腕だけは一流だと思うよ。料理の腕だけは」

　わざわざ強調しているけれども、それだけでも充分すぎるのでは？　口ではぶっきらぼうに言いながらもその表情は何故か誇らしげ。やっぱりブラコンじゃん。この点だけは疑いようもない。一点の曇りもない。本人は否定しているが、これっぽっちも隠せていない。もうクラス

の全員にとって、この子はお兄ちゃん大好きっ子という印象だ。なにせお兄さんが実家に戻った頃から基本、放課後には自宅にまっすぐ帰るようになったのだから。

クラス中の女子視点だと「お兄さん、スペック高すぎだろ。羨ましい」というのが総意である。一方で男子連中は男子連中で、年上の彼氏疑惑を抱いているんだとか。まあ、この子可愛いから普通に男子からも人気だしね。

特に最近は半ば自慢話みたいなお兄ちゃんトークを繰り広げることも増えた。やれ「洗濯の仕方」だとか「構ってきてウザい」だとかそんな感じの話題。ただその愚痴話と表情がまったく一致していない。もう何だか彼氏の自慢話でも聞かされている気分になってくる。教室内にはそのお兄ちゃん好き好きトークが耳に入ってしまったことで死んだ表情になった男子生徒だっているっていうのに……それを無意識にやっているあたり罪作りな女だ。

たまに別のクラスの女の子とかが「お兄さんの写真とかないの？」と尋ねると秒でスマホで撮影されたお兄さんの画像をずいっと差し出して「ふっつうでしょ。もうぜんっぜん恰好良くもないし」と言う。いや、まあ普通は普通なんだけれど……実の兄の写真を即座に提示できる妹が世の中にどのくらいいるんだろうか。ウチはひとりっ子だから分かんないけど。ちなみに見せて来る写真が毎回違うのがブラコンポイント。当人的には「あっちが写真撮ってくるから、撮り返してやってんの」と誇らしげである。もうやってることがカップルのそれなんだよなぁ……以前休日にあの子と長身の男性が仲睦まじく買い物をしていた姿を目撃したという証言まであるし、それ考えると男子が年上彼氏疑惑をかけるのも至極当然な気がする。

「あっ……」

「ん？　どうしたん？」

「えっ、なんでもない。なんでもない」

　明らかになんかあったじゃん。平静を装っているつもりかもしれないが、もう嬉しそうなの隠せてないじゃん。ポーカーフェイス下手糞すぎる。ま、こういうコロコロ表情が変わるところも可愛いいんだけど。ウチには——いや、ほぼこの表情を見ていた大体のクラスメイトは察していた。

「お兄さんからでしょ」

「明日パンケーキ作ってくれるって！　この前Ｙｏｕｒｔｕｂｅで見たふわふわのやつ試してくれるって！」

　うっきうきで通話アプリの画面を見せつけて来る。いや、もう彼氏自慢やめてもらっていいですか？　この子好きな男子諸君。君たちの超えるべき壁はあまりにも高いぞ。

　しかしお兄さん、こんなに何でもできるのに何故面白い配信はできないのだろうか……？　それがわからない。彼のファンや所属している事務所『あんだーらいぶ』の箱推しの人の言う『面白い配信以外は大体何でもできる』というのはまさしくその通りだと思った。

　この人、ＶＴｕｂｅｒより顔出しの配信者にでもなった方が数字取れるんじゃなかろうか。それかこのままのスペックで女性Ｖだったなら天下取れていたのでは……？　とは言え、うきうきと笑顔ではしゃぐ親友の姿を見て、そのことを告げるのも野暮なのでウチは黙っていることにした。

【8月×日】

神坂雫としてSNS、そしてVTuberデビューしてしばらく経ったある日。数少ない――というと少々失礼かもしれないが兄のファンだというある女性からのリプライが目に入った。内容は『普段のお兄さんの様子とか聞きたいです』というもの。

確かにあの人プライベートな情報というか、自分自身の情報をほぼツイートしない。大体料理とかわたし関係、あるいは『あんだーらいぶ』関連のイベント告知、配信告知あたり。自分自身の情報を発信してファンを作るのが本来の目的のはずなのに。マジで使い方下手くそだな。でもそういう自己主張皆無でこれっぽっちもVに向いていないような性格を好んでくれている人もいるというから、世の中には物好きも多いのねぇ。

まあ、確かにカタログスペックだけはやたらと高いから、刺さる人には刺さるのは理解できる。あと声は身内贔屓かもしれないが、この業界でも屈指だと思う、割と。それも変に作った上で、とかじゃあなくて、自然体で良い声しているところが個人的にはポイントが高いと思う。ネット上ではよく「売れない元声優か舞台役者だったんじゃないか?」というような考察がされることもあるが、そういう事は一切ない。

ちなみにママは昔舞台役者を志していたとかそういう話は聞いたことがある。ママは娘のわたしから見ても同年代の他のお母さんたちよりは綺麗だとは思う。たまに昔の同業者の伝手なのか分からないけれど、舞台や映画の鑑賞チケットを貰ったりもする。

「ふぅむ。それにしても兄の生態……か。よくよく考えてみたらお兄ちゃんの普段の生活スタイルとかどうなんだろう？」

日頃全然気に掛けたこともないので、改めてこういう風に聞かれると困ってしまうな。丁度明日は休日だし、テストや課題もあるにはあるがそれほどの量はないし、プライベートでこれといった用事もない。ならばファンのお姉様たちの要望に応えるのもやぶさかではないだろう。出来る妹だからね、わたし。

【8月×日】

「い、いったい何時起きなんだ……」

午前5時。昨夜はめっちゃ早く寝て、学校のある平日よりもずっとずっと早く起きた。流石に休日なら大体このくらいの時間帯に起きていれば大丈夫だろうと高を括っていた。だが、リビングへ行けばすでにひと汗かいてシャワーを浴びた後の兄の姿。ラフなTシャツからチラリと見える鎖骨は評価してあげてもいい。

この人、顔はともかくスタイルだけはやたらと良いんだよね。少なくとも初対面で不快感を抱かれたりするタイプではない。週末にスーパーに一緒に行くことがたまにあるんだけれども、好青年に見えるのか、利用客のお婆さんとかに「あれどこにあるのか分かる？」「これ美味しいの？」みたいに話しかけられることがままある。年上にウケが良いんだろうか。いや、でも普段の活動の様子を見ていると案外年下の子にも好感を持たれているような気もしなくもない。性格は絵に描いたようなお人好しをそのまま出力したような人格しているし……。

過去の経験上そうした方が色々都合が良いという結論に至ってあえてそういう生き方を選んだだけなのかもしれないけれども……もしそうだったとしたら、そんなの間違っているような気がする。でも今の兄の生き方だって兄の個性ではあるわけで。それを否定するのもまた違うと思う。それに今はそんなところも認めて推してくれる神坂怜のファンがいると思うと、自分の事ではないけれど少し嬉しく思えてしまう。だけどまだ足りない、もっともっと認められて然るべきだと思うの。割と真面目に。

「おや？　今日は随分と早いね。何か用事でもあるの？」

「き、昨日早く寝ちゃったから」

「確かに。いつもは日付変わる直前くらいまで起きてるのにね」

「おい」

「ん？」

「なんでわたしの普段の就寝する時間把握してんの⁉」

「なんでって……ウチって廊下からでも部屋の灯りついているかどうかは分かるじゃん？　もう少し睡眠時間はしっかり取るべきだと思うぞ」

「えぇ……」

「……？」

何で引いてんの？　みたいな顔してるけど普通じゃないと思う。最初の1歩目で躓いてしまった。ともかく、レポートを取らないと。

早朝に起きて筋トレ後にシャワー。朝食の準備には少し早い。平日ならばお弁当や朝食の準備をしているみたいだけど。いつもわたしが起こされるのはそれらが全て終わった後。大体7時すぎくらい。……こうして冷静に考えてみると急に申し訳なくなってきたな。やっていることは主夫なわけだし、いっそ母の日に兄にも何かプレゼント贈った方が良いのかもしれない。

そう思って兄を見ると、昨夜から溜まっていた洗い物に着手している。

「ふんふーん」

「めっちゃご機嫌じゃん」

「新しく買った洗剤すっごい汚れ落ちるんだよ、ホラこれ凄くない？」

やってることが本当に主夫だ。ママ曰く『どこに出しても恥ずかしくない』と謎の太鼓判を押されている。確かに専業主夫としてのスペックだけなら異常なほどに高いんだけれども。

「さて、じゃあ朝ご飯作るかな。何か希望はありますか？　マイレディ」

「んー……こほん。わたくしはフレンチトーストが食べたいですわ！」

「かしこまりました。ではお嬢様おかけになってお待ちください」

「くるしゅうない！」

「それはお嬢様ポイント減点だなぁ」

「うぐっ……」

サラッと椅子を引いてくれる。本物のお嬢様って家でもこういうのやってもらっているのかな？　夏嘉ちゃん家ではやってそう……。兄がＶＴｕｂｅｒという共通点から最近仲良くなった夏嘉ちゃんだが、流石にそういうお家の事情聴くのはちょっと憚られる。

　でもリアルに母親のことを『お母様』とかいうお家だよ？　絶対豪邸に住んでると思う。ちなみに夏嘉ちゃんは、いかにもイマドキな感じの性格に見えて、お母様のこと大好きでお料理の練習とかとっても頑張る子。可愛い。でもそういうところは友人や家族くらいしか知らないので役得というやつかな、うん。しかし同年代の女の子が料理が凄い上手だったりすると、自分も練習した方が良いんじゃないかと思ってしまう。他にも日野灯ちゃんとかもお料理できるというお話を聞く。でもわたしが練習でもしようものなら、家族総出で観察しに来るのが目に見えている。

　さて、お兄ちゃんの方は絶賛調理中。料理している時は結構楽しそうにしているが、チラッチラこっち見てくるのは正直ちょっとどうかと思う。やめて、いい歳してウィンクまでしないで。しかもなぜか夕食の仕込みまで同時並行しているのに無駄な動作は一切ない。ちなみに昼間は配信やその準備もあるので、朝のうちに色々食事の仕込みを終わらせてしまうのだそうだ。材料から察するに今夜はカレーかな？　わーい。

　流石に市販のカレールーは使うけれども何社かのやつを混ぜて、そこに更に自分で独自ブレンドしたスパイスを加えて魔改造を施すのが兄流のカレーソース。数日はカレーライスが続くのだが、ソースが残り少なくなってくると耐熱皿に入れてチーズと一緒にオーブンに入れる焼きカレーになったり、最後の最後になると入っていた鍋にそのままお出汁や醤油などを追加してカレーうどんになったりもする。特にカレーうどんが滅茶苦茶美味い。多分世界で一番美味い。

「はい、できた」

「お兄ちゃんの分も焼きなよ。待ってるからいっしょに食べよ?」

「了解」

一緒に朝食のフレンチトーストを食べた。めちゃうまだった。朝から大好物を食べられるとは今日は非常に有意義な日だ。早起きは三文の徳って言葉は存外当たっているのかも? しかし、うちのこの主夫さんは和洋食事からスイーツ作りまで本当に何でも卒なくこなしてみせる。もうお兄ちゃん、いっそ学校の近くで喫茶店でも開けば良いのでは?

ちなみにうちの学校の近くにはそういった飲食店はそこまで多くはなく、駅の方まで行かないといけない。あるいはコンビニのイートインスペースや駐車場で買い食いしたりする子も多い。需要（じゅよう）はあると思うが、これが自分の為（ため）だけに作られたもので、クラスの子も羨むものであるという優越感は捨て難いものがある。今回はひとまず要検討ということにしておくとしよう。

今日パパとママは朝からふたり仲良くドライブ。隣県の美術館へ行くらしい。熟年夫婦でも未（いま）だにこういうのやってるのは現代的に言うと『てえてえ』ってやつかな。あんまりあのふたり喧嘩（けんか）しているところ見たことがないんだよね。パパは元々口数が少ないのもあるんだけれども、過去に色々と兄妹（きょうだい）揃（そろ）ってご迷惑をお掛けしている立場からすると、本当に頭が上がらない。パパが言うには「親っていうものはそういうものだ」という事らしい。だからパパとママは凄い好き。家族は皆大好きだ。

朝食後。兄は近所のスーパーのチラシを広げながら、あーでもないこーでもないと唸（うな）っている。食に対するこだわりが強いようだが、会社員時代まともな栄養のある食事を取っていなかったことは知っているので、『自分のため』じゃなくてわたしたち『家族のため』なんだと感じていた。

　今度ご褒美(ほうび)にどこか一緒にお出かけでもしてあげよう。ああ、秋物の服とか選んであげよう。前にも言った通り顔立ちはともかくスタイルは良いから、案外着せ替えさせてて楽しい。肩幅とかも広いし、鍛えているのもあってか胸板も厚い。問題があるとすればあの死んだような目している点であるが。とは言え一時に比べると随分柔らかい表情をするようになったと思う。きっとＶＴｕｂｅｒ活動が気に入っているからなのかも――勧めた立場だからそう思いたいだけかもしれないけれど。

「お兄ちゃん、いつもありがとうね」

　自然とそんな言葉が口から漏れ出ていた。

「なんだ急に。今日おやつのリクエストならダメだぞ。今日はあんみつ作るって決めてるんだ。昨日小豆茹(あずきゆ)でたんだし」

「違うから！　お兄ちゃんの中でわたしってそんな腹ペコキャラなわけ⁉」

「美味しいもの食べてる時のお前が一番可愛(かわい)いから、つい。急にどうしたんだ？　何か嫌なことでもあった？」

「そんなんじゃないよ……ただ何となく。春先から本当に色々あったから。元々はわたしの我儘(わがまま)からはじまったようなものだし……って、何するの！」

　頭をくしゃくしゃと撫(な)でまわされる。そういうの女の人にやるな！　髪のセットがくちゃくちゃになるだろぉ！

「何言ってるんだよ。俺は毎日楽しいよ。ＶＴｕｂｅｒやってて良かったって胸を張って言えるさ」

「そ、じゃあよかった。ほんとうに……よかった。あ、でもさっきの髪のくしゃくしゃするの減点ね」

「感動的なエンディングのシーンでは？」

「減点４０点」

「重くない？」

「髪は女の命なの。ん、責任取って梳かして」

ずいっと突き出したへアブラシをお兄ちゃんはわたしにだけ見せてくれる笑顔を見せてから、それを受け取り言う。

「かしこまりました、お嬢様」

「くるしゅうない」

「お嬢様ポイント減点４０」

「にゃんで⁉」

まあたまにはこんな休日も悪くない。


ちなみに兄の生態レポートのことは完璧に忘れていた。ごめんね、お姉様たち。でもこれはわたしだけの特権にさせてほしい。今はまだ――わたしだけの特等席にさせて。

かつてわたしには娘がいた。そう、かつては。今はもういない。何をしているかすら分からない。

最後に『ごめんなさい』と謝罪のメッセージが届いて以降は音信不通となってしまった。公式のＳＮＳアカウントも削除された。広大なインターネットという大海の中で僅(わず)かに彼女の生きた証(あかし)が残っている程度である。その残滓(ざんし)すらも月日が流れるにつれて消えて行く。確かにそこにいたはずのあの子がいない。登録者もお世辞(せじ)にも多くはなかったが、熱心に彼女を応援していた人たちが悲しみのコメントを投げていたのを覚えている。だが、やがてそれも風化して次の『推し』を見つけてしまう。今も彼女の——あの子のことを覚えている人が一体どれだけいるのだろうか？　わたしだけは絶対に……絶対に忘れない。忘れちゃいけないと思っている。

あの時もっと何かしてあげられたんじゃないだろうか？　もっと自分に影響力があれば、別の道を示してあげられたりしなかっただろうか。そんな後悔ばかりが今もわたしの心に深く突き刺さっていた。突き刺さった棘(とげ)は皮膚の内側に残ったまま、痛みはなくなってもずっとずっと楔(くさび)のように残り続けていく。彼女との約束が守れなかったことが本当に悔やまれる。きっと今後もその罪を背負いながら生きて行くのだろう。

【×月×日】

わたしはｍｉｋｕｒｉというペンネームで、イラストレーターとして活動している。そして『娘』と呼んだのはわたしがイラストを担当した女性ＶＴｕｂｅｒだ。Ｖ界隈(かいわい)特有の文化として担当した絵師のことを『ママ』と呼称(こしょう)する。当時、零細事務所所属ながら頑張っていたあの子の配信は毎回チェックしていた。確かに沢山のファンに囲まれた華やかな活動とは言えなかったかもしれないが、それでも笑顔で元気いっぱいに活動する彼女の姿に心を打たれた。自分もあの子みたいにもっと頑張らないと、そんな風にさえ思うようになった。チャンネル登録者がキリの良い数字になったときには張り切って記念イラストを投稿したりもした。それを喜ぶあの子自身やその周囲のファンの人々の反応が好きだった。本当に……大好きだった。あの日々は。もし今、人生をやり直せるのであれば、わたしは迷わずこの時に戻ることを選ぶだろう。

わたしにはＳＮＳのフォロワーが１０万人ほどいるが、宣伝やアピールをしても特別登録者が増えたりはしなかった。所詮(しょせん)わたしの影響力などその程度。元々人気のアニメ、漫画、ゲームのファンアートが評価されたのであって、オリジナルキャラクターや担当したあの子のイラストでまともに『いいね』や『リツイート』が付いたためしはない。せいぜい３桁いけば良い方だ。一方で同時期に描いた人気アニメの女性キャラクターは１万を超える『いいね』が付く。みんなわたし――イラストレーターのｍｉｋｕｒｉではなく、描かれたキャラクター、コンテンツを見ているにすぎない。力不足を感じざるを得なかった。結局コンテンツの地力によるところが大きいのだ。それ抜きに評価されるイラストレーターなんてのは本当に業界でもほんの一握り。おまけに少し探すだけで自分よりもずっと絵の上手(うま)い人間がゴロゴロと湧いて出て来る。

　自分ってまだまだ大したことはないんだなと自信喪失してしまいそうになる。それでも……もっと有名になって、あの子を宣伝するぞと心に誓った。

　そのうちに彼女とプライベートでも交友を持つようになった。『ガワ』などのお仕事上でのやり取りは事務所を通すことになっている。だからやり取りをするようになったのは本格的に彼女が配信を始めた後だ。そもそも、自分が描いているキャラをどんな子が担当するか、なんて情報もなかった。ただこういうイメージのキャラクターを描いてくださいというような発注をいただいて、それに合わせてデザインしただけだった。

　ライトノベルなどのイラストも担当したことがあるが、原作があって予(あらかじ)め設定やストーリー、世界観、そして原作者さんのデザイン案といった情報をいただいてから描くことになる。それと比べるとＶＴｕｂｅｒの『ガワ』の仕事は特殊だ。

　描いた後にどういう子になったかが決まるし、事務所の方針や当人の活動スタイルによって中の人がその『ガワ』に合わせたようなＲＰ(ロールプレイ)をする場合もある。事前に設定が組まれていることもあるみたいだけれども、結局はＶＴｕｂｅｒとして活動する子次第なところが多いだろう。後々に当初の設定と矛盾(むじゅん)したりするのもある種の個性として認められているようだし。

　わたしの娘も猫耳の付いたケモミミ属性ではあったが、これといった設定などはなかった。流行(はや)りを先取りしようとして似たようなバーチャルタレントを乱立させていた時代であり、二匹目のどじょうを狙ったような企画背景を考えてみれば、後々こうなる未来は想像できなかったわけではない。

　彼女と直接交流を持つようになったキッカケは配信中に投げたコメントから。ＳＮＳのリプライやＤＭでのやり取りがはじまって、やがてチャットアプリで連絡先を交換するに至った。最初わたしは、絵師とＶの関係性を『親子』として扱うことに疑問を持っていたが……そのうち「ああ、そういう事か」と理解した。確かにこの関係性は紛れもなく『親子』なんだと胸を張って言える。血の繋がりこそが『親子』の条件なのだとしても、そもそも心血を注いで描いた子なのだから、間違いなくあの子にはわたしの血が流れている。たとえそれがイラストであって、ただの絵などと言われたとしても……血の繋がりはあるというのがわたしの解釈だ。誰にも絶対に否定させはしない。

　仲良くなってからは配信外、プライベートで一緒にお出かけした事もあった。他の同業者の人はあまりこういうことはしないみたいだけれども。基本的にＶＴｕｂｅｒは女の子が多く、対してイラストレーターの中には当然男性もいるわけで……さすがに異性相手にプライベートで食事となるとわたしも控えるとは思う。いや、もし仮に男の子だったとしてどうこうなるつもりは一切ないよ？　やったら誰かがうるさくいってくることだけは容易に想像できてしまう。

　そうして彼女に実際に会ってみたら、年もそう変わらない。失礼な言い方かもしれないが、特別アイドルみたいな容姿を持っているわけでもない。街ですれ違っていても不思議ないくらいの年相応の女の子だった。本当に平凡などこにでもいる女の子。だからこそ余計に応援したくなった。話してみると「あ、配信と同じ声だ」なんて感想を抱いて、トークの内容から何から何まで本当に素のままなのだという事が分かって、思わず笑みがこぼれてしまう。こういう姿が見られるのもきっとママとしての特権なのだろうね。

「でもなぜに猫カフェ？」

「あたしのガワ、猫耳付いてるじゃないですか、いわゆるケモミミ属性的な。なので一応勉強も兼ねて？　ｍｉｋｕｒｉ先生、ＳＮＳで猫の動画とかよく反応されていたし丁度良いかなって」

「見られてたんだ……」

「先生猫好きなんですよね？　あたしのガワも猫耳なわけですし」

「いや、あれって事務所側からの指定なのよね。猫耳キャラにしてくれって」

「大本営はあたしのどこに猫要素を見出だしたんだろう？」

「でもあなただって猫嫌いじゃないでしょう？　そういうところじゃない」

「確かに猫は好きなんですよねー。でもあたしのウチは親がアレルギー持ちなんで飼いたくても飼えなかったんです。今はひとり暮らしですけど、そんな余裕もあんまりないし。にゃはは。いつかビッグになって猫ちゃんを飼うのが目標です」

「それはいいね。ここの中だとどんなの感じの子が好き？」

「この中かー、あ！　あのタレ耳の子可愛い！　ちなみに先生は」

「わたしはこの子かな」

　床でお腹を見せて「何か御用ですか？」といかにも人に慣れていますと大御所感を醸し出しているキジトラちゃん。片耳が欠けている所を見ると保護猫だった子なのかもしれない。

「可愛い。にゃー。おいでおいでー」

「あっ、本当に来た。めっちゃ人馴れしてますね」

「昔飼ってた子もこの子と同じような柄してたから懐かしくなっちゃった」

「へー、あ……昔ってことは……」

「うん。でも、ほら大往生だったからそんな顔しないで。ね？」

　２０年近く生きていたので人間換算にすると１００歳に近かっただろう。というかわたしが生まれるよりも早くから家にいたし。「悪い事を聞いた」みたいなしょんぼりとした顔をされると困ってしまう。

「今は生活的にあんまり余裕ないので飼えないんですが、本当は飼いたいんですよね。ビッグになったらいつか猫ちゃんお迎えしたいなって。そのときは名付け親になってくれます？　あたし破滅的にネーミングセンスがないので」

「そんなに？」

「昔飼ってたハムスターの名前がダークマターでした」

「ええ……」

「思春期でそういう単語が恰好良いとか思ってたお年頃だったんです、と言い訳だけさせてください」

「名付け親になるのはやぶさかじゃあないけど、早くビッグになってほしいなぁー」

「ぐぅ！　が、頑張ります！」

「ふふっ、まあ焦らず頑張りなさいな」

名付け親、か。責任重大だが悪い気はしなかった。本当の家族のように親しみを持って、信頼を持って接してくれたからなのか。余計に嬉（うれ）しかった。

猫をモフりながらプライベートなお話もした。彼女は舞台女優を志（こころざ）していたが、挫折（ざせつ）して途方に暮れていたところで現在所属している事務所の演者募集を見たという。書類を送ったらそのまま面接されて、「ハイ、オッケー」みたいなノリだったらしい。

「あたしよりも妹の方がよっぽどVに向いてると思うんですよね、正直」

「そうなんだ。妹がいることが意外。どちらかというとお姉ちゃん属性ってよりは妹属性っぽいのに」

「にゃはは、よく言われます……よく出来た妹なんですよ、本当に。歌すっごく上手いんですよ」

「あなただって歌は充分上手だと思うけれど。少なくともわたしよりは全然上手よ。そこは自信持って良い」

「いやいや、あの子の場合もう素人（しろうと）レベルじゃあないんですよ。その辺の歌上手で売ってるようなVなんて目じゃないくらい」

この子がこんなに力強く言うなんて珍しいことだ。単なる身内贔屓（みうちびいき）ってわけでもないらしい。その後、歌以外も自分の妹がこんなに凄（すご）いんだぞっていうトークをマシンガンのように投げ掛けてくる姿は、好きなものを語っているときのどこぞの知り合いのイラストレーターの姿とダブって見えてしまった。いや、それはこの子に非常に失礼な話だな……ともあれ、この子が妹が大好きなんだという事はよく分かった。

「先生！　今年は沢山アルバイトしてお金貯めるんで衣装作ってくださいね！」

企業所属といえどそこまでの知名度はなく登録者もギリギリ4桁に届きそう、という程度なので収益などもほとんど見込めないのだろう。所属演者のほとんどがアルバイトや兼業での活動だったと言う。もちろん彼女も例に漏れず、昼間はアルバイトして夜は配信活動。本当に大変だと思う。ただゲームしながら駄弁っているだけと言われがちだけど、皆が思うよりもずっとずっと負担は大きい。

その上彼女は自腹で新衣装製作を計画していた。タダで作ってあげたいとも思うが、それは頑なに断られてしまった。

「わかった。さいっこうのやつ作ってあげる」

「わーい！　ｍｉｋｕｒｉママ大好き！」

「衣装、どんなのがいいの？」

「えーっとですね！」

彼女のスマホのメモ帳には大量のアイディアと、それに対する自分自身の考えや世の中のニーズなどを考察した資料があった。本当に真面目な子だなぁ。と思うと同時に愛おしいと思った。わたしにとっては確かに大切だと思える存在であった。本当に、娘と思って接していた。年も自分とそう変わらない女の子に対して失礼かもしれないけれども。

「あたし、次こんな衣装が欲しいんです！」と嬉しそうに語る彼女の姿は今でも思い起こせる。娘のために一張羅を作ろうと思った。「最高の衣装をプレゼントするね」と約束した。なんなら「妹がＶになりたいって言ったら絶対ママを勧める」なんて言ってくれた。ＶＴｕｂｅｒ業界では同じイラストレーターが担当した子について、先にデビューした子を上の子、その後にデビューした子を下の子として姉妹と表現するらしい。現実でもバーチャルの世界でも姉妹でありたいと思う彼女の想いは尊重したいと思ったし、わたしも乗り気で「もし妹さんがデビューするなら絶対わたしがママになるね」と約束した。

共に歩んで行こう、そう思った。永遠ではないにしてもそんな生活が続くと思っていた。その時は……。

だが、ある日そんな生活が終わりを告げた。唐突に。否応なく。わたしの意思など一切関係なく。

『この度本プロジェクトは諸般の事情により20××年×月×日をもって解散することとなりました。契約タレントにつきましても、契約満了に伴い卒業となります』

公式ＳＮＳから発表されたのは簡単なそんな文章のみ。公式サイトにも同様の文面がある程度。グッズやＹｏｕｒＴｕｂｅチャンネル削除までの期間がいつまでだとか、そんな注意書きがあるくらい。そしてその発表後にあの子とは連絡が取れなくなってしまった。彼女の所属していたグループは、その発表の直前にＶＴｕｂｅｒのゴシップを扱う配信者によって炎上していた。きっとそれが原因なのだろうと後から悟った。元々薄利で運営していたような事務所。良い機会だとばかりに早々に風呂敷を畳んでしまった。

そしてあの子からの最後のメッセージ。

『やくそく、まもれなくてごめんなさい。でもいつか、やくそくまもれるようにがんばります』

変換もされていない平仮名だけのそんな飾りっ気もない文章を見ていたら唐突に視界がぼやけた。涙が溢れていた。約束を守れなかったのはわたしの方じゃないか。まだあの子に何もしてあげられていないのに……。

かくしてわたしは二十代で娘を亡くしたのだった。

【×月×日】

1週間、いや2週間くらいだったか？　そのくらい全く仕事が手に付かなかった。彼女のＳＮＳは消え、公式ＹｏｕｒＴｕｂｅアカウントも消えた。元々そこまで有名なグループではなかったから、見所のあるシーンを短時間に切り貼りしてまとめたファンメイドの『切り抜き動画』と呼べるような代物もまともにない。過去の呟きを振り返ると、わたしが返信した内容だけが残っていた。

少ないながら応援していたファンも同じように悲しむ人は多かったが、日が経つと別の推しを見つけていた。以前彼女が決めた配信用、ファンアートハッシュタグを見ても誰ひとりとしても呟いていない。まるで最初からそこに誰もいなかったみたいな。そんな様子を見て胸が張り裂けそうなくらいに痛かった。わたしだけがまるで取り残されているような錯覚すら覚えた。

それから更にもうしばらくしてから、ようやくペンを握れるくらいには持ち直した。仕事をしないと食べていけない。受けた仕事はきちんとこなさないと、二度と仕事が来なくなるかもしれない。でも握ったペンがこれほど重いと思ったことはなかった。あの子の事を思い出すと涙が溢れて来たので振り切るように仕事に集中しようと思って、普段より受ける仕事を増やした。無我夢中でペンを走らせている間は何も考えなくても良いから。だが、タブレットに反射した自分の顔は酷い有様だった。こんなに辛い想いなんてもうこりごりだ。こんなことならあんなに親しく接するべきじゃなかった、ビジネスライクな関係であるべきだったんじゃないか――そんな事すら思ってしまった。だからわたしはＶＴｕｂｅｒと関わるのはもう止めようと思った。もう泣きたくはない。人間辛い事から逃げたって良いじゃないか。こんなの次にあったらわたしはきっと耐えられないと思った。うん……その方が良い。ＳＮＳのＤＭやプロフィール欄で公開している仕事用のアドレスに舞い込んだＶＴｕｂｅｒのキャラクターデザイン依頼を断っていく。企業だろうと個人だろうと関係ない。そんな気分ではない。きっとイラストにも自分のその感情が現れてしまうことがなんとなく分かったから……それでは依頼してきた人たちに不誠実だ。

そんな嫌な思い出を忘れ去るためにわたしは毎日毎日基礎に立ち返ってイラストを描き殴っていた。何も考えずに描いていたはずのアーカイブには――あの時彼女が見せてくれたリストにあったような衣装を着たキャラクターのイラストがあった。どうしたって忘れる事なんてできるわけはない……。

「忘れちゃ……いけないんだ…………」

きっとわたしが忘れてしまったらあの子は本当の意味で死んでしまう。だからこそ、せめてわたしの記憶の中にはその存在を刻み込まなくちゃいけない。それがあの子に何もしてあげられなかったわたしにできる唯一の贖罪なんじゃないだろうか。うん、そうだ。きっとそうに違いない……。

「約束、守れなかったな」

最高の新衣装をプレゼントしてあげるという約束。そして妹ちゃんへのVのガワ提供。ついぞその約束は果たせぬままになってしまった。

「景気悪そうな顔してんね」

「服　を　着　ろ」

まるで自分の家みたいなノリで転がり込んできている同業者の女。酢昆布というペンネームで活動しており、結構長い付き合いである。酢昆布という名前から『すーこ』なんて呼んでいて、一方あちらはわたしを『みーこ』と呼んでくる。同業者、同性、わたしの方が少しだけ年上だけどほぼ同年代で、同じコンテンツの同人誌を描いていたことがあり、年に2回開催されている国内最大級の同人誌即売会のときに、隣のブースで出店したこともあり親しくしている。恐らく同業者で一番親しい間柄だと思う。そして自宅も同じマンションで部屋も隣同士という関係である。

最初はこうじゃなかったのに知らない間に隣に越してきていたのだ。生活能力皆無なのでたまにご飯食べさせたり、お古の服を押し付けている。悪友というかもう妹みたいなものだ。可愛げはないけど。自堕落な生活をしているし、スキンケアとかあんましないのに素材が良いのか無駄にスタイルは良いし顔も良いのがちょっと気に入らない。あと楽天的な性格がちょっぴり羨ましい。すーこといるとあんまり暗い気持ちにならないで済むので今回の一件では実は救われている面がある。それを直接伝えると本人が調子に乗るのが目に見えているので、絶対言わないけれども。

　ただこのくっそ寒い時期に裸ワイシャツみたいな恰好で部屋に尋ねて来るのはさすがにお説教案件だわ。いくら部屋が隣とはいえ、これじゃあ痴女と変わらないじゃない。というか警察のご厄介になっても言い訳できないんじゃなかろうか。

「着てんじゃん。男物のワイシャツ」

「作画資料用に自撮りしてたやつでしょ、それ」

「そそ。前回の薄い本では渾身の裸ワイシャツを描けたんだぜ！」

「マネキンに着せるんじゃなくて相変わらず作画資料は自前なのね」

「いやぁ、控え目に言ってワイって美人じゃん？　それもただの美人じゃねぇぞ。ド級の美人――ド美人だ」

「そんな単語聞いたことないわよ。それにキメ顔でワイなんて一人称使うのやめて。ネットの中だけにしなさいって。いや今日日ネットの中ですら使っていたら浮いちゃうんじゃないの……？」

「お外でも余裕で言っちゃうけどね」

「えー……」

「ドン引きするのやめてもろて。みーこにそんな目で見られると……ぞくぞくしちゃうじゃん！　控え目に言って興奮する。美人に蔑むような目で見られるなんて！」

「……あんたってイラストレーターじゃなかったら絶対ただの変態不審者よね」

「それはそう。自覚はある。逆にいえばその欲望を満たすために自炊ってか自前で絵を描き始めたのがキッカケだし。なるべくしてなったわけよ！」

「それで変態性が磨き上げられるわけね……」

「そりゃあ首絞めとか腹パンなんてジャンル、当時は今ほど需要(じゅよう)はなかったのよ。今でこそ『わからせ』が流行っているけどね。先見(せんけん)の明(めい)があったってワケ。流石(さすが)だぜ、このまま一般性癖くらいになるまで頑張ってほしいところさんだ」

すーこは漫画とかでよくいる天才タイプのやつ。わたしが努力で補うタイプなのでちょっとジェラシー。でも自分の性癖を満たしつつ、どうすればウケるかってのをきちんと把握した上でやっているムーブは見習いたい。自分の売り方、マーケティングが本当に上手い。売れるべくして売れている子だ。この子経由でわたしを知ってもらったっていうことも決して少なくはない。

「せめて下穿きなさいよ。ジャージで良いから。ホラ」

「下もちゃんとホットパンツ穿いてるよ？　ちなみにこれ前回の即売会でやった『あんだーらいぶ』の宵闇忍(よいやみしのぶ)ちゃんのコスで使ってたやつね。再利用再利用」

「たくし上げないの、はしたない！」

「えー、いいじゃん。女同士なんだしぃ」

「いいから止めなさいって……」

この子、年2回開催される大規模な同人誌即売会に毎回その年ネタにしたキャラクターのコスプレをしてブースに立つのが恒例となっている。オーダーメイドで作ってもらったり、自分で製作したりと異様なまでの気合の入れようで、細部にわたってこだわっており、原作ファンからも評価は高い。元の素材が良いのもあってネットで『美人すぎる絵師』として取り上げられることもあり、嬉々としてわたしに見せに来る。性質が悪い事に自分の顔の良さを自覚しているからなのか、ろくに顔も隠そうとしないもんだから色々と心配になって来る。すーこに言い寄って来る男性は多い、他人のわたしから見ても分かるくらいには。せめてマスクで顔くらいは隠せばいいのに。

「いつか露出とか公然わいせつ罪とかで警察のご厄介にならないか心配よ、わたし……」

「マチュピチュとかああいう場所で全裸になってみたい欲はあるよね」

「や め な さ い」

「さすがにそのためだけに行く気はないってば。ちなみにマチュピチュで全裸になって逮捕された人マジでいるらしい。一瞬考えた時調べたけど」

「そもそもそんなこと考えるのやめなさいってば。あなた本当にいつか絶対やらかすんじゃないかと思うと不安になって来るわ……」

「身元引受人にはみーこをご指名するよ、よろしくね」

「本当にやめなさい」

「えー、ワイ父親から勘当されちゃってんだから家族いないんだもん。だからみーこしかいないんだもん」

「あー……ごめん……」

「もう気にしてないってば。あんな連中」

まるで本当に気にしていないみたいに言うが……この子は父親から勘当されている。すーこのお母さんが……いや、これ以上はわたしの口からは言うべきではないだろう。自分では「こんなガキいたら確かに勘当したくもなるよね」などと元気に言っているけれども……ともかく、この話題は早々に流してしまおう。

「毎回言っているけれど、きちんとした服を買いなさい」

「この前シスター服買ったよ？　下がスケスケでドスケベなやつ」

みーこはコスプレ衣装だけはやたらと所持しているのに、普段着というものをほぼ持っていない。所有しているものも、わたしが買い与えたり、お古をあげたものだ。まあ、色々とサイズ的に入らないところがあるので、譲ってあげられるのも限られてくるんだけど……。

「コスプレ衣装をきちんとした服にカテゴライズするのやめなさい」

「えー……コスプレ衣装製作している人にそれは些か失礼なのではないでしょうか、マム」

「なんか少し罪悪感抱いちゃったじゃないの」

「にゃっはっは」

「ん……あれ」

「どしたん？」

「仕事用のアドレスにメール来てたか……ら…………」

「おっ？　ラノベの挿絵とか？　ソシャゲ？」

「…………」

「それとも個人からのスケッチなブック依頼？　略してス・ケ・ベ♪　いやーん、えっちぃ」

仕事用のフリーメールサービスに入った1通の連絡。一応それなりに名前を知ってもらえているためかお仕事のお話をいただく機会はそこまで少ないわけではないが、その内容を見て思わず身体が硬直した。そんなわたしの様子を察してか、隣で胡坐を組んでいたすーこがノートパソコンの画面を覗き込んでくる。

「仕事用だよ。見ないで」

「じゃあわたしの前でそんな顔すんなよ。気にしてくださいって言ってるようなもんじゃん。わたしがそんなの見すごせるわけないだろ。こちとら『安全と親友第一』って母親から教わってんだぞ」

「……ＶＴｕｂｅｒの仕事だって」

「もう受けないって言ってたっけ。ウチの子なんて炎上しまくってたけどな。がっはは」

　お仕事関係のメールなので人様にお見せするなんて普通は許されるわけはない。それでもすーこがそんな気にするくらい酷い表情をしていたのだろうか。おとなしく白状しておく。

「すっごい前に――1年くらい前に納品した子、今度デビューするって……」

「あっ、それどんな男の子がウケそうかって相談してきたやつ？」

　こくりと頷くと「なっつかしぃ！」と大はしゃぎするすーこ。約1年前。『あんだーらいぶ』というバーチャルタレントグループから男性ＶＴｕｂｅｒのキャラデザを依頼され納品した。当時は本当にそんなに知名度があるわけでもなかったが、今ではかなり人気の箱になっているらしい。わたし自身もすっかりそちらへ納品したことすら忘れてしまっていたが、1年越しにその時の子がデビューすることになったという。本当は納品した仕事関係に関してはきちんと記憶しておかなくちゃだけど、この仕事の後にあの子がデビューしてそちらの応援やその後の引退、そして凹んで引き籠もってたりとか……バタバタしていてすっかり忘れていた。基本方針としてそっち方面の仕事は全て断るつもりでいたが、既に納品したものに対して今更どうこう言うことなんてできないし……。

「あれま。んじゃあしょうがないじゃん」

「簡単に言うわね、あんた」

「めっちゃ有名事務所じゃん！　こういうところの仕事やりたい同業者多数よ。ただ……」

「ただ……？」

「男だから荒れそうだなーって」

「？」

すーこのその言葉の意味をこの後すぐ思い知らされることになる。

【3月×日】

息子——神坂怜と名付けられたその子は滅茶苦茶燃えていた。炎上していた。理由は女性VTuberが多い箱の中で男性Vがデビューしたから。そんな馬鹿なって思っていたら同期として一緒にデビューした男性が初配信翌日に女性問題で解雇されるという異常事態。公式アカウントは早々に消えてしまい、その件に関する非難の矛先は『同期である』というだけで彼へと向けられた。目を背けたくなるような類いの罵詈雑言がかなりあった。同じような書き込みを芸能人などにやれば一発アウトだろうに。

そして当然そうなれば思い浮かぶのは『引退』の二文字。インターネット上で活動する人がそれを辞する場合の理由としては容易に想像できる。この子までそんな風になってしまったら……きっとわたしはＶＴｕｂｅｒというものに一生触れることはなくなってしまうだろう。

流行りだし、そういう文化として否定するわけじゃないんだよ？　でもわたしにとっては辛いだけのものになってしまいそう。今だって胸がこんなにも痛い。自分に投げかけられた言葉でもないのに、こんなにも、こんなにも痛い。まるで身を引き裂かれるような思い。何もしてあげられない自分が情けなくて、もどかしくて、悔しくて。そんな感情がぐるぐると自分の中に渦巻く。あの子を思い出して涙が溢れそうになって来るのを必死にこらえる。ダメだ。ダメだ。ダメだ……。

「本当、なんなのこれ……」

「まあ界隈特有のやつね」

「だ、大丈夫かな？」

「そんなに気になるなら見に行きゃいいでしょ。『推しは推せるときに推せ』という格言(かくげん)があるんじゃよ。あとめっちゃ声いいぞ。拙者イケボ配信者すこすこ侍」

「なんですーこがチェックしてんのよ……」

「いやぁ、自分の好みの顔の男だし。見に行ったら声まで良かったからつい。あ、でも配信自体は特別面白いとかじゃあないけど。というか辛口に言うなら面白くはないね。一部の界隈では虚無(きょむ)配信とか言われてるっぽいね」

「それＶＴｕｂｅｒとしてかなり致命的なんじゃゃ……」

面白いトークやゲームプレイを提供するのが仕事の彼ら、彼女らにとって、それがイマイチというのは中々に問題なんじゃないだろうか。それに加えてデビュー時のゴタゴタによる炎上騒動。本当に……わたしの担当する子たちはどうしてこう……わたしって疫病神なのかな？

「それでいいんだよ。ああいうのは『質』を楽しむ枠なんだ。分かってないなぁ、みーこはさぁ」

「前にそういうイケボ配信者嫌いとか言ってなかった？」

「チャラい、いかにも作りましたって声が嫌いなのよ。怜君は天然で良い感じなのよ。あの着飾ってない、作ってない声——素でイケボなの割とマジで凄いと思うわ。ほら、エッチなコンテンツだって『素人物』って売れるわけじゃん？　それと同じ。需要はあるってわけよ。あと不憫可愛い」

「でもすーこが出した要望を取り入れたにしては、えらく真っ当というか王道っぽい子に仕上がったのが意外」

「なにそれ」

「もっとこう……変な性癖漏れ出てる感じかなと」

「失敬な。まだまだ男性Vが少ないこの時期にいきなり色物キャラ出してどうするんだい。こういう時は王道っぽいキャラクターで良いんだよ。変に『ガワ』に特色出すと中の人だってキャラ付けってかロールプレイも大変になるでしょ。それに女子向けコンテンツが結構な市場規模を築いているご時世だからこそ、そういった層にも刺さりそうなデザインを考案するべきでしょ」

め、滅茶苦茶真っ当だ。この子真面目に考えてたんだ。きっとわたしの様子が本調子でないのも長い付き合いの彼女は察していたのかもしれない。あえて何も聞かずに普段通りに接してくれている事に少しだけ救われた気がした。この子みたいな底抜けに明るいのは少し羨ましくもあった。

「僅かに見える鎖骨(さこつ)がえちえちポイントだよね☆」

「人の子をそんな風な目で見るのやめろぉ！」

前言撤回。やっぱり真面目じゃなかった。一瞬でも感心したわたしの想い返して。

「でも『ママ』なら頑張っている子供をきちんと見守ってあげるのもお仕事のうちなんだと思うよ？　折角頑張って配信してるのに『家族』のみーこもちゃんと見てあげなくちゃいけないんじゃあないかなぁ」

「ぬ……」

「特に今配信とか荒れてるんだからさー、モデレーター権限で変なコメントをすぐさま処(しょ)していくのは中々に快感だったりするんだぜ？」

「もでれーたー？」

「スパナ……って言っても伝わんないか。まあコメント削除できる権限、みたいな認識で良いよ。界隈じゃあママとか関係者に渡しておくのがあるあるなんだよ。視聴者目線で見るとスパナ付いてると関係者なんだって分かりやすいポイントだったりもする」

へー、そんなのがあるんだ。知らなかった。言われてみればあの子の配信にコメントをした時に名前の横に青色のスパナみたいなマークがあったような気がする。彼女の配信は荒れるとかはなく、そもそもそういう機能を使う機会がなかった。

「そういうのポンポン気軽にやっていいのかな？　それに大きな企業のＶＴｕｂｅｒさんに気

軽に絡みに行くのって迷惑だったりとか……」

「業界的には演者とその担当絵師のやり取りも一種のお約束なわけ。それこそ不仲とか言われると今以上にあることない事非難されちゃうかもよ?」

「あんた……マジでＶＴｕｂｅｒ博士じゃん」

「伊達に入り浸ってないぜ」

「はいはい、服着ようね」

「ナース服着てるじゃん。職業差別とかダメだぞ☆」

「ええ……」


【3月×日】

あれから配信をチラホラ見るようになっていた。自分の担当した子の配信を見るのは随分と懐かしい感覚。男女の違いはあれどやはり悪い気はしない。

でも表情差分あるのに普段滅多に笑わない。全然表情に変化がない。システム的な問題かとも思ったのだが、彼は妹ちゃんの話になると満面の笑みに変わる。ああ、きちんと笑えるんだなって妙なところで安心してしまう。

「この子も妹がいるんだ……」

表舞台から消えたあの子と同じ——それも妹ちゃんが大好きなところまで一緒だとは……そしていつからか、わたしやすーこがコメントをした時にも笑ってくれるようになったのには胸が熱くなった。ママと慕って呼んでくれるのには随分と懐かしさも感じた。なんだか認めて貰えたみたいで嬉しかった。泣きそうになった。でも我慢した。

　彼の大好きな妹ちゃんをイメージしたイラストを描いてみると、彼やそのファンの人たちには随分好評なので安心した。わたしにとっては長女の子の時にはやってあげられなかったこと、今回は沢山やってあげようと思ったからだ。あの時みたいに後悔しないように。

　所属しているのがバーチャルタレントグループとしてはかなり有名という事もあり、あの子よりも視聴者数は断然上だった。これでも『あんだーらいぶ』の中では底辺扱いなのだという。これだけいれば充分だろうにとも思うが、所属によって求められる数字は異なるみたい。有名であるがそれ故に変な批判も多いのを考えてみると、一概に有名、無名、どちらが良いなんて言えないけど。

　それでも今の彼の状況が正常とは到底思えない。こんなにも頑張っている子が、ああやって好き勝手言われるのが許されているのはおかしい。でもおかしいのはそこだけじゃない。あの子の反応だ。自分が誹謗中傷される事に対して、一切疑問に思っていない。まるでそれが当たり前みたいに受け入れてしまっているところだ。

「これは……重症だなぁ」

　怜くんからのメッセージ。妹ちゃんイラストに対するお礼メッセージなのだが……時候の挨拶とかメッセージでやる人初めて見たな。そこには『不甲斐ない活動をお見せして恥ずかしい限りです（意訳）』といった感じのコメント。そうじゃないでしょ。なんで貴方が謝るの……。すーこ相手じゃないけれどもちょっとお説教が必要なんじゃないのか、これ。恐らくブラック企業辞めてこっちの世界にやって来たという設定は本当なんだろう。

【4月×日】

彼の所属する『あんだーらいぶ』から女の子ふたり組の新人がデビューするとのこと。そしてその告知から間もなく、我が子のチャンネル登録者数はあっと言う間に彼女たちに追い抜かれてしまった。時間にしてチャンネル開設5分後。初配信すらやっていない今このタイミングで、だ。それをネタに笑う人や批判する人のコメントを見て関係者としては複雑な心境になってしまう。きっとわたしの絵が悪いんだ。でないと説明がつかないじゃない……もっと上手くならなくちゃ。

【5月×日】

今日は彼の収益化記念の配信。スーパーチャットを投げてみた。『おめでとう。ずっとずっと応援してる』。思いつくままに打ち込んだコメントだった。もっと気の利いたコメントの方が良かったんだろうけれども、わたしにはそれが精一杯だった。そのコメントを見た彼が一瞬だけ言葉に詰まっていたのが印象的だった。もしかして……迷惑だったろうか？

【6月×日】

彼からのお誘いで配信に出ることになった。『お絵描き(えか)きの海』という、出されたお題の絵を描いて他プレイヤーがそれを当てるゲームを一緒に遊ぶというもの。単純なようでそのお題は中々に奇抜なものが多いのが特徴。設定さえ変更すれば易しくもできるけど、配信の撮れ高(とだか)を考えれば奇抜なテーマがあった方が盛り上がる。とはいえ『反復横跳びする蟹とナマケモノ』とかいうテーマは流石にどうかと思うわよ。

一応姿や声は配信に乗せずに、チャットでのやり取りをする形になった。それにしてもこういう形で彼が誘ってくるというのは意外だったけど……。

「まーた、あの子は……」

よもやこの夏開催の同人誌即売会の宣伝をするための枠だとは想像もしてなかった。頻繁にわたしのブース番号を宣伝していた。あの子らしいといえばらしいのかもしれないけれど、どうせ『自分は普段迷惑かけているから、このくらいの宣伝はしないと』みたいな事考えてるんだろうな。そんな事しなくても良いのに。わたしはまだこの子に何もしてあげられていないのに。むしろ毎日配信で癒やしを与えられている身なのに。こういうところを含めて、応援してあげたくなる。あの頃と同じようにこんな気持ちを抱く事になろうとは思ってもみなかった。だけど、彼の置かれた状況を考えると楽観視はできない……。

【7月×日】

「勿体ない、はよ聞くべき」

「は、恥ずかしくない……？」

すーこに怜くんのボイス作品を買ったことがバレてしまった。今までボイス作品って漫画やライトノベルの特典としてオマケで付いていたドラマＣＤくらいしか聞いたことがなかったし、わざわざボイスだけを購入するのはこれが初めてだった。一応そういうＡＳＭＲっていう実際に耳元で囁いているように聞こえる音声があって、その同人音声作品のイメージイラストを描くお仕事は過去に一度したことはあったけれど。

普段手を出すコンテンツではないけれども、頑張っている息子が出したものだし……と、実はリリース当日に買っていたが気恥ずかしくてずっとそのままにしていたのだ。

「確かに、ワイもアレのボイスは聞いたことがないし、聞こうとも思わんな」

すーこの言う『アレ』は彼女がキャラデザを手掛けた自称清楚系ＶＴｕｂｅｒである『アレイナ・アーレンス』のことだ。元々わたしの娘と同じように零細バーチャルタレント事務所に所属していたが、長女と同じように事務所がＶ事業からの撤退を表明した。ここまでは同じだが、アレちゃんは企業側と交渉して、見事に引き続き『アレイナ・アーレンス』として活動を続けていく権利を獲得したのだとか。そういう行動力は本当にすーこにソックリだ。

「あ、でもアレちゃんって個人でやってるんでしょ？　ボイス販売とかできるんだ」

「販売委託のサイトなんて今時いくらでもあるでしょ」

「あー……確かに」

「というわけで聞こうぜ。最近は便利だし、マルチ接続できるんだぞ。ほれほれ」

すーこに勧められるままに自分のワイヤレスヘッドホンを着ける。すーこも自分のヘッドホンを装着すると、うっきうきで再生ボタンを押した。

耳元で怜くんの声が響く――のだが、いつもと明らかに毛色が違う。普段の彼のテンション感で言えば、家事や妹ちゃんトークでもするのだろうと当初高を括っていたが……普段の様子とはかけ離れたものだった。まるで恋人同士みたいな距離感で、露骨に聞いているこちら側を手玉に取るような甘い言葉を囁(ささや)くのだ。不意打ち気味にそんなものをぶつけられてしまい、背(せ)筋(すじ)がぞわぞわするような感覚に襲われてしまう。

「…………」

「顔赤いけど平気？」

「ふ、普段とキャラ違くない⁉　全然違くない⁉」

「初聴だと本当にビックリするよね」

「背筋すごいぞわぞわした」

「ねー。めちゃ正統派イケメンキャラ。これで白飯3杯はイケる。妄想が無限に捗(はかど)る。で、みーこ、どうだった？　表情見れば、おおよそ察しは付くけれども……ね、聞いてみて良かったでしょ？」

「よ、よかった……」

　なんだか恥ずかしくなって小声で返答してしまう。普段からこういうコンテンツに触れてきた人ならもっと平気な顔をしていたのかもしれないけれど、わたしにはちょっぴり刺激が強かった。もっとこう……普段の雑談(ざつだん)配信しているときのようなノリで来るかと思っていたのに。蓋を開けてみれば、聞き手である我々を意味あり気にからかったり、絶対にわたしのこと好きじゃんみたいな台詞(せりふ)を吐きやがるのだ。なんか解釈違いというやつかもしれないが、これはこれで悪くはないと思ってしまう自分がいる。男慣れしていないような層が聞いたらダメなやつでしょ、これ。

「雫(しずく)ちゃん、これ絶対自分の願望入ってそう」

「少なくとも今後も台本を書くって宣言するくらいには、気に入ってるみたいね」

「ブラコン妹ちゃんってくっそ可愛いよね」

「こういうのですーこに共感できるのって珍しい」

「確かに」

　雫ちゃんがかなりノリノリで台本を書いているのはSNSなどから何となく伝わってくる。あの子、お兄ちゃん大好きっ子だもんね。SNSでボイス感想の呟きをチェックしてお兄ちゃんが恰好良いって褒められるのが嬉しいんだろう。それはママであるわたしにはとっても分かる。勿論彼だけでなく、雫ちゃんが可愛いって賞賛されているのも嬉しいものなのだ。

「――で、どうする？　翌月発売されてたやつも聞く？」

「……聞く」

「堕ちたな」

「は？」

「なんでもない」

　結局この後、現在発売されている全てのマンスリーボイスを視聴することになるのだった。


【7月×日】

「また燃えてる……」

「ここまで行くと逆にすごいじゃん」

「ブロックブロック」

「仕事早い。大分手慣れてきたよね、コメントの削除やブロックの操作に。ついこの間までコメント処するのに躊躇して何度もワイに『大丈夫だよね？　これ。操作あってるよね？』って聞いてきたのに」

「短期間でこんだけあったらそりゃあ否が応でも慣れちゃうでしょ……これっぽっちも喜ばしくない成長だけれども」

「ずーっと燃えてるよね。延焼が続いているようなイメージかな。ファンの子たちも最近この流れに慣れてて草だぜ。でも前から思ってたけど、みーこって相当に親馬鹿だよね。子供をハチャメチャに甘やかすタイプだ。ママァ、ワイも甘やかしてよぉ」

「うっさい、あんたのコメントもブロックするわよ」

「ひどくない⁉」

最早手慣れた手つきでアンチコメントのユーザーをブロックして行く。いつだったか応援コメントしに行ったときにこういうコメントを処理できる権限？　みたいなのを貰った。うちの子はいつだって辛そうな声音ひとつ見せない。自らの状況を何ひとつ苦にしてないように見える。逆に申し訳ないと謝罪までしてくるのだ。きっとＶとしての『設定』以上に色々抱えてきたのを何となく察してしまう。それに慣れすぎている。慣れてしまったが故にこうなってしまったのだろう。胸を締め付けられる想いだった。何もできないけれど、何かをしてあげたい。

だから彼の妹ちゃん——雫ちゃんのＶのデザインは気合を入れて描いた。あと、お節介かもしれないけれど動く２Ｄのガワもこっそり発注した。動かない絵のままなんてのは母親的に許せない。娘をとびきり可愛く着飾って皆に自慢したい親心なのだ。見せるなら最高に可憐で清楚な姿を見せたいじゃない？　「お金払います！」とあの子が慌てて言ってきたときには、ちょっぴり可愛いと思ってしまった。こういう一面を見れちゃうのはママという立場の特権だ。もっと視聴者の前で出せば良いのに。でも自分にしか見えないところと考えるとちょっぴり優越感。怜くんのファンに悪いかな。いつか4コマ漫画みたいなのでネタにしちゃおう。

【7月×日】

いや……どうして妹ちゃんの方が人気出ているんだ。まあ確かに相当に気合入れて描いたのだから評価をしていただいているのは大変嬉しいんだけれども。本編よりスピンオフ作品の方が人気の出る作品の作者さんの気持ちってこんな感じなのだろうか。

ま、怜くん本人が雫ちゃんが多くの人から「可愛い」と高評価を受けている様子をこれ以上なく嬉しそうにしているので良いのかな。あと、すーこ……あんたちょっと好き好きアピールしすぎでは？　いや、確かにあの子の好みを聞いてデザインはした。声も身内贔屓かもしれないが滅茶苦茶恰好良いんだけどね。娘のアレちゃんと一緒になって彼に構ってもらっているのが最早お約束になっている。大丈夫なんだろうか、彼のファン怒ったりしてない？　変なコメントが多いならお説教するし、いざとなればブロックも辞さない。

【7月×日】

猫。あの子が猫を飼い始めた。リアルの方のお母様が拾ってきた子らしい。キジトラの猫ちゃん。偶然小さい頃実家で飼っていた猫と同じだった。模様は違えど、虎太郎（こたろう）と名付けたあの子の事を思い出した。あの子は凄い人懐っこい子だったな。名付け親という大役を仰せつかったのだが、咄嗟に過去に飼っていたその子の名前を出してしまった。

『虎太郎か……』

『にゃ？』

『あ、お兄ちゃん、今名前に反応したよ！　虎太郎！』

『にゃー？』

『よし、虎太郎。今日からお前は虎太郎だ。神坂家の末っ子君。よろしくな』

『虎太郎！』

『にゃ！』

ＳＮＳにあげられていた猫ちゃんの画像は本当に可愛らしい。玩具で遊ぶ姿を神坂兄妹が揃って「可愛い可愛い」実況する配信にもほんわか癒やされる。ずっと聞いていられるくらいで、多分この配信からはマイナスイオンとか癒やしの成分が出てるに違いない。これは必ず絵にしなくては。アーカイブをリピートしながらイメージしたファンアートを投稿していた。彼自身も言っていたじゃない。『神坂家の末っ子』であると。であるならば……実質わたしの家族みたいなものだから、ね？　よろしくね、虎太郎。

【7月×日】

なんと怜くんのグッズが販売されるらしい。気合が入る、が……あの子のことだから新規で描き下ろすとかいうと絶対「申し訳ない」だとか色々気にしちゃうに違いない。打ち合わせ中のマネージャーさんとのお話でも既存のイラストで良いとは言われている。というわけで完全新規でイラスト描いておいて、夏の即売会用のやつって後付けで言い訳することにした。これならあの子も変に罪悪感とか抱く事はないだろう。デビュー前に描いていたイラストではあるが、そのまま使うなんてわたしが耐えられない。息子の晴れ舞台に古着を着せて行かせるようなものじゃない？　普段からお世話になっている息子のファンの皆さんへのお礼の気持ちも込めて気合を入れなくちゃ。大変だけど、皆がどう反応するのかとっても楽しみで、それだけで筆が進んだ。

普段何もしてあげられないなけなしの……親の甲斐性。普段頑張っている息子へのご褒美にしては些か物足りないかもしれないけれども。私にできることなんてこの程度のこと。絵を描くことくらいなのだから。

本当に今が充実して、毎日が楽しい。願わくばこの日常が1日でも長く、長く、長く……続きますように。

【8月×日】

「完売!?」

販売サイトには赤字で『完売』の2文字。嘘だ。ママであるわたしですらまだ買えてないのに。1時間も経たない間に完売していた。確かにグッズのサンプルは『あんだーらいぶ』さんからいただいているのだが、オマケとしてついてくるあの子のサイン入りメッセージカードがないじゃん！

「ワイも買えなかったんだが……？」

「わたしママなのにぃ」

「いや、まだそっちは完成サンプル送られてきてるだけマシじゃん！　こちとら何もないんだぞ。やっぱここのマンション、回線よわよわなんじゃねーかよ。配信者のアパートやマンションの回線速度問題という話はあるが、まさかファンサイドであるこちらもそれに直面することになるとは思わなんだぜぃ……」

　普段ちょっとした作業や動画を見る程度であればそこまで不都合はなかったと思うが……単純に販売開始前から待機しておけってお話になっちゃうんだけど。別のお仕事の打ち合わせが長引いちゃったんだよね。こればっかりは仕方がない。一応お仕事優先……いや、でもあの打ち合わせって通話形式だったし、こっそり販売サイトにアクセスすればバレなかったんじゃ………？　で、でもお仕事の打ち合わせは大事だし……なんだか悔しいので取り敢えずここの回線速度のせいにしておこう。うん。実際に速度自体はそこまで出てないと思うし。１００メガだっけ？　確かそのくらいだったはず。そもそも別にそこまで回線が遅いってわけでもないんだけれども……時間帯によって回線が不安定になっていたりするのだろうか？　そのあたりの知識はわたし実はよく分かっていなくて、パソコンのネットワーク関係とかはすーこに全部やってもらっている。

「やっぱ、今ちょっと回線速度落ちてるっぽいなぁ」

「回線速度測るサイトなんてあるのね。ああーもう……引っ越そうかなぁ……」

「あ、引っ越すなら隣空いてるところにしてね。あ、それか広めの部屋借りて同棲も可」

「なんで一緒に引っ越そうとしているのよ」

「なんでって……こんな生活力がなくて、儚げで放っておいたら死んじゃいそうな子を見捨てて行くって言うの⁉　いやぁ！　捨てないでママァ‼」

「儚げって自分で言ってて恥ずかしくない？」

「いや、全然。むしろもっと盛れば良かったって思って反省してた。実際傾国の美女レベルじゃない、ワイって」

「国を傾けるとかあまりにも大袈裟がすぎない？」

「オタクサークルに所属していたら確実にワイが原因でサークル崩壊待ったなしじゃない。あながち間違いではないと思うわけよ」

「全然意味合いが違うと思うのだけれども、そもそもどっからその自信出てくるんだ」

「ネットだとオタク君が褒めてくれるから自己肯定感高まってイイゾォ」

「えぇ……それはさておき、グッズを買えなくて悔しいからＳＮＳで呟いてやろう。もしかしたら再販してくれるかもしれないし。それより直接あんだーらいぶの担当者さんに直訴しようかしら……」

「おっ、それええね。その時はワイの分もよろー」

---

mikuri@C9X ２日目 東ス20β @mikuri_illustrator

我が子のグッズを買えないウーマン（´・ω・｀）

あんだーらいぶさんから担当したグッズのサンプルはいただいたんだけれども
メッセージカードがないのん……。

酢昆布@新刊委託予定@sukonbu_umaiyone
わたしも買えなかった
珍しく原稿描いてたのにあァァァんまりだァァァァ。

敗北者ふたりが仲良く後悔の念を呟いて数分後。

「アレが……バカ娘が10セット購入してるとかギルティ……」

「は？　10セット？」

「そう、10セットも」

「こういうのって購入制限あるものじゃないの……？」

「なかったみたい。しかもメッセージカードってランダム封入らしいからね。あんらい君も中々にエグいことしますなぁ。まあそう言う売り方しないと売れないって判断なのかもしれないけど、あの子のファンって少数精鋭感があるし、普段スパチャ投げられないようになっているからこのくらいは全然許すけれど」

アレイナ・アーレンス@清楚系Vtuber@seiso_vtuber_Alaina
わwたwしwはw
10セット買ったンゴオオオwww。

アレちゃんのSNSアカウントを確認すると確かにすーこの言う通り、我々が買えなかったと悔やむ投稿した直後に、それを煽るようなメッセージが全世界に向けて発信されていた。これは喧嘩売っていると思って良いのかしら……？　久しぶりにキレちまったぜ。この前焼肉奢ったよな？　1セットくらいわたしに献上すべきなのではなかろうか？　そのくらいのことはやってもバチは当たらないと思うのよね。

「なんかすっげーむかつくな、こいつ。次の即売会のオマケ本で腹パン首締めの刑にしてやろうか。いや、それじゃあ生温い。むしろ喜びそうだ。感度3000倍にして箱化させてやる」

「むむむぅ……わたしの方が好きなのに」

「恋する乙女かな？　まあ気持ちは分かるが。そういうのはもっと表で出してもろて」

「嫌だよ、あの子のファンが嫌がるかもだし」

「まー、確かに女性Vの担当絵師が男で絡むのを嫌う層はいるにはいるけどさ」

「あー……やっぱりいるんだ。あの子は女の子のファン多そうだしなぁ」

「『てえてえ』って言葉もあるから、深く気にしない方が良いよ?」

「恥ずかしいじゃん……」

「ワイの親友が可愛いすぎる件」

「はいはい、褒めても何も出ないわよ」

「何もしなくてもご飯は出してくれるから優しい。ママァ……」

「誰がママだ。あんたみたいな手のかかる子はいらない」

「捨てないで‼　こんなに可愛い娘を捨てるの⁉」

「だれが娘だ、お馬鹿さんめ。はい、ご飯にするから手を洗ってきなさいな」

「はーい」

ちなみにメッセージカードは後日、気の利く息子からちゃんと届いた。しかも直筆で『ｍｉｋｕｒｉママへ』って書いてあった。えへへ、本当に良い子だなぁ、って眺めながらニヤニヤしてたら、その様子を含みを持った笑みを浮かべたすーこに観察されていた。う、嬉しいものは嬉しいんだから仕方ないじゃん。自分でも気持ち悪いって自覚はあるから……。


【8月×日】


「新衣装！」

仕事用のメールを見て目を見開いた。息子に新衣装が作られる事になったらしい。先日のグッズが早々と完売した点なども加味しての決定だろう。気合を入れて描いた甲斐があったというものだ。かつて娘の時に果たせなかったあの時の約束を思い出す。近所のコンビニに走り、作業しながらでも栄養補給できるようなものを選びカゴに投げ込んでいく。本当はスーパーに行った方がもっとずっと安く済むし、明日になればポイントも何倍だかになっていたと思うけど今は時間が惜しい。早く描きたい。

10分ほどで帰宅してスリープ状態だったパソコンを起動。前髪が視界の邪魔にならないようにヘアクリップで留めて、普段滅多に飲まないエナジードリンクを一気に呷る。長女の事を想って少し気分が落ち込みそうになるが、パチンと両頬を手のひらで叩いて気合を入れなおす。少し頬が赤くなっているが気にしない。手首をくるくると軽く回して、深呼吸してからペンを握った。

「よし……ッ!」

途中、シュークリームと栄養ドリンクを補給する。元気の前借りなのは重々承知の上。普段ならゴミが出たらすぐに片付けるが、今はその時間すら惜しい。ゴミを床にそれこそ投げ捨てながら作業していた。確かに彼のマネージャーである犬飼さんの設定した納品日はまだまだ先だ。ゆっくり時間をかけて描くこともできる。それでも今のこの想いを、気持ちを思いきりぶつけたかった。1日、1時間、1分、1秒でも早く。今のこの気持ちを、熱量を形にしたい。そういう想いだったんだ。

そして作業が終わる頃には、気が付けば夜が明けていた。

「あ……目の下のクマすご」

『あんだーらいぶ』さんにデータを送り、重たい身体を伸ばすと肩の骨がポキポキと鳴る。鏡を見ると明らかに不健康そうな顔色の自分の顔。ああ、そういえば前髪纏めてたんだっけ。ヘアクリップを外すが、髪型はそのままだった。髪の毛は少しべた付いててちょっぴり嫌な気分になった。そこでようやくお風呂に入っていなかった事を思い出す。

「昨日お風呂も入ってなかった……これじゃあすーこの事笑えないや」

まあ今日はもう誰にも会わないし、良いよね……と身体をベッドに投げる。枕に顔を埋めるが息苦しいので止めた。お風呂は起きてからでいいや。もう何もする気力がない。魂を込めて描いたのだから、このくらいの消耗はするものかもしれない。元気の前借りのツケもあるだろうし。でも繰り返してたら早死にしそう。寝返りを打って仰向けになる。日差しが眩しくて腕で顔を覆う。

「自己満足、だよね……こんなの」

あの約束を、彼を使って守った気になっている。そんな自分に呆れ果てる。ただの自己満足でしかない。過去の出来事をなかった事にできるわけもなく、わたしの中だけの弔い合戦とでも言おうか。そういう風に勝手に思っていた面はある。それでも……きっと最高の衣装を仕立ててあげたい。その感情だけはきっと間違いなんかじゃない。そうだよね？

「ごめんね……」

そして眠気で意識を手放す直前、約束を果たせなかったあの子に対しての謝罪の言葉が漏れ出していた。


【8月×日】

即日イラストを送ったからといって実際にお披露目されるのはまだ大分先となる。この後、事務所の方で色々と作業があるんだろう。ワクワクだ。しばらくはエコモードというかローギアで過ごす事になりそう。元気の前借りの反動でしばらくは、何もしたくないお気持ちである。

頭もぼーっとしている。ご飯作る元気もあんまりない。そんな様子を見てすーこも思わず指摘してくるくらいだった。

「なんかゲッソリしてね?」

「あー、そうかもねー」

「めっちゃふらふらしとるな。コンビニのホットスナックだけど食べる?」

「食べる」

この子に気を遣われるなんて不覚。でも致し方ない。普段面倒見ているんだからたまにはこういう日があってもいいじゃない。でも少し気になる事があってね。

「ねぇ……」

「なーにー?」

「もしかしてその恰好でコンビニ行ってたわけ……?」

「当然!」

「コンビニへメイド服着て買い物に行くのはマジでどうかと思う」

「店員さん三度見くらいしてて草だった」

「そりゃそうでしょうよ。メイド喫茶が近所に出店してるのかとか思われてそう」

「冷やし中華買ったのに温めますかって聞かれた」

「めっちゃ動揺してるじゃん」

露出の多いコスプレ衣装でなかっただけ良かったと思うべきか。ゴシックタイプのメイド服で、素材もやたらと高級感があって、この子の衣装の中ではまだ比較的マシな部類に入るのかもしれないが……

「流石に魔法少女やビキニアーマーは止めておいたぜ」

「候補がおかしくない？」

「今作ってるのだと雫ちゃん衣装は割と普段使いできそうだけどね」

「今年は雫ちゃんなんだ」

「だって彼、絶対そのコスプレなら可愛いって褒めてくれそうじゃん？　ぐへへぇ」

「……」

「痛い痛い、耳ちぎれるぅ‼　なんでぇ⁉」

「なんとなく動機が気に食わないから」

「それってただの嫉妬──いだい！　いだい！」

【8月×日】

今日は誕生日。何と息子と娘から誕生日祝いのケーキが届く。なんか2段とかになってんだけど⁉　とんでもない気合の入れようでビックリする。きっとケーキ屋さんで雫ちゃんがおねだりして、自分たち用のケーキも買ったんだろうなって勝手な妄想をしてしまう。

事前にプレゼント贈るとは知らされてはいたが、手元に届いてみるとやはりビックリしてしまう。彼から事務所へ送られて、そこからわたしへ──二度手間だがこちらが女性ということも考慮した上での行動だろう。そういうところしっかりしていて、ママはとっても嬉しいです。こんなに気が利く子なのに女性関係で嫌な思いしかしてこなかったのはなんでなんだろうか。

いや……寧ろこういう良い人すぎるのが原因だったんだろう。どうせ怜くんなら何でも許してくれるって思って、簡単に裏切ったり好意を利用したりしたのは容易に想像できてしまう。

本当はこうした贈り物の受け取り自体も断ろうとは思った。でも断ると絶対あの子「何もお返しできていない」とか自己嫌悪したり、自分を追い詰めたりするタイプなので、素直に受け取っておくことにした。

「ちなみにすーこはアレちゃんから何かプレゼント貰った事あるの？」

「腐葉土」

「は？」

「嫌がらせで40リットルの腐葉土は貰ったことある。あっても邪魔だからアレのファンの農家の人にあげたけどね。その後それで出来たお野菜貰ったよ」

「あんた一体あの子になにしたのよ……？」

「お互いに貰ったら嫌な物送り合う企画みたいなのやったの」

「えぇ……なにその地獄みたいな企画。アレちゃんにはなに贈ったわけ？」

「塩」

「塩……？」

「業務用塩25キロ」

「おのれは加減を知らんのか⁉」

「敵に塩を送るって言葉あるじゃん」

仲が良いんだか悪いんだか。ただ塩25キロってどうやって消費するんだろうか。わたしが貰ったとしても、大家族でもないひとり暮らしなので、料理で使い切れる自信はない。

「それ貰った彼女どうしてたの？」

「チャック付きの袋に小分けにしてファンにプレゼントしてた。深夜に薄暗い部屋で1袋1袋計測してパッケージングしていたよ。配信で」

「絵面が完全に犯罪のそれなんだけど⁉」

本当にこのふたり色々と心配になってくるが、このくらい突拍子もないインパクトがないとVTuber業界でやっていけないのかもしれない。

閑話休題。

「でもケーキ本当に美味そう」

「今更なんだけれど……なーんですーこがいるんだ……」

「いや、なんとなく何かある予感がしたんだぜ！　えーっと『ケーキ美味そう！』っと」

わたしのケーキ届いたという旨のSNS投稿に対して隣にいる彼女が何故かリプライを飛ばしている。直接言えば良いのに。そっちがそう来るならこっちもお返しだ。

「『こいつはなにもくれないんだよね』っと」

「『くそドエロいぴっちぴちてかてかのエナメルスーツあげたじゃん』。よし送信」

「『これってメ○カリで売れる？』」

「『着用済みなら普通に高値で売れるよ』と。穿いておく？　なんなら部屋から一眼レフ持って来るよ？」

「いや、穿かない、穿かないから。というか持ち帰って」

しばらく変な遊びをやっていたがさすがに面倒になって来た。ちなみにエナメルスーツをプレゼントされたのはガチの実話である。いらない。果てしなくいらない。自分で穿け。でも腐葉土や塩25キロよりはマシ……なんだろうか…………？

「ん……？」

チャットアプリの方に通知が入る。見れば息子からだった。きちんと到着したかどうか確認の連絡だろうか？　直送の場合送り状番号で追跡もできるかもしれないが、事務所経由なので彼は把握できないのかもしれないわね。あの子そういうところ妙に気が利くから。

「え…………？」

神坂怜
お誕生日おめでとうございます。貴女の子供として生まれて本当に幸せです。
至らぬ息子ではありますが、これからもよろしくお願い致します。
末永いご健勝とご多幸を心よりお祈り申し上げます。
https://vutu.be/BmYCcds3f

思わず言葉に詰まる。震える指でそのＵＲＬをタップする。

『ｍｉｋｕｒｉママ、こうやって直接音声でメッセージ送るのは初めてなんですけれど』

『え、普段の配信でしょっちゅうやってない？』

『あ、それもそうか……？　いや、台本にない台詞挟むの止めてくれない⁉　セリフ飛んじゃうから！』

『えっ、ごめん。ほら続けて続けて。多少こういうところがあった方が癒やしポイント高いって』

『それ本当か……？　いや、まあいいや』

そこには見慣れた息子と娘の姿があった。この子たち、わたしがママじゃなかったらもっとずっと人気者になっていたんだろうな。こういうやり取りとか本当に大好きな人多いでしょうに。もっと絵が上手くて、影響力のある絵師に当たっていたら……。そう思うと胸がきゅーっと痛くなってしまう。

『えーっと……普段色々本当に気を遣っていただいていて。多分先生のことだから、私の数字とか見てご自分の力不足だとかそういう風に思っていらっしゃるんだと思うんですけれど、全然そんなことないですからね』

まるで見透かされたようなことを言われてしまう。直接通話なんてしたこともないし、チャットを通じてのやり取りが精々であるはずなのに。

『普段虚無配信しているお兄ちゃんに原因がある』

『ぐうの音も出ない。ｍｉｋｕｒｉママには、私からすると姉にあたる方がいらっしゃったと酢昆布先生から伺いました。きっとそのときのこともあって余計に沢山心配をおかけしているんだと思います。ですけど、少なくとも私からは辞める気なんて全然これっぽちもないですからね』

『同じく！　こんな超絶当たりのガワなんて他にないんだからね。お兄ちゃんはもっとｍｉｋｕｒｉママに感謝すべきだよ』

どうしてこの子たちがあの子のことを知っているんだ？　すーこの名前が出ていたところからしても、あの子が提供した情報だということは間違いなさそうだ。余計なことを……そういうの聞かされたら普通困惑するでしょうに。

『それにお姉ちゃんはどこか別の企業さんとか個人勢としてデビュー……転生するかもしれないでしょ。いや、あるいはストリーマーとか？　活舌良くて演技の上手なお姉さんは需要ありありなんだよ』

『確かに、それもゼロじゃあないよな。今よりＶＴｕｂｅｒってものが世間で認知されていない頃に活動開始された方がタダで終わるって感じは確かにしないですよね』

『だよね』

『きっと強い意志を持って行動されている方なんだと思います。だから頑張るって言った彼女のこと信じて一緒に待ちましょう。だって家族なんですから。もし帰ってこられたら……その時は私たちに彼女のこと紹介してくださいね』

『わたし、お姉ちゃん欲しかったんだよね』

『あれ？　お兄ちゃんは？』

『あんまり要らないかなぁ』

『台本にない辛口コメントやめてもらっていい？　グサグサ刺さるんだけど』

『あっちも妹ちゃんいるみたいだけど、その場合わたしとそっちの子、どっちがお姉ちゃんになるんだろう？』

『公（おおやけ）に公開された順番で見るとお前が姉なんじゃない？』

『お姉ちゃんと妹ができるとか最高じゃん』

『もともといるお兄ちゃんは？』

『いやぁ妹ちゃんも楽しみだなぁ』

『お兄ちゃんは……？』

そうか……一番信じてあげなくちゃならないわたしが、あの子の言葉を信じてあげなくてどうするんだ。彼女がまた戻ってこられるように頑張ると言うのだから、『家族』であるわたしが根気強く待ってなくちゃいけないんだ。母親なのに子供に諭されるなんて、これじゃあママ失格だ……それでもこの子たちはこんなわたしをずっと慕ってくれている。まるで本当の『家族』みたいに。本当の母親みたいに……。

『じゃあ行くぞ』

『おっけー。さっきズレたのお兄ちゃんのせいだからね？　せーのっ！』

『『ｍｉｋｕｒｉママ、お誕生日おめでとうございます！』』

視界がぼやける。あの時、あの子がいなくなった時以来。それでもその時とは、その時の喪失感とは全く逆で心が満たされるような。胸が熱くなる。目頭が熱い。感情を抑えきれずに、嗚咽（おえつ）がこぼれ落ちるほどの嬉しさで泣いてしまった。隣にすーこがいることも忘れて。

「ど、ど、ど、どうしたの⁉　お、お腹痛いの⁉　きゅ、きゅ、救急車⁉　救急車いっとく⁉

えーっと110番じゃなくてぇ⁉」

めっちゃくちゃ慌ててるこの子の顔見たら急に冷静になってしまう。わたしはぶんぶんと首を振って、スマートホンの画面を指し示してもう一度それを再生してすーこに聞かせた。

「うちのなんてこんなの何もないぞ……ホント親孝行な子たちだね。羨ましいよ」

「うん。わたしの自慢の息子と娘だよ」

「よしよし」

泣いてるわたしを抱き寄せてよしよしと背中をぽんぽん叩く。でも涙はピタッと止まった。思わず顔をしかめてしまう。

「くさい」

「えっ？　今滅茶苦茶感動的なシーンだったじゃん⁉」

「くさい。何日風呂入ってないの……」

「三日前に入った」

「涙引っ込んだ、感動返せ。風呂行くぞ風呂！」

「やめて、耳ぃ引っ張らないでぇ！」

【8月×日】

わたしには今、息子がひとり、娘がひとり、愛猫が1匹いる。二十代前半という年齢を考えるとあれ？　と首を傾(かし)げる人もいるかもしれないが実際にそうなのだから仕方ないでしょ。ただ普通とはちょっと違うのが、あの子たちがわたしと直接血の繋がった『家族』ではないという点。それでもわたしは胸を張って言える。あの子たちはわたしの大事な、何よりかけがえのない『家族』なのだと。

「よし――！」

もう誰ひとりとして使っていない彼女のファンアートのハッシュタグ。それに今しがた完成したあの子のイラストを添えて発信する。今のわたしにできる精一杯。渾身の1枚だ。

少し、遠くへ行ってしまった貴女へ。貴女にも弟と妹が出来たの。弟君は神坂怜くん。とっても真面目で、貴女と同じように妹ちゃんが本当に大好きで、優しくて料理がとっても上手。妹ちゃんは神坂雫ちゃん。お兄ちゃんが大好きでいつも陰から彼を応援してあげているの。ちょっぴり食いしん坊なんだけどとっても可愛い子。貴女もきっと仲良くできると思うの。それにまだ約束、わたしは諦めていないから。もし帰ってきたら絶対……絶対約束は守るよ。だからずっと、ずーっと待ってるよ、久遠ちゃん。名前の通り、遠くへ行ってしまった我が子――遙久遠ちゃんへ。

母より。精一杯の愛を込めて。

【8月×日】

「ママ……相変わらず仕事が早いな」

わたしはスマホを眺めながら呟いた。というのもつい昨日、兄――正確には兄が中の人をやっている神坂怜を女体化した通称『レイちゃん』のイラストがｍｉｋｕｒｉママによって投下されたのだ。中の人が男の人でガワが美少女のバ美肉おじさんこと有栖院アリスさんとのコラボでの一幕で、そういう方面での活動を勧められたことがキッカケ。

配信終了後早々に世に出されたレイちゃんのイラストは、瞬く間にファンの心に大きな爪痕を残すこととなった。

黒髪ロングのポニーテールでレディースーツ着用。目元にはクマがあり、どこか幸薄そうな雰囲気が本来の『神坂怜』を踏襲している感じがする。本当に女の子にしたらこんな感じだなー、って素直に思えてしまう。流石ママ。すごい。

無駄に大きな胸部の脂肪は、ワイシャツの上の方のボタンが解放されているせいで無駄に露出しているために妙に煽情的にも見えてしまう。更にスーツ用にしては少し短めに見えるタイトスカートにはオマケとばかりにスリットがあって、ストッキングに覆われた太ももがチラりと見えちゃっている。お姉ちゃんがこれだったら、わたしは大慌てで上着か何かで隠すよ、これ。上着がないならわたしで隠さなくちゃいけないじゃない。

「それにしてもママ仕事早すぎない？　きちんと休んでいるんだろうか、無理していないと良いけれど……」

　わたしたち神坂兄妹の担当イラストレーターであるｍｉｋｕｒｉママ。よく兄の配信にコメントを残しているし、配信後には最中に巻き起こった出来事などを即座にイラストにしてＳＮＳなどに投稿もされている。ありがたいことにそこから兄を知って視聴してくださるようになったファンの方もいらっしゃる。ただ、あまりにもイラストの投稿スピードが早い。これは同じイラストレーターで自称兄のガチ恋勢である酢昆布先生にも言えることなんだけれども……変に無理しちゃうところとか、そういうところお兄ちゃんと本当にそっくりだよね。流石親子。ふふん、わたしの自慢のママだもんね。リアルもバーチャルもママはだーいすき。

「ああ〜、でも本当に可愛いなぁ」

　こんな姉がいたらどうだったろうか？　なんてそんなどうしようもない妄想を繰り広げてしまいそうになる。実際のところこっちのガワでやった方が伸びるのでは？　とか一瞬失礼な考えが頭を過った。

「料理は完璧だし、気遣いもできるし、なにより可愛い……あれ？　控え目に言って最高のお嫁さんでは？」

　まさしく男の子が夢見る完璧な女子の完成である。そもそもの兄からして、箇条書きにしてみるとやたら何でもできるなって改めて思う。どうして配信でそれが生かせないのか、コレガワカラナイ。

　元々の知名度の低さもあってかドカッとバズったりとかはしないけれども、男のガワじゃ見向きもしなかったようなイラストレーターさんが『レイちゃん』のイラストをＳＮＳに投下したりしているのもチラホラ見かける。しかも大体わたしと仲良くしているイラストだ。おまけに、どういうわけか百合（ゆり）だとかそういう風に言われてる。女性同士のそういうカップリングを百合って言うんだけれども……いや、そんな特別な事やってるだろうか？

　例えばこういうの。


『ほら、雫（しずく）。あーん』

『お姉ちゃん。美味（おい）しい！』


『雫。一緒にお買い物行こう。可愛い服選んだげる』

『わーい、わたしもお姉ちゃんの選んであげる』


『雫、起きなさい。朝よー』

『んー……あとごふん』

『起きないと悪戯（いたずら）しちゃうぞ？』


というようなまあ、良くも悪くもそんなベタなネタの神坂姉妹シリーズとして連投している奇特な漫画家さんがいらっしゃるわけだが……。

「――いや、これ大体リアルで今でもやってない？」

おやつの試作とかご飯の味見と称してよくわたしに『あーん』してくるし、普通に買い物も一緒に行く。季節の節目節目には、お兄ちゃんのために服を一式コーディネートしてあげたりもしてる。あの人その辺のセンスが壊滅的だからユ〇クロとかワー〇マンで全てを解決できると思っているんだよね。確かに利便性は認めるし、わたしもお世話になる事多いけれども。前職で着ていたスーツはお高いブランドのものなのに、普段着に関してはかなり無頓着なのだ。

折角背が高くて、鍛えてるから身体もガッシリとしていて、何着てもシルエットが綺麗に見えるのに。勿体ない。スタイルが良いから案外着せ替えするのが楽しかったりする。お店で幾つか服選んでどれが良いかお兄ちゃんの意見も踏まえて本人が気に入ったら購入といった具合。

絶対に着そうにない派手なのとか着せようとすると、困ったような表情するんだけれど、結局「お兄ちゃん、お願い」って頼んだらしぶしぶ試着してくれるのとか凄い楽しい。若い女性のお客さんが多いお店に一緒に行ったりとかすると露骨に困ったような表情で「何とかしてくれ」って目線を送って来る。何でもできるように見えて、苦手なものもちゃんとあるのだ。普段からそういうところをもっと配信で出していけば、もっと女性ファンとかも増えると思うんだよね。ギャップ萌えっていうのかな？

あと、朝起きないと云々というのも大体似たような事をやってくる。「起きないとおやつ抜きにするぞ」とか悪魔の所業じゃん。絶対に許されない。まあ、そのお陰もあって遅刻とかはまったくしないんだけど。しかしあの人が寝坊しているところとか見たことがない。配信活動についても、遅刻は一切なく告知時間通りにスタートしている。わたしよりも早起きして筋トレをやり、シャワーを浴びた上で、平日ならばわたしやパパのお弁当作り、朝食作り、その他掃除や場合によっては夕食の下拵え（したごしら）までやってのける。朝からそんなに働いて疲れないのだろうか……？　ママも——いや、これはリアルの方のママね——無理はするなと釘（くぎ）を刺しているらしく、お昼はママが作る事が多い。夜の食事もふたりで並んで作っている背中をパパと一緒に微笑（ほほえ）ましく見守る事もしばしば。配信も多い日には朝昼夜の3回行動をとる場合や、夜に長時間配信をやることだってある。特に後者の場合はわたしよりも遅くに寝ているはずなのに、早起きして家事をやっている。過労で倒れないかすこぶる心配で、気を遣うこともあったが……。

「お弁当たまにはお休みとかしても良いんだよ？」

「え……？」

お弁当作りが負担になると思ってそう話したところ、この世に絶望したような表情になる兄。ＶＴｕｂｅｒ活動において自分——神坂怜が炎上していてもこんな表情見せた事ないのに。

「わ、私の弁当美味しくなかった？　きょ、今日なんか失敗とかしてた？　クラスのお友達に見られて何か不味（まず）い事態になったとか。あるいはたまにはクラスの子と一緒に購買で済ませたいとか……？」

「いや、毎日すっごく美味しいお弁当だって。ありがとう」

「そう？　なら良かった……」

「ほら、毎日作るのって大変じゃん？　だからたまには休んだらどうかなって思って」

「別に大変って事はないよ。寧ろそのくらいやらないと、実家にいてろくに仕事もしていないダメ人間みたいな自責の念で胃が痛くなりそうだしさ。ある程度は仕事を与えておいてくれなくちゃ私が困るんだよ」

「仕事してないって、お兄ちゃんＶ活動してるじゃん。毎日毎日。ファンの子からだってたまには休めって言われるくらいには」

　そう。この人配信活動に関しても休みなし。通常は週に何度か休んだりするものだ。そりゃあ同じ『あんだーらいぶ』所属で、同性の大先輩である柊 冬夜——ラギ君もほぼ毎日休みなく夜配信やっているんだけれども、そういう人って本当に稀だ。その配信モンスターっぷりに兄のファンからですら「大丈夫なの？」とコメントされることもしばしば。そりゃあ、配信中の雑談で毎回のように家事トークしていればそう心配されるのも納得である。

「私にとってＶＴｕｂｅｒの活動って仕事っていうより好きでやっているって認識なんだよね。決して別に活動を蔑ろにしているとか手を抜いているとかではないんだよ？」

「そのくらいはわたしだって分かるよ。わたし以外のいつも配信を見てくれてるファンの子たちだってそれは分かっているよ、きっと」

「そう？　なら良いけれど」

「そっか……それにしても好きでやってる、か。良かった」

　とまあ、こんな一幕があったりなかったりしたわけで……兄が趣味や生き甲斐みたいなものを新しく見つけられたのならそれで良い。元々この業界を勧めたわたしからすると、お兄ちゃんの置かれた炎上続きな活動状況は、見ているこちらが辛くなってくるレベルだ。最近はよく

ｍｉｋｕｒｉママや、ルナ・ブランちゃん、日野灯(ひのあかり)ちゃんからも「大丈夫？」と言ったような心配のチャットがわたしのところに飛んでくるようになったのはここだけの話。お兄ちゃんには内緒だ。本人に聞いても絶対に平気だって答えるのは目に見えているのだが、わたし以外にも既にお兄ちゃんの本質が見抜かれているようで、思わず苦笑いしている。

「しかし『レイちゃん』はそこそこバズっているのに、当人の登録者数が増えないのはこれいかに……」

　某匿名掲示板の『あんだーらいぶ』ファンスレッドなどでも度々言われているみたいだが、「こいつが女性Ｖだったら天下取れていた」などとまことしやかに囁(ささや)かれているんだけれども、あながちそれが間違いでもなさそうに思えてしまう。『レイちゃん』のファンアートが現在進行形で増えているあたりその兆候(ちょうこう)が見て取れる。そもそも普段配信見ていない人たちまでイラストを描いているのは一体何なんだろうか？　そりゃあ人気のゲームやアニメといったコンテンツのことを１ミリも知らない――ネットで言うところの『ミリしら』状態で描く事も決して珍しい事ではないのだけれども。わたしの年齢的に見ちゃいけない類(たぐ)いのものもあるのは流石にビックリだよ。

　それにしてもこんな兄妹の普通のやり取りが姉妹になっただけでプチバズするんだから不思議な世界だ。これは本格的に『レイちゃん』路線もありか……？　もういっそ今度のエイプリルフールにでも女体化してしまえば良いんじゃなかろうか。キャラデザ自体は既にｍｉｋｕｒｉママの御業(みわざ)によって完成しているわけだし。

　ひとりスマホを睨(にら)んでうんうん唸(うな)っていると、兄が控え目にわたしの部屋をノックした。

「おーい、シフォンケーキ作ったんだけど食べる？」

「シフォンケーキ⁉　食べるー！」

うん、やっぱりお兄ちゃんはお兄ちゃんのままでも良いと思う。

まあでも一回くらいは『レイちゃん』配信も面白そうだしいつかやらせてみたい。その時はわたしも全力で企画も脚本も練り上げよう。

普段叩（たた）いてるアンチ共に目に物を言わせてやるんだから。

Around
30 years old
became VTuber.
Subchannel

アレイナ・アーレンスの優雅なる日常

【8月×日】

「カリスマ超絶美少女清楚(せいそ)系ＶＴｕｂｅｒである彼女の朝は早い。日々配信活動に追われる彼女の１日は１杯のコーヒーからはじまる。僅かな時間であるがそんな優雅な時間が至福の時。長く艶(つや)やかな髪は朝日に照らされ——」

〔は？〕
〔もう昼前だぞ、ボケ〕
〔時計読めないの⁇〕
〔でもそのコーヒー豆、動物のフンだよね？〕
〔何言ってんだ、こいつ〕
〔今何時だと思ってるんだ？〕

「うわっ、にっが……！　めっちゃにっがぁ！」

［苦いって言った］
［コーヒー飲み慣れてない奴じゃん］
［おい、今冷蔵庫から牛乳取り出して注ぐような音が聞こえたぞ？］
［というか、そのあと砂糖らしき粉をじゃぶじゃぶ入れる音までしたんだが？］
［優雅な時間とは一体……？］

「五月蝿いなぁ。プロフェッショナルなＶの流儀的なのイメージしてたのになぁ。空気読めないファンだなぁ。もう」

配信のコメント欄にぶーぶー言いながら、牛乳と砂糖を大量投入したカフェオレをぐびっと飲む。よくわかんないけど多分美味しいんだと思う。何せお高いコーヒーらしい。個人でＶＴｕｂｅｒをやっている連中が決まってやるのが『欲しいものリスト』募集だ。『干し芋』なんて言われたりもするやつだ。サツマイモを乾燥させたあれじゃないから注意だぞ。昔お祖母ちゃんのお家に遊びに行った時にはよく食べていた記憶はあるが、ここ数年口にした記憶はない。

少し話は逸れてしまったけど、『欲しいものリスト』とは某大手ネット通販サイトにあるサービス。自分が欲しい商品をリスト化して公開することで、ファンや支援者が代わりに購入できるという寸法よ。普通個人勢ってのは事務所とかがないから、住所公開でもしなくちゃプレゼントとか貰えないんだけど、このサービスに関しては通販サイト側が発送してくれるので住所バレのリスクがないのである。便利ぃ。ちなみにリストにない商品も送り付ける裏技ってかテクニックみたいなのもあるのよね。『干し芋』の中にある商品をカートに入れると別の商品も一緒にそこに紛れ込ませることが可能。世の中には不要な物をネタとして延々と送り付ける人もいるらしい。なにそれこわい。

企業勢だとプレゼントとかそういうのに制限設けられることがほとんどだけど、個人の場合はもうなんでも好き勝手にやりたい放題だ。まー、企業所属してても中身――即ち『魂』の方の活動で欲しいもののリスト公開してる場合もあるが、あくまで中の人のお話なので今回はノータッチで。一応そういう通販サイトを経由しない形でのプレゼント類に関しても、きちんと受け取れるように仲介してくれるサービスも使ってはいるけれどね。

ただ業界内にはたまぁーにガチでヤバめのやつが送られてきてる人もいるっぽいが。ぬいぐるみとかマジでヤバいぞ。GPS内蔵で貴重品紛失防止に使われる追跡タグが仕込まれていることもあるから、企業でも受け取り拒否されてるケースが多い。他にも様々なモノを混入できる疑いのある電子機器や食べ物は比較的NGとしている事務所さんが多い。

ちなみにわたしも似た類いの物を送り付けられたことがある。配信のネタ的には美味しいんだけれども、何分量が多いと個人でやっている身からするとチェックしたりするのが滅茶苦茶大変だ。軽々しくやるようなものではない。プレゼントで大喜利やってくるファン連中が面白いので続けているけどな。

後は単純に数字が取れる企画として『美味しい』わけよ。これは配信者の端くれとしては軽視できないポイントちゃんだ。どんな配信や企画が伸びたか、というのは常にアンテナを張っておく。流行りの配信ネタやゲームがあれば、パクる。模倣する。二番煎じ上等。この界隈往々にしてそう言うものの連続で成り立っているようなところはある。

流行りを作れれば盛大なバズが期待できるが……そういうのは単に運の良い奴か、本当に実力のある人のどちらか。生憎とわたしはそういうのには縁遠いし、そもそもの話あまり興味がないのだ。少なくともわたしはそういう事ができるほど実力もないし、運もとうの昔に使い切ったことだろうから期待は薄い。個人で活動して食っていけている今で大体満足しちゃっているところはある。これ以上何を望むというのだ。一生遊んで暮らせるような大金……５０００兆円くらい欲しいし、片思い中の相手とあれやこれやな関係に発展したいという邪な感情もあるのだけれども。だって人間ってそういう生き物なわけじゃん？

ちなみに先程飲んでいたのもそんな中で送り付けられてきたもの。なんでもサルのフンから作るコーヒーらしい。とんでもねぇもん送り付けてくるなぁ、おい。いや、まあ普通のコーヒーなんだけど。普通ってか多分美味しい部類のやつだ。

挨拶が遅れたけれどもわたしはアレイナ・アーレンスという活動名でＶＴｕｂｅｒをやっている美少女である。成人済みだけど美少女だ。ここ大事、な？　テストに出るぞ。「きっつ」とか思った奴には通勤電車でエッチな動画の音声か、ソシャゲのタイトルコール音声で可愛い女の子のボイスが大音量で車内に響き渡る呪いをかけてやったからな。はっはは、ざまぁーみろ。許してほしければチャンネル登録と高評価とスパチャを投げるのだ。さすれば汝の罪は許されるだろう。さあ、さあ、さあ。

わたしはバーチャルタレントグループに所属しているわけじゃあない、個人でやっている個人勢の中ではまあそこそこ有名なポジションだ。まー、わたしってば可愛いからそうなるのは神の思し召しというわけよ。ははん。それでも『そこそこ』止まりなのが厳しい業界。

元々企業所属だったけどぶっ潰れたのでキャラクターの権利とか諸々貰って個人活動に移行した経緯があるんだが、あの頃の話は結構黒歴史っぽいのでノーコメントで。今では何社からもお誘いがあって企業勢への転生ってか転職？　みたいな話もちょこちょこ貰う。ガワも今のままでマネジメントとかそういうのをやりますよ。コラボとかもできますよ。グッズも販売しますよっていう誘い文句だけど、わたし今後も個人でやるつもり満々なのよね。コラボだってグッズ販売だって個人Vでも充分できる範囲内だ。根が不真面目(ふまじめ)なわたしとしてはマネジメントしてもらった方が良いとファンからですら指摘はされるが、結局は「こいつを企業という枠で縛るの無理やろ」という結論に至るのである。好き放題やれる今の方が性に合っている。

それになんたって事務所を通さないので収益率がバチクソに高い。企業勢ともなれば半分近く動画やスパチャ収益持っていかれるのは目に見えているし、既にそこそこ名前を売ったわたしがそこに所属するメリットがあまり見出せんのよ。頑張って育てた『アレイナ・アーレンス』というコンテンツ力を横から掻(か)っ攫(さら)っていこうとするのはダメよ、ダメ。わたしは身持ちが堅いの。

まー、あんだーらいぶとかその辺からお声が掛かったらテノヒラクルーってするけど。未来の旦那様がいるわけだし、夫婦揃(そろ)って活動するっていうのも悪くはないんじゃないかな。ぐへへへ、あり寄りのありじゃんそれ。あんらいさん、お誘い待ってまぁす。え？　無理だって？　そんなのわかんないじゃん！　来月には「あんだーらいぶ所属のアレイナ・アーレンスです」って名乗っているかもしれないし、「神坂(かんざか)アレイナ」って名乗っているかもしれない。特に後者があり得るんじゃないかなぁ。

「ぐへっ、ぐっへへ。じゅるり」

約束された輝かしい、そして幸せな日々に思わず心の声が漏れ出す。源泉かけ流しで涎（よだれ）が垂れたけど、気にしたら負けだ。

[うっわ、ファン辞めます]
[どうした急に]
[どういう情緒してんだよ、お前]
[シンプルに気持ち悪い]
[はい、低評価]

「何なんだお前ら……ふぁあ。なにすっかなぁ。なーんも考えずに配信開始したものの……もうやめよっかなぁ。面倒くさくなってきたわ」

[おいｗｗ]
[えぇ……]
[はい、解散]
[解散了承]
[おｋ]
[他の子の配信みてくりゅ]

［低評価押しとくで］

「なんで誰も引き留めないんだよ！　女心分かってねぇなぁ。そんなんだからいい歳して実家暮らしで子供部屋おじさんなんだよ」

［は？］

［なんだと？］

［田舎だとこれが普通なんだよなぁ］

［世界中のこどおじを敵に回した女］

［自分のファン層を理解していない女］

「敵に回しても何も怖くなさそうで草。あっ、ねえねえわたしの旦那さんがお昼ごはんツイートしてる‼」

［ワイらの神坂きゅんのことを旦那旦那呼ぶの止めてもろて］

［神坂くんは相変わらず美味しそうなご飯作るなぁ］

［嫁に欲しい（切実）］

［ワイの嫁だぞ！］

［は？　ワイのだぞ‼］

［彼はもっと評価されるべき］
［スペックの割に世間の評価が低すぎるんだよなぁ……］
［でもそういうところ不憫可愛い］
［わかる］

旦那、と呼称したのは前にも話した『あんだーらいぶ』所属の男性ＶＴｕｂｅｒである神坂怜くん。まず顔が良い。そして声も良い。あと性格も良い。気遣いもできるし、家事も完璧だし、人に裏切られたりした悲惨な過去のせいで、当たり前のことを全然そうは思わずにいる様子に保護欲とか母性を刺激されてしまう。でも当人は滅茶苦茶面倒見が良くて誰にも弱みを見せないとか、そんなとこ全部含めて滅茶苦茶わたしの性癖のドストライクゾーンに突き刺さっている。最近の最推しの人であり、理想の旦那さんが彼なわけ。毎日毎日昼と夜は何を作ったかＳＮＳで報告してくれる。

今日のお昼はうどんにキノコの炊き込みご飯。うどんも市販じゃなくて手打ちとかどんなスキルしてるんだ。そば打ちもできるんだっけ？　メインはキノコがたっぷりと入っており艶々の炊き込みご飯で、画像だけで喉がごくりと鳴るのが分かる。そしてメイン以外にも彼の細かな気配りが感じられる。彩りを考慮してか、ほうれん草のおひたしの小鉢があるあたり本当に良いよね。こういうのとか煮物とかの和食がめちゃんこ得意っぽいのがポイント高い。女子力がカンストしてる。あー、控え目に言ってしゅきぃ。結婚してぇ。幸せな家庭築きてぇ。彼の事幸せにしてぇよぉ。

「あー、美味そう。結婚してぇよぉ。うぅ、おはようからおやすみまでわたしの暮らしを見つめてほしいよォ！」

［彼が可哀相なので止めてあげてください］
［ライオンに食い殺されてしまえ］
［彼にだって選ぶ権利があります］
［お前と結婚させるくらいなら俺が結婚する］
［低評価ばちくそ増えてて草］
［マジやん!!］
［ほんとだ、今更に増えたぞ!!］
［これほど真っ当な低評価理由もないからな、うん］

「草じゃねぇよ！　お前らが押してんだろ!?」

［わたしを推してって配信概要欄のテンプレにもあるしさ］
［だよな］
［真面目に彼のファンに謝罪した方が良いと思うんだよね］
［それは前からワイも思ってるわ……］
［それだよな。人様にご迷惑かけるのだけはダメだよ］

「誰が低評価ボタンを押せと言ったんだよ。『おし』違いぃ‼　あとお前らは誰の視点で物を語ってるんだよ⁉」

［それより今月のボイスも質でしたね］
［それな］
［水着買いに行くシチュで可愛い水着着てほしくないって可愛すぎかよ］
［独占欲いいっすよねぇ］
［心を乙女にして聞いてるとガチで恋しちゃいそう］
［恋しちゃうまで聞いてこい。早く上がってこいよ、俺のとこまで］
［毎回シチュとか凝ってて拙者すこすこ］

「唐突に配信主放置してボイスの感想交換会開始するのやめてもらっていいか？　お前らわたしのボイスとか全然感想投稿しねぇくせに、何故かあの人のやつだけ滅茶苦茶長文で呟いてるよな。まあ気持ちは分かるが。毎晩寝ながら聞いて幸せな気分で夢の世界に突入してるわ」
　声がガチで良いんだよな。シチュエーションボイス風のやつも良いけど、普段の作ってない素の声もめーっちゃすき。ああいう素人っぽさ？　みたいなのも格別なんすよ。偉い人にはそれが分からんのかもしれんけど。

［他のVにすぐ浮気するかと思ったのに割と今回は長いよな］
［あー、前まではとっかえひっかえしてたのにね］
［ふしだら］
［どこぞの家元みたいな貞操観念］
［あー、なんか戦闘機で戦うのが乙女の嗜みってなってるって世界観のアニメか］
［あれも息が長いよな］
［聖地巡礼とかしたなぁ］

「誰がふしだらだ、失礼な奴め。そんな貞操観念ユルユルなわけないだろ。そういうお前らだって毎クール嫁が違うだろうに。あと、その家元って同人誌の影響だからな⁉」

［旦那さん、ごめんなさい］
［ふしだらな母と笑いなさい］
［言ってそうで実は本編で言ってない台詞定期］
［そういえば酢昆布ネキも昔描いてたっけか］
［ソシャゲだと変なコスプレさせられてるぞ］
［娘より薄い本とグッズが多い模様］
［実際〇コれるからな］
［これがまさにお家芸ってな］

「ひっでぇ枠だなぁ、オイ。家元に謝れ。あ、そうだ良い事思いついた。ちょっち待っててくれよな‼」

ミュートもせずにいそいそとキッチンの方へと走る。冷凍庫の中にはリアルの方のママが作り置きしておいてくれた炊き込みご飯が入っている。正確には鶏釜飯なんだけど、この際どうでも良い。あと作ってもらってから結構期間経ってるけど冷凍されてたし、まー行けるやろの精神。それからカップ麺のストックの中から『茶色いキツネうどん』とでかでかとプリントされたカップうどんを見つけ出す。気のせいか膨らんでいる。賞味期限見たら3ヶ月過ぎてたけど、まあこのくらいなら行けるやろの精神。この甘いお揚げが好きなんよね。今度期限短いのから消費してかないとなー。カップうどんのパッケージを剝がして、粉末スープをぶちまけて電気ケトルのお湯をぶち込む。大体電子レンジでチンされる頃合いが食べごろという寸法。わたしってば賢すぎる‼　これには賢者もびっくりだろ。賢さの種をいくつ注ぎ込まれたんだってレベルよ。

「どうよ、これ」

［ご飯だけ美味しそう］
［ごく普通の昼］
［お前が作ったわけじゃなさそうなご飯は美味そう］
［なあ、画面から若干見切れてる『茶色いキツネうどん』君の賞味期限過ぎてね⁇］

「マジやん……まー、3ヶ月くらいならいけるが」

「炊き込みご飯ってか釜めしはリアルオカンのヤツ。そしてうどん。これはつまり——推しと一緒のご飯を食べているってわけ。いやぁ、同棲匂わせちゃったなぁ」


「は？」

「(｡ ･`ω･´) ん？」

「何言ってんだこいつ」

「せめて全部手作りにしてから言おうよ……」

「あっちのうどんはわざわざ昆布とかで出汁取っているというのに」

「そもそも自前の手打ちうどんだぞ」

「うどんの出汁を炊き込みご飯にも流用しているというね」

「比べるのも失礼なレベルなんだが？」

「お前ら辛辣だなぁ、オイ。わたし以外がやったら絶対可愛いとか言うんだろ。知ってるぞ」

「そらね」

「そうですがなにか？」

「正解！」

［手作りならまだ分かるが］

なんだかんだ当たりは強いけど謎の結束力でファン歴が長かったり、グッズの購買率が高かったりと、訓練された連中なのがわたしのファン。他のVみたいに演者が視聴者に対するような所謂『ガチ恋営業』的なやり方でやってれば蝶よ花よと愛でられるような未来もあったかもしれないけど……それだと本当にどこにでもいる量産型でしかない。そういうのも羨ましくないわけではないけどな。そりゃあ女の子なんだし、可愛いとか褒められたいわけよ。

でもこの業界目立ってなんぼ、印象に残ってなんぼだ。企業所属ではなく個人でやる以上、今みたいなキャラクター性ではっちゃけるしかない。わたし自身に面白い企画立案ができる才能はなく、あくまでコメント欄ありきだ。コメントとの掛け合い込みで面白いって評価になるのがわたしなのよ。そういうのできる人って本当にこの業界ではほんの一握りだ。

挙げるとすれば前に話した神坂怜君と同じ事務所所属の畳の愛称で知られている、柊冬夜さん。彼ですらバズるまでかなり苦労していたことを考えれば、今のわたしがこの界隈においてまあまあの位置にいられるのは本当に運が良かったと言える。一応、自分なりにブランディングとか戦略的なものも考えて行動はしてたけど、結局のところこの業界で生き残れるかどうかは運によるところが大きい。やだ、わたしってば神様に愛されてる。

◇◆◇◆◇◆

「お、配信やってんじゃーん。んー、『微酔サワー』うめぇ。労働した身体に沁みるぅぅぅ」

まあ、あの後雑談配信2時間くらいしただけだけど。VTuberってのは営業活動も大事ってわけ。同業者の配信を見て常に流行をチェック。またはコミュニケーションを取ってコミュニティの形成に努めるのがベター。『関係性』ってのはそれだけで売りになるし、そこから次のコラボは別の誰かとの繋がりが生まれる。閉鎖的に見えて案外横の繋がりも重要なんだ。それを口実にこうして推しに絡みに行けるのは良いよなぁ。何せわたしは個人だからしがらみもクソもない。とは言えたまに空気を呼んでコメント控えたりすることもある。何事も節度が大事。あっちのファンに嫌われちゃったら、今後コラボとかできなくなるじゃん？

『ほら、最近めっきり暑くなってきたじゃないですか。妹が薄着になってとっても可愛い服も沢山見られるんですけど、お兄ちゃん的にはかなり心配なわけですよね。なので必ず外に出るときには薄い上着を持たせているわけなんですが』

［安心安定のシスコン］
［うーん、この過保護兄さぁ］
［雫ちゃんだし、そう思う気持ちも分からんでもない］

彼は最愛の妹である雫ちゃんについて熱く語っていた。普段のちょっと疲れたボイスも良いけど、愛しのシスターちゃんの事を語るときの声も拙者すこすこ侍。もしその相手が自分だったら――とかそういうのに妄想変換できちまうんだぜ。妄想力は偉大だぜ。

あ、くそ。バーチャル上の母親もなんかコメント書き込んでやがるな。酢昆布というユーザー名で書き込みしているログを発見してしまう。おのれ、なに娘の旦那に手を出そうとしてるんだ、あのババアめ。ふしだらな母めッ‼　同人誌のエロい人妻かお前は。いや、そういうのも好きそうだったな……。

「ふふーん、じゃあわたしも書き込んでオッケーだよなぁ⁉」

『雫ちゃん可愛いよ。お洋服選んであげたい』とコメントを投下。彼は妹絡みならばノリノリでお話ししてくれることを見越してのものだ。ふはは。推しが何を望んでいるか、どうコメすれば触れてくれやすいかとかを察するのもリスナーに求められる能力のひとつでもあるんだぜ。

［雫ちゃん可愛い、お洋服選んであげたい〈アーレンス〉］
［アレちゃん！］
［アレちゃんよう見とる］
［お揃いの服とか似合いそう］
［ふたりとも清楚だから全然ありだな］

こっちのファンの人たちみんなわたしを『可愛い』とか褒めてくれるからめっちゃ好き。配信主に似てよく出来ておられる。えへへ、可愛い、清楚だってぇ。そんなぁ、事実とは言えそんなに褒めるなよなぁ。照れちゃうぜ。しかもＳＮＳとか見ると分かるかもだけど、彼のファ

ンって割とガチで女性率が他のVより高めなんよな。半分とまではいかないけど体感的に3〜4割くらいはありそうな感じがする。たまに自撮りがアイコンの子とかがいて、その子が滅茶苦茶美人さんでビビる。そんな子から「アレちゃん、可愛い」とかツイートされていると承認欲求が果てしなく満たされていく。女の子から褒められるとくっそ嬉しいんよね。普段の配信枠の男性率が9割以上なので見ているだけで結構新鮮な気持ちになれちまう。

[アレステイ]
[ステイステイ]
[調子に乗るなよ]
[神坂くんのファンの人たち! 騙されないで!!]
[ここのファンの子、普段詐欺被害とかに遭ったりしてないか心配だよ]

「お前らは一体何様なんだよ」

よく見覚えのあるアイコンたちが一斉にコメントし始めるのを見て思わずツッコミを入れてしまう。見飽きた面子、わたしの枠に常駐しているアレ民って連中である。こいつらわたしが何か書き込んだ途端にこれだよ。逆に言えばこっちが何か言わない限りずっと陰で見守っているという、妙に統率が取れた動きをしているのが謎なんだが。

他のVからは「よく訓練されている」と言われるが別にこっちは何もしてない。どういうわけかそんな連中ばっかりになってるんだよなぁ。こいつらがいたらそれこそわたしじゃなくても面白いＶＴｕｂｅｒが誕生する気がするわ。でもどういうわけか、沢山デビューするＶに浮気はしてるっぽいけどずーっとこっちに来てくれはするんだよね。その点だけは感謝してる。ま、あくまでわたしとこいつらの距離感は悪友的なそんなノリなわけよ。

『妹は何着ても可愛いんですよ。でも確かに普段着ないタイプの服とかも選んで着せてあげてほしいですね。ん？　ああ、ちょっと待ってくださいね。相談のお便り来ているので』

とまあこんな風に雑談枠の場合マシマロで時折相談が寄せられる。ネタみたいなものからガッチガチに重そうな内容まで多岐に渡る。最早人生相談コーナーだ。前者の場合は届いたマロを画面上に表示させて皆で面白おかしく笑い合うが、後者の場合は詳細を我々視聴者サイドに教えることはほとんどない。ただそれに対する彼の回答だけを配信を通じて届ける。そこそこ大手の企業Ｖとしては少ないかもしれない視聴者数ではあるが、そうであってもたったひとりに向けて真剣に向き合う。正直わたしたちはその内容がなにかなんて分からないし、どれだけ重い内容かもあくまで彼の相談に対する回答から察する程度である。それでも、たったひとつの嘘か本当かも分からない相談に対してそんな風に対応するのなんてこの人くらいだろう。時にはしばらく時間を貰って、地域の相談コーナーで質問してきた結果をこの場で披露したりとか、おおよそＶがやるような事じゃあない事までやってる。

そういうのばっかりやっているから数字は当然伸びない。ネタ系ばっかり擦っていればもっと伸びているかもしれないけれども、彼の場合はこれでいい。これが彼の良さだ。本当にひとりひとりの視聴者全員と向き合おうとする、そんな姿勢に惚れ込んでみんなここにいる。わたし含めて。器用そうに見えてこういう数字に繋がらないムーブは本当に不器用で彼らしい。

「ホント、こういうところ。大好きなんだよなぁ……」

ちょっと高めに調整してある椅子で足をプラプラ動かす。彼の言葉は私に向けられたものじゃない。誰とも知らない相談者。それでも誰かを想って優しい口調で、誰かに寄り添おうとするそんな声に心癒やされる。あー、もう、なんで投げ銭設定してないんだよ、もぅ。

これを独り占めしたいと思うのはわたしだけじゃない。でも、どうしようもなく不器用で誰にでも優しくて、それでいてどこか危うさがある——そういう彼を支えたいと想うのがファンの総意ってわけよ。あんまり知られてないけどめっちゃ美味い隠れた名店的な良さがあるのよ。みんなに知ってほしいけれども、その反面大勢は知らないけれども自分やごく一部の限られた人しか人知らない推しを応援するのは、独特の優越感、満足感がある。

「今度はどんなコラボに誘おうっかなぁ」

人生ってのは楽しい。こんなにも。それをあの人にも分かってほしいな。まあ、私欲が9割9分なんだけど。細かいこたぁいいんだよ。その方が楽しいからな。わたしは人を笑顔にするのが得意なんだ。だから本当にいつかきっと貴方も心の底から笑わせてみせるよ。

「そんでもってあわよくばゴールインに。ぐへへへ。痛い！　舌噛んだァ！！！」

【8月×日】

同人誌即売会当日。わたしはｍｉｋｕｒｉという名前でイラストレーターとして活動している。そんなわたしにとってのある意味お祭りであり、集大成の発表会でもあるのがこのイベントだ。

「どう、可愛いくなーい？」

「まあ、ガワは良いからね。ガ・ワ・は」

事前の宣言通りに、わたしがお節介でデザインした神坂雫ちゃんのコスプレでイベント参戦している同業者である『すーこ』が、ドヤ顔で服の裾をたくしあげて見せる。酢昆布が好きと言うだけでそれをペンネームにした、生活力やその他あらゆるステータスを犠牲にイラストとそのガワに全振りしたような奴。止めなさい、ウチの娘はそんなはしたないことはしない。解釈違い。

「わたしの娘はそんな所作はしない、やめなさい」

「絶対お兄ちゃんに新しい服買ってもらった時とか、こうやってお披露目するって」

「……なくもなさそうなのが怖いわ、あの兄妹」

「超絶シスコン&ブラコンいいぞぉ」

「にしても毎度だけど気合入ってるわねぇ」

「今回に関してはキャラデザインがみーこだから細かいところ色々聞けて助かった」

「服の生地とか聞かれても正直困るわよ、普通は」

すーこはこういったイベントの時には、本のネタにしたキャラクターのコスで参戦するのが恒例となっていた。同様のことをやっている作家先生がいないわけではないが、珍しい事には違いない。あと無駄に美人なのでネットで話題になることもしばしば。『美人すぎる同人作家』みたいな記事を書かれたこともある。それを見ては「ねえ、ほら美人だってー」と自慢してくる。今年もきっと匿名掲示板やＳＮＳでこの子のことが話題に上がるだろう。

「どっちがブースの主役か分かんないわね……」

「でもそっちだって神坂兄妹本みたいなもんじゃん。ある意味そっちの宣伝にもなってるわけじゃん?」

「そうなんだけどさ」

本来、この子も出展する予定だったが落選してしまったらしく、知らない仲じゃないのでわたしのブースで委託販売する形になった。というわけで今日は売り子、店番として参加している。ブース主より目立っているけど、まあ売り子としては非常に優秀だとは思う。ただどうやったって注目を集めやすいこの子と一緒にいると、否が応でも目立ってしまうのは目に見えている。わたしは平穏に過ごしたいのに。

「キャラの割に器用に作るわよね」

「レースのとことか頑張ったわ。まあアクションゲームとかのキャラクターよりは全然楽よ。武器とかそういう系ないから」

「あー……確かに武器系は大変そう」

「わざわざ溶接の講習受けたもん。作ったけどめっちゃ重くて装備するの断念したこともあったわね……」

「どうしてその努力をもっと別の方向に生かせないのかしらね」

「みーこ、人生における割り振れるステータスポイントや上限ってのは決まっているというのがワイの持論なわけ。であるならば特化育成した方が絶対ゲーム的に楽しいじゃん？」

「人生をゲームと一緒にしないの。まあ、でも努力する時間が限られるなら得意なものに時間を割く方が良いのは分かるかしら」

「イラストレーターなんてやってる連中は大体その性質なわけじゃん？」

「たしかに」

　この子、努力の方向性が色々おかしいような気がするんだけど。それだけ本気でやれるっていうのは普通にオタクとしてもクリエイターとしても尊敬できるところではある。でも少しは普段の生活習慣とか見直していただきたいものだ。

「すっごい、怜くんのファンなんです！」

「ありがとう、これからも応援してあげてね」

「勿論です！　彼が温かい家庭を築けるまで、いやその先もずーっと見守っていきます」

とまあこんな風に、ファンの子が熱い想いを語って本を買ってくれるのは滅茶苦茶嬉しい。

ただし、大体が愛が重いというか、普通の「きゃー、恰好良い！　大好き！」みたいなノリとはまた別なのが面白いような怖いような。あの子が結構特異な存在というか、普通なように見えて普通じゃないところとかが色々共感を生むところがあるのだろう。そしてその共感できる人の大半が何かしら問題を抱えた人が多いという……。

「愛が重い、重くない？　ワイみたいにガワ良くてイケボだからって理由の人も結構いるはずなんだけど……」

「あの子の事大切に想ってくれているならわたし的には全然オッケーだけどね」

「にしてもマジで女性ばっかだな」

「そうね。最近女の子のキャラクター本が多かったから、そのギャップにちょっとビックリ」

「でもウチのファンなんて野郎ばっかだからな、新鮮だわ」

息子を褒められて嫌な気持ちになる親はいない。暑さも忘れてついつい口元が緩んでしまう。

普段は、やれ同時視聴者数が箱の中で一番少ないだとか、低評価数が多いだとか、ネット上では悪く言われている事の方が多いあの子だけど……確かにこうして応援して、推してくれているファンの人がいる。あの子がやっていることを認めてくれる人がいる。そのことが嬉しくてたまらない。

「酢昆布先生！　いつもお世話になってます‼」

「おっすおっす、買ってくぅ？」

「勿論です！　ｍｉｋｕｒｉ先生のも含めて購入させていただきます。いつもアレがお世話になってます」

「ねぇ、すーこ。何目線なのこの人……」

「アレ民は大体こんなノリ」

「えぇ……」

「安心してください、神坂きゅんには手出しはさせませんので！　毎月ボイス買ってます、最高っすね！」

　そんなやり取りの後、滅茶苦茶ガタイの良いタンクトップのお兄さんがホクホク顔でブースを後にした。ボイスまで購入しているところから察するに男性ファン……といって良いのだろうか。どう話を聞いてもアレちゃんのファンっぽい人なんだけど。

「アレちゃんのファンってみんなあ、あ、あんなの？」

「さっきから3人中3人があんな感じだったでしょ。つまりはそういう事」

「後方何面って言うの、あれ」

「後方アンチ面で良いんじゃ？」

「いや、彼らファンだよね⁉」

「愛のある叩きというか。ホラ、お笑い芸人さんでも愛のあるツッコミ、みたいなのあるじゃん？　あんな感じだよ。多分」

　スーツの人、軍服のコスプレの人、何故か段ボール箱に人気ロボットアニメのタイトルがマジックでデカデカと書いてあるのを被ってる人とか、バラエティ豊かな人材だなぁ。

「みんなアレにヒョロガリって煽られてたから、筋トレに精を出してムキムキになる子が多いらしい」

「絶対努力の方向音痴だよね。運動することは確かに良い事だけど」

「最後の彼、多分ボディービル大会で優勝してたリスナーやね」

「なんか凄い結果出してる⁉」

「流石のワイも困惑した。アレが反面教師になっている反動か出来た子が多いんよな」

ファン層が濃すぎるよ、アレちゃん……。

「完売御礼ってやつだわね」

「そうね」

「こっちのお客さんも濃いけど、そっちもすっごいの来たよねぇ……」

「車椅子メカクレちゃんと謎のお嬢様ね……」

午後の頭くらいにやって来た車椅子の女の子。お喋りが苦手なのかちょっと言葉に詰まる場面が多いし、自分への自信のなさの現れなのか髪も随分伸ばしていた。ああいう子からも好かれているとかやっぱウチの子は恰好良いんだな、うん。「好きです」という、本来わたしに言うべきじゃない愛の告白されちゃったよ。本人にも伝えてあげてほしいものですなぁ。ああいう純情そうな子まで魅了しちゃうとは、流石はわたしの息子だ。本人を前にしているわけではなく、わたしを前にしているのに顔を真っ赤にしちゃってあわあわしている姿を見るのは、失礼かもしれないが凄く可愛く見えてしまって、胸中で「がんばれ」と応援していた。

こういった会場に車椅子でやって来るのも目を引くが、それ以上に意識に残っているのは、彼女の連れらしき少女。ワンピースに麦藁帽子に艶やかな黒髪。見るからにザ・清楚って感じの子。そして彼女の事を『お嬢様』と呼び、従うふたりの従者さん。執事服の老紳士と男装の麗人という、どこの漫画やアニメ世界から来たんですか？　と問いたくなるような人たちだった。

「すーこ……あれってコスプレなのかな？」

「いやいや、あの付き人ふたりはガチでしょ。所作がただのレイヤーのそれには見えなかったぞ。まずあのお嬢様のワンピースはイタリアのブランド物。それにあの腕時計見た？　ありゃあ普通の人にはまず買えない類いのやつよ。地価の安い田舎なら家建てられるレベル」

「うっそでしょ………………」

思わず言葉に詰まる。金額にもだけど、そもそもそんな探偵みたいな観察眼を持っているあんたにもビックリよ。他のレイヤーさんの服装とか参考にするためなのかもしれないが、自分で服を買わないくせにブランドとかはわたしより詳しいんだよな。あんたが女子力を人並みに身に着ければ、それこそアイドルとして食っていけそうな気がするわよ……。

「あのお嬢様、普通にリアルタイムでファンスレに書き込みながら移動してたな。ブースから離れるときとか『ワイ』って言ってた。仲間だぜ……」

「残念美人の一人称なの、それ……？」

「え？　美人？　でへへへ」

「はいはい、可愛い可愛い」

「でもガチもんのお嬢様かー、すっげー……色々妄想が捗（はかど）るな。でへへ」

「ファンを使って勝手にカップリング妄想するの止めなさい」

「そういや、さっき休憩中にトライデントせんせーのとこ行ったけど不在だったな。今度こそ美少女かオッサンか突き止めようと思ったのに」

「あら、そうなの？　午前中わたしが挨拶行った時も不在だったのよね」

　トライデント先生というのは、息子とも仲良くしてもらっている『あんだーらいぶ』の柊（ひいらぎ）冬夜（とうや）君の担当イラストレーターのトライデント山下さんのこと。1～2年くらい前から相互フォローしていて、怜くんがデビューしてからは少しやり取りもしたりするくらいには親しくさせていただいている。

「当人が隠す気がないのに何故か美少女扱いされてるのよね……」

「毎年自分のブースにいるはずなのに何故か誰にも観測されない謎な人。未（いま）だに性別不詳とかおもろすぎるでしょ。実は非実在の存在だったりしない？」

「さすがにそれはないわよ」

「あ、そういえば。トライデントせんせーのとこもアラブの石油王とＳＰが来たってさっきＳＮＳで見たぞ」

「な　に　そ　れ」

マジで色んな人がいるわね……即売会恐るべし。本当に世の中には色んな人がいるんだなって思い知らされる。でも自分ではなく、息子のファンとの交流というのは中々どうして悪くはない。早くも次の冬の即売会が楽しみになってきた。気が早いけど。

新衣装　日野灯の場合

【8月×日】

「新衣装可愛くない？　可愛いな、うんうん」

ママに仕立ててもらった衣装をスマホで眺めながら呟く。ママと表現したものの実際の親ではなくて、バーチャル世界でのもの。ＶＴｕｂｅｒにとっては担当イラストレーターさんをママと呼ぶ文化がある。

バーチャルな世界のあたしは日野灯——あたしにとってのもうひとつの特別な名前だ。太陽がモチーフのキャラクターとして生きている。

そんな日野灯は今回初めて新衣装を作ってもらうことになった。テーマは『制服』だ。同期のＶＴｕｂｅｒであたしとは対になる月をモチーフとしたキャラクターであり、リアル世界では親友でもあるルナ・ブランと相談してお揃いのデザインにしようと決めた。リアルでも設定上でも高校生なのを活かして同じ学校の制服にしようということになったのだ。制服って結構衣装として使い勝手が良いというか、見ただけでキャラの年齢が分かってもらえるし、何より統一感があって良い。

セット売りってかっていうくらいにはるーと一緒にお仕事をいただく機会が増えてきたし、

ファンでもそれを望む人が多い。デビューしたての頃にはそれに思うところがあって、本当にあたしを見てくれている人がいないんじゃないかって恐怖感があった。今はもう吹っ切れたのでそれほど気にしてはいないけれど……正直に言えば今でもあの子と登録者や視聴者数などを比較される事に対して複雑な気持ちはあるし、ともすれば暗い気持ちになりかけたりもする。でもその度にまるでそれを察したかのように、怜先輩が声を掛けてきてくれる。

「困っていることはない？　大丈夫？」

と本当にたったひと言。それを皮切りに他の箱内メンバーもそれとなく気を遣ったメッセージを送ってくれるし、マネージャーさんからも打ち合わせの時に心配されている。あたしってもしかしてそんなヤワな子に見えていたりするんだろうか……？　実際ちょっと気に病んでたのは事実だけどさ。

　でもあの人と一緒のタイミングで新衣装が貰えたのは少し嬉しい。もっと評価されてしかるべき人なんだ。そのくらいのご褒美はあっても良いでしょう？　気が付けば毎月のように炎上するのがキャラクター性になりつつあるという、常人であればまず精神が持たないような、そんな道を歩んでいる。

神坂怜——それがあの人の名前。本名は知らない。でもあたしを救ってくれたのは間違いなく神坂怜、その人だ。

「怜先輩はどんな新衣装貰ったのかな……？」

　一応あたしとるー、そして先輩の計3名が今回運営から衣装をいただいたメンバーだ。るーとは衣装の見せ合いはしたんだけど、彼のがどんなのかは分からない。シルエットだけは、フアン向けにあんだーらいぶの公式ＳＮＳアカウントから新衣装告知ツイートで発信されている。察するに、カッチリと決めたスーツや執事服あたりが結構可能性ありそう。

元々の衣装も割とフォーマルっぽい恰好だったから若干被っているかもしれないけど、キャラに合いそうなのはその辺かなーと思う。

でもあの人なら何着ても似合いそう。スタイルは良いし、顔も良いから。

「ふふーん。ここでひとつ、わたしが天才的なヒラメキを発揮する」

「天才はそんなこと言わないと思うのよ」

「怜さんの衣装どんなのか気になるし、なおかつ受けた恩は返したいのが我々可愛い後輩の役割なんですよ」

「自分で可愛いって言うなよ。まあ、るーは可愛いけど」

「えへへー。あーちゃんの方がもっと可愛いけどね」

「はいはい。お世辞ありがとう」

定期的に男子生徒から告白されている彼女とは違い、そういうのから縁遠いあたしにとってはその言葉がただのお世辞だという事くらいはすぐに分かってしまう。あたしなんて所詮この子の添え物でしかない。いつだったかこの子のことを好きな男子から相談を受けたりしたこともあった。結局その男子たちは皆玉砕してしまい、この子の心を射止めるに至った人はいない。運動部の中々に顔の整った先輩からも告白されていたという話だし、それも告白の台詞を言い切る前に食い気味に「ごめんなさい」ってフラれたと噂になっている。せめて最後まで聞いてあげて……まあ、その人には一部では悪い噂もあったみたいだから、断って正解だったのかもしれないけれども。

「お世辞じゃないんだけどなぁ。無自覚なのが一番あれだよねぇ……」

「ん……？」

「なーんでもない。というわけで3人揃ってのお披露目リレー配信ってどうかな？」

「おー、驚くほどまともな意見だった」

「一体どんなものを想像していたの……わたしってそんな突拍子もない事言いそうな子に見えちゃってるの？」

「まあ、唐突にクラスメイトとかに年上の男性が好みそうな物を聞いたりしまくってて色々周囲が混乱しちゃった前科があるし」

「あ、あれは……その……違うの。ほんのちょっとした……出来心というか、一時の気の迷い……かもしれない」

「へー……？」

そのせいで「大学生の彼氏が出来た」だとか「年上の男性に片思い中」だとかいった噂が学校中を駆け巡る事になったのだ。まあ、あながち間違ってはいないような気もする。そしてその事実をるーと一番親しいあたしに確認しにくる人たち。男女問わず。本当、あたしのことを何だと思ってるのか。昔はこの子宛のプレゼントとかラブレターとか「渡しておいて」って頼まれたこともあるくらいだ。アニメや漫画で言えば、メインヒロインの女の子の友人Aポジ。

それにしても、るーは最近やたらと身なりに気を遣うようになって、以前にも増して可愛さポイントがカンストしている気がする。小動物っぽい仕草と華奢な身体は同性であるあたしですら抱きしめたくなるくらいに可愛い。本人的にはその方向性は求めていないっぽいけど。でも教室でバストアップ体操とかするのは止めろ。男子がめっちゃ見てるから。

そんな感じでるーと新衣装の事を色々相談していたら、怜先輩から「時間が被らないようにお披露目配信の時間を教えてほしい」とのメッセージ。確かに、基本的に被るのは不味いだろう。個人なら好き勝手やってもいいけど、あたしたちは企業勢なのだから。

「丁度良いタイミングだ。早速返信返信」

「反応早いわね」

るーが早速、ふたり連続での配信をするつもりだと返信する。

「はい、ここから畳み掛けるようにあーちゃんが誘ってね！」

「は……？」

「はい、書き込んだ。ほらほら急いで急いで」

「いや、なんで急に、そんなの――」

「早く書き込まないと計画が頓挫しちゃうなー。『そうですか、わかりました』っていう、当たり障りのない返答で会話即終了しちゃうぞー」

「嫌な役回り押し付けたなぁ……」

「え？　やりたくなかったの？」

「いや、別に嫌とかじゃなくて……」

「へへー。ほらほら、早く書き込まないと。いつまで書いては消してってやってるのー？」

「分かってるわよ！　もぅ……何でニヤニヤしてんのよ」

「良いではないか、良いではないか」

「直接コラボじゃなくてこういう形ならあの人だって受けやすいかな」

「あとは比較的燃えにくいからね。一見すると箱の企画っぽく見えるし」

だけどきっと、一定数は必ずこういう形でのコラボですら毛嫌いする人がいる事も知っている。心ない言葉を投げかける人がいる事も知っている。そういう意味ではこれが恩返しになり得ないという可能性だってある……結局あたしたちはあの人の優しさを利用して、自分の好き勝手にやっているだけなのかもしれない。でもこのコラボをキッカケに少しでも先輩を知ってファンを増やせるのならば……。

「お、珍しく乗り気な返事が返ってきた」

「まー、直接コラボしないならーって感じかもね」

彼の「確かにそれは良いアイディアだ。ありがとう」と、提案したリレーお披露目配信に参加の意欲を示すコメントが返信された。どうせ無下（むげ）にコラボ断っているからこういう形くらいでは応えてあげようとか、気遣いを無駄（むだ）にできないとか思ってそうだけど。

なんだか悔しい。想像でしかないけれど。だからちょっぴり仕返し。

「ん……」

「ふふっ。じゃあわたしも」

彼に新衣装の画像を送り付けて「可愛いですか？」と問う。これにはきっと彼も困り顔をしていることだろう。ふふふ。

と思ったら秒で「制服とても良く似合っていると思います」「とても可愛らしいですよ」と

返信された。なんだそれ。ぐぬぬ……。

「褒められたってSNSで呟いちゃおうっと」

「『やめてぇ！』だって。ふふ」

るーのツイートする発言だけに対しては焦った反応だったけど、まさか本当にツイートするとは……。こういうの天然でやるあたりが、らしいといえばらしいわね。

そうしてひと通り騒いで、あの子が帰宅した後、ひとり呟いた。

「どっちが可愛いですか……なんて怖くて聞けなかったな………」

まあでも、答えなんて聞かなくても分かっている。

「ま。可愛いって言ってくれたし、いっか。えへへ」

スマホを胸のあたりで抱きしめてベッドに仰向けに寝転ぶ。お披露目が楽しみだ。

新衣装　ルナ・ブランの場合

【8月×日】

新衣装を貰（もら）った！

ルナ・ブランの新衣装のテーマは制服。デザイン的には同期である日野灯（ひのあかり）——あーちゃんと同じなんだけれども、お互いに新しい髪型の差分があったりカーディガンのデザインとかが違ったりと個性もちゃんと出ている。やはりイラストレーターの夢川（ゆめかわ）シズル先生、いやシズルママは控え目にいって神絵師さんだ。

さて、今日は自宅の鍵を忘れてしまったのであーちゃんの家に転がり込んで、お互いに新衣装の立ち絵や差分を見ながらニヤニヤしている。まるで新しい服を買った時と同じか、それ以上の高揚感がある。めちゃくちゃ可愛（かわい）い服買えた時みたいな？　そんな感じ。

となるとそこで気になって来るのは、同じタイミングで新規衣装が実装される予定になっている先輩であり、恩人である怜（れい）さん——神坂（かんざか）怜先輩の衣装。一体どんな衣装なのか。シルエット自体はユーザー向けにあんだーらいぶの公式ＳＮＳから公開はされているものの、同業者であるわたしたちも知らないのはちょっぴりもやもやしてしまう。

「怜先輩はどんな新衣装貰（もら）ったのかな……？」

あーちゃんも同じように思っているらしく、そんな言葉を漏らしているのをわたしは聞き逃さなかった。ははーん、そうかそうか。あーちゃんも気になっちゃうのかぁ。仕方がないなぁ。

「ふふーん。ここでひとつ、わたしが天才的なヒラメキを発揮する」

「天才はそんなこと言わないと思うのよ」

「怜さんの衣装どんなのか気になるし、なおかつ受けた恩は返したいのが我々可愛い後輩の役割なんですよ」

「自分で可愛いって言うなよ。まあ、るーは可愛いけど」

「えへへー。あーちゃんの方がもっと可愛いけどね」

「はいはい。お世辞ありがとう」

いや、実際めっちゃ可愛いが？　ちょっとクールな印象かもだけど、最近はすっっごい可愛さに磨きがかかっているように感じる。原因はおおよそ想像できるんだけれども……そもそもスタイル抜群なの自覚してるんだろうか？　どこがとは言わないがデカイんだもん。その辺はちゃっかりバーチャルの方の彼女も同じだったりする。ちょっとでもいいから寄越せ！　しかもあの年で家事とかも結構できちゃうし、理想のお嫁さん的なやつ。男子生徒も好意を持って接しているのだが、本人はそれを知ってか知らずか軽くスルーしている。

しかもそんな色恋沙汰には興味ないですよって言動を見せながらも、最近は髪を伸ばしはじめたし、爪のお手入れまでしっかりやりはじめた。彼氏が出来たんじゃないかとめちゃくちゃ噂されているのを本人は知っているんだろうか……？　その噂のせいで男子生徒が勝手に失恋してショック受けているというのに。

ちなみに事務所に行くときは明らかに気合の入りまくった服とお化粧している。最近はちょっぴり伸びてきた髪を結ったりして、気合の入り方がデビュー間もない頃に比べたらケタ違い。そんな親友の姿を間近で見てニヤニヤしているわたしという構図。まあ、わたしもそれに近い事しているって言われるとぐうの音も出ないんだけれども。仕方がないじゃん。青春とはそういうもんなのだ。えっへん。アオハルは今しかないのだから、目一杯、精一杯、全力で今を楽しむべきだよね。

「お世辞じゃないいんだけどなぁ。無自覚なのが一番あれだよねぇ……」

「ん……？」

「なーんでもない。というわけで３人揃ってのお披露目リレー配信ってどうかな？」

「おー、驚くほどまともな意見だった」

「一体どんなものを想像していたの……わたしってそんな突拍子もない事言いそうな子に見えちゃってるの？」

「まあ、唐突にクラスメイトとかに年上の男性が好みそうな物を聞いたりしまくってて色々周囲が混乱しちゃった前科があるし」

「あ、あれは……その……違うの。ほんのちょっとした……出来心というか、一時の気の迷い……かもしれない」

「へー……？」

わたしも同じようなことしているって自覚は多少はあるんだよ。多少は。わたしたちくらいの歳の子特有のあれだ、あれ。というか変な勘違いさせるって言うんなら、あーちゃんも大概だよ。

あーちゃんと一緒に新衣装のお披露目リレー配信を計画したは良いが、どう誘ったものかと考えていたところで、飛んで火に入るなんとかってやつだ。お目当ての人から逆にメッセージがわたしたち宛てに届いた。ざっくり内容を要約すると「お披露目配信被ると不味いので配信予定教えてね」って感じの内容である。滅茶苦茶事務的な文面だ。ビジネスメールの延長線みたいなノリだ。付き合いも決して短いわけでもないし、柊先輩の3Dイベントで実際に顔合わせたりもしたんだから、この距離間はもうちょっとどうにかならないものなのかな。意図して距離を取られているような感じがする……この後あーちゃんに無理矢理お誘いメッセを送らせることに成功した。そんなに長文でもない文章を何度も消したり書き直したり、顔を真っ赤にしていて黙って見ていたら日が暮れるまでかかりそうな勢いだったけど、キュートなので満点。こういう一面をわたし以外が知らないのは人類全体の大きな損失だと思うわけですよ。それでも幼馴染み特権としてその可愛らしい姿を目に焼き付けておく。

さらには勢いで新衣装の画像を送り付けて「可愛いですか？」と聞いちゃう我が同期。凄い攻めるじゃん。ならばそれに便乗してやろうではないか、ふふーん。特に戸惑う様子もなく「似合っていますよ」とすぐに返信が届いた。聞きたいのはそっちの言葉じゃないんだよなぁー、と思っているとあーちゃんが「可愛いですか？」と更に畳み掛ける。メッセージだけ見るとイケイケな感じで大人の男性をからかおうとしている女の子の図なんだけど、実物は顔をぶんぶん横に振ったりパタパタと手で顔を扇いだり、照れ隠しなのかもしれないけどめちゃくちゃ動いたりしてる。でも褒められて嬉しそうに笑顔でその画面をスクショに撮ってる幸せそうな幼馴染みの顔が見られてわたしは満足ですよ、ええ。

ついでにわたしも同様の質問を投げかけてみるが、「髪型変わると印象が随分と変わるね。こっちの髪型も可愛いと思います」との返信。あー、これ絶対雫ちゃんとかを相手に言い慣れてるやつだ……まあ、でも今回は「可愛い」の言葉を引き出しただけで満足しておこう。なにはともあれ女の子は褒められると嬉しいものなのだ。特に大好きな先輩からの言葉であるならば格別というものだ。

お返しってわけでもないんだけれども、怜さんの新衣装の方も見せてもらうことになった。

執事服ですか、そうですか。気合の入り方が尋常ではない。ｍｉｋｕｒｉ先生くっそ気合入れて描いたなぁっていうのが、絵に関してはド素人のわたしですら分かるレベルだ。あの人もなんだかんだ親馬鹿なところがある。その辺はうちも同じだけど。あーちゃんに関しても同様だ。バーチャルにおけるわたしたちも現実通りに同じ高校に通っているという設定になっている。当然制服をテーマとするならばデザインも合わせなくては設定に矛盾が生じてしまう。わたしのママであるシズルママとあーちゃんの我孫子ママが裏で入念な打ち合わせを行った上でこの制服がデザインされた。

ちなみに一番のお気に入りは、それぞれをモチーフにした髪飾りをお互いに身に着けているところ！　わたしは太陽、そしてあーちゃんは月を象ったものだ。てえてえじゃん。これだけで妄想が捗るよね。お互いのモチーフを交換したり贈り合ったりするイベントがあったりとかしてるやつだ、これ。

妄想が捗るという意味では怜さんの執事服も中々……大体なんでもできちゃう万能なところ

とか、漫画に出てくる執事さんっぽくて非常に良いと思うのですよ。モノクルに黒手袋とはめっっちゃ分かってる。でもこうして3人の新衣装並べてみると意外や意外、割と親和性があるような感じしない？　制服のデザインがちょっと良いところのお嬢様学校っぽい感じだからか、学校に付いていてくれる執事さん的な？　誰かその手のイラスト描いたりしてくれないかなー。

この後、調子に乗って新衣装褒めてもらいましたってツイートしたら微妙に荒れた。想像はしていたけれども、まだまだハードルは高いらしい。でもこれくらいじゃ諦めない。諦めてなんてやるもんか。

【9月×日】

さて、早速話をしよう。俺はこの夏——いや、9月だから秋？ よく分かんないけど、最近『あんだーらいぶ』というバーチャルタレントグループから『御影和也（みかげかずや）』としてデビューした。元々不登校で友人もいないような人見知りの俺にとっては、中々にハードルの高い選択ではあったと思う。ただまあ……今のままニヨニヨ動画で活動していても先細りになっていくことは明らか。であるならば、まだ少しでも早いうちに活動の拠点をＹｏｕｒＴｕｂｅに移した方が良いと判断した。『ＹｏｕｒＴｕｂｅｒ』でなく『ＶＴｕｂｅｒ』を選んだ1番目の理由はスカウトされたこと。2番目には自分の素顔を晒（さら）す必要がないこと。詳細は割愛（かつあい）するが、諸々事情を抱えていた俺は今の道を選んだわけだ。

所属ＶＴｕｂｅｒ間のコミュニケーションは基本的にディスコなどを使って行われる。参入して間もないぺーぺーの身としては、いきなり皆の輪の中に入って行くってのはハードルが高い。なのでディスコの書き込みの履歴から、それぞれがどのような性格なのかとか、どんな考えを持った人なのかとかを探ってみる。活動方針なども垣間見（かいまみ）えたが、結論から言うと皆基本的に良い人ばかりなのだ。裏で視聴者やファンの事を気持ち悪いとか言う事は一切ないし、本当に表裏のないようなやり取りだ。まあ、Ｖ界隈的には男女で親し気にしているだけで微妙に焦げ臭くなるので、表で同じようなやり取りができるか？　と問われると微妙なとこだけど。

でも以前ニヨニヨ動画主催で行われたリアルイベントの時とかマジで酷かったからなぁ……。ファンの子をお持ち帰りしたみたいな武勇伝を待機部屋で自慢気に語るやつとか、グッズ買わせるために裏で個人通話してただけなのにヘラって関係切っただとか……もうこの世の終わりみたいな話してるやつもいた。あとは俺の現在の同期を口説いてた男もいたなあ。まあ、そいつらはその後別件で炎上していたけど。少なくともそういう人がいなかったのは幸いだ。

ただ、良い人たちであることは疑いようがないのだけど、変わった人も多いのがこの箱の特徴だと思う。ファンの皆が口を揃えて言うのだ、『変人集団あんだーらいぶ』と。それはあくまで配信上での姿であって、ＶＴｕｂｅｒとしてのブランディング。ロールプレイの一環であり、所謂キャラ付けによるものであると認識していた。しかーし……。

獅堂エリカ：やっべぇ！　チョロボールの銀のクチバシ当たったんだけど!!
羽澄咲：マジかよ、普段の行いが良ければ金だったじゃん
宵闇忍：事務所で集めてるやつ、これで5枚揃ったじゃん
獅堂エリカ：開封配信してキッズの楽しみ奪おうぜｗｗ
宵闇忍：低評価ッ!!（ドンッ！）
新戸葛音：やっとチョロボール以外のおやつが食べられると思うと、喜びもひとしおだな
羽澄咲：貴女、大量のお菓子、ニートに押し付けてただろ

獅堂エリカ：いや、普通に事務所の冷蔵庫に保管していただけなんだけど？
宵闇忍：それはそれで酷いからね
獅堂エリカ：いやぁ、幾ら注ぎ込めば当たるかってやりたかったけど……丁度同業他社が似た企画やってたからめでたくお蔵入りが決まったわけですが
羽澄咲：あー……ドンマイ
宵闇忍：罰が当たっただけでは？
獅堂エリカ：いやー、社長の私物の業務用冷蔵庫あって良かった良かった
羽澄咲：なんでそんなもんがあるのかが甚だ疑問なんだけど……？
新戸葛音：金貸して潰れたお店のやつ貰っただけだよ。なお当人はその後夜逃げした模様
獅堂エリカ：草
宵闇忍：あの人一体何人に金貸しているんだ……
羽澄咲：えぇ……（困惑）

こんなやり取りが日常的に行われているのを目の当たりにしてしまっては、「マジじゃん」と思わざるを得ない。というか配信やってなくてもこんな面白いやり取りしてるのか、この人たちは……。ある意味凄い。社長も社長でよく今まで生きてこられたなってレベルで人間関係に闇を抱えすぎでは？　先輩たちの言うように複数人に対してそれなりの額のお金を貸していたらしい。ちなみに事務所の倉庫になってしまっているかなり広めの部屋には、社長の私物として様々な物が置かれている。それも薬局に置いてある謎の人形とか、どこかの道場の看板と

か、謎の壺や絵画とか、遊園地で見られるような着ぐるみだとか、プラスチック製の金の延べ棒の玩具とか、駄菓子屋さんとかに置いてあるようなじゃんけんゲームの筐体だとか……。なんでこんなものが？　と首を傾げるようなものばかり。ちなみにゲームの筐体はきちんと動くらしい。一説によるとその部屋にニートこと新戸先輩が寝泊まりしてるとの噂があるが、真偽は不明。

社長ネタトークで盛り上がる一方で、他メンバーも別のチャンネルでやり取りをしている。

柊 冬夜：なぁ……俺凄い事に気付いちまったんだ
朝比奈あさひ：なにさ急に
柊冬夜：この箱の中で俺だけなんかファンタジー設定じゃね……？
朝比奈あさひ：今更!?
神坂怜：魔界云々って、もう公式サイトにすら書いてないですもんね
柊冬夜：マジで!?
朝比奈あさひ：今見てみたらマジで草。ただのゲーム好きの青年になってる
神坂怜：私がデビューした頃はまだ魔界から転生してきた……みたいな説明だったんですけどね。どこかのタイミングでアップデートされたみたいですね
柊冬夜：お、俺のアイデンティティがぁ……！
朝比奈あさひ：普段から忘れてる設定なのに？
柊冬夜：う、うっせー！　これも現代社会に溶け込むための魔王的思考の賜物なんだぜ

柊先輩って魔界から転生してきたって設定だったのか。調べてみたら当初は『現代に転生した魔王』という設定だったらしい。その要素一切なくない？　デフォルト衣装は中二っぽい感じのやつだけど、普段配信で使っているのはジャージだったりするし……ただの陽気なお兄さん枠としか見えない件。

「相談チャンネルまであるのか」

覗(のぞ)いてみると主(おも)に機材関係の情報交換がメインらしい。疑問や相談に対して回答しているのはほぼ柊先輩と神坂先輩だけなんだけれども。面倒見が良い人たちだなぁ。神坂先輩に至ってはわざわざマニュアルみたいなの自作して公開している。どこの業者さん……？　中身を見てもスクリーンショット画像まで細かく挿入されており、実に分かりやすい。何年の何月何日に発行して、いつどういった内容を更新したかが表紙にある。更に作成者という四角い枠には神坂先輩の日付印。それを承認した社長の日付印まである始末。この人本当になにやってるんだろう。ここまでするか、普通……？　ここまでやるならやるでいっそネットに公開してネタにすれば良いのに、それもする様子は微塵(みじん)もない。

今まさに現在進行形で相談事があるみたいだ。俺の一コ上の先輩の高校生コンビだ。

日野灯(ひのあかり)：どこかの某元社会人の先輩がコラボに誘っても中々首を縦に振ってくれないんです

ルナ・ブラン：うえーん

羽澄咲：あーあ、泣いちゃったぁ

獅堂エリカ：ちょっと男子ぃ〜
朝比奈あさひ：怜くんならさっき雫（しずく）ちゃんのお迎えに行ったから多分一切見てないよ
羽澄咲：雫ちゃん相手には勝てません、無理です。流石（さすが）のお姉さんも超絶シスコンの崩し方はちょっと分かんない
ルナ・ブラン：ぐぬぬぬぅ
日野灯：むむむぅ

みんな仲良いなぁ……俺もこの輪に馴染（なじ）めると良いなぁ………。

柊冬夜：てか、後輩君たち普通に見てるだけじゃなくて気軽に書き込んで良いからな？　滅（め）茶苦茶（ちゃくちゃ）気を遣わせてるみたいだが、やはり俺の魔界の王たる覇気がそうさせているのか……
朝比奈あさひ：寝言は寝て言え
東雲愛莉（しののめあいり）：先輩が魔界の王の圧（笑）をかけてきます
御影和也：教室で何もしゃべらないオタク君に無理矢理会話させるが如（ごと）き所業（しょぎょう）
柊冬夜：えぇ……
獅堂エリカ：うっわぁ、柊クンひっどーい、ファン辞めます
羽澄咲：うっわぁ、マジかよ。最悪だな
宵闇忍：ドンッ！（無言の圧力）
ルナ・ブラン：ふふ、後輩くんじゃーないか。食パン買ってきて

日野灯：謎の先輩マウントやめろ。あと食パン要求するやつ初めて見た
ルナ・ブラン：6枚切りじゃないと怒るからね
日野灯：なんなのそのこだわり……
神坂怜：うちの妹はフレンチトーストは厚切り派です
朝比奈あさひ：あっ、雫ちゃんのお迎えから帰って来たんだ。でも、その情報要る？
神坂怜：皆さんだけに教える超重大情報なんですけれども？
日野灯：シスコンだ
ルナ・ブラン：やっぱりシスコン
柊冬夜：うちの妹に「何枚切り好き？」って聞いたら何故か「は？」ってキレられたんだけど（´・ε・｀）

はは……なんだこれ、楽しい。
その日から毎日欠かさずコメントするようになったのはここだけの話である。

【9月×日】

私がＶＴｕｂｅｒとして活動するようになったのはつい最近のことだ。元々はニヨニヨ動画でゲーム実況なんかをメインに活動していた。あっちじゃそれなりに評価をしてもらえたのかもしれないが、近年ではニヨ動自体のユーザー数が減少を続けている。昔はそれこそ無法地帯というか、アニメやドラマ、映画が違法アップロードされていたこともあったし、アニメの素材を切り貼りして面白い映像作品を作るＭＡＤ動画なるものが一世を風靡した時代もあった。その頃くらいからゲームの実況動画も流行りはじめて、そのブームに上手い事乗っかる事ができたのが前世の私――『猫ふく。』という存在だ。

思えばあの頃評価されたのって、単純に若い女性の実況配信者が珍しかったってだけだろう。本当に運が良かった。その後は沢山の実況者の人が出てきて、徐々に人気に陰りが出てくる。それこそ今の私なんかよりももっとずっと若くて、実際の見た目も可愛い子が出てきた。アイドルのような顔を出して生配信をやったり、どう立ち回れば数字を取れるか計算し尽くしているような子たちが現れた。少なくとも私にはああいうのはできない。人付き合いを避けてゲームや動画サイトに青春を注ぎ込んで来たような人間なのだ。そんな立ち回りが簡単にできたらこんな苦労はしてないんだよね。

　そんな時にＹｏｕｒＴｕｂｅという圧倒的な利用者数を誇る動画サイトが国内でも頭角を現し始める。ニヨ動で流行っていたゲーム実況動画や歌関係の動画なども徐々にＹｏｕｒＴｕｂｅと同時投稿されるようになったり、ＹｏｕｒＴｕｂｅでの投稿に一本化する人も増えてきた。ニヨニヨ動画は有料会員数も減っており、収益化の観点から見ても一歩劣るといった印象はどうしても拭いきれなくなってきた。今後も配信活動を続けていくのであればここらでひとつ大きな決断をしなくてはならない、そう考えさせられるようになっていた。

　ニヨ動はそんな活動サイトの問題があったし、単純にリアルイベントなどでマスク越しとはいえ自分の顔を晒した時に見た目を悪く言うような人も多かった。野暮ったいとか服のセンスがどうとか。お前らだって大差ないだろう、とは思っていても口に出せない。だというのに一定数、異性との『出会い』や『繋がり』を目的とした同業者からお誘いを受けることは少なくなかった。顔はともかく胸部と尻は無駄にデカイのが主な原因なのは言うまでもない。

　そんな折り、『あんだーらいぶ』というグループからお声掛けがあった。渡りに船だと思った。最近名前を聞くようになった『ＶＴｕｂｅｒ』というコンテンツ。そこそこオタク文化と共に人生を歩んできた私には何となく確信があった。これは今後来るコンテンツであると。ニヨニヨの方にいてもその人気の波は微かに感じ取れる予兆があったからだ。彼らの活動の一部を切り抜いた短時間の動画が総合ランキングでもチラホラ見受けられるようになった。総合ランキングだとまだまだ『歌ってみた』や『ゲーム実況』が優勢かもしれないが、エンターテイメント部門に絞れば『ＶＴｕｂｅｒ』は本当に数が増えている。しかも中身がどんなものであれ、誰でも可愛らしい外観になれる。生身ではどうしてもマイナス方向に評価される事が多かっただけに、夢のようなシステムに思えた。

ただ活動方針が変わるのが少し心配な点だ。今のＶ界隈は動画ではなく生配信がメインである。編集とか字幕で面白可笑しく演出できる今の活動と違って、素のままでいかに視聴者を楽しませるかがポイントだ。まあ、それこそ見た目――こっちの業界でいうところの『ガワ』や声の良さで視聴者を掻っ攫う場合もままあるけれども。前者はプロのイラストレーターさんが何とかしてくれるだろうが、正直後者は期待薄。私はダミ声というかあんまり綺麗な声をしていない。前世ではそんなドブに浸かったような声から『ドブボ』なんて言われる事もあったくらいだ。

ニヨ動での活動は限界が見えていたので割とふたつ返事でＶＴｕｂｅｒになることにした。

ちなみにデビューが決まって同期であるお相手を紹介される事となったのだが……まさかの知人だった。そりゃあ、私と同じような経歴の持ち主に同時期に声を掛けていた事は容易に想像できるわけで……ニヨニヨ動画で『イシカワ』名義で活動していた男性配信者で、結構付き合いは長い方だ。まあ、滅茶苦茶親しいかと言われるとそうでもなく、お互いに一線引いた上で不快感のない距離を維持しているような関係である。直接会う事はあまりないが、ゲームではまあまあ遊ぶくらいの仲。純粋に一緒に遊んでて楽しいって理由だけで絡んでいるような間柄であり、下心丸出しで近づいてくる連中が多い中で、彼の下心のない態度に救われるところはあった。まあ多分アイツの場合は単純に人付き合いが苦手なだけだけど。ニヨニヨ動画のリアルイベントで顔を合わせる事もあったが、そのときはずーっと隅っこでスマホポチポチして

たからなぁ。話すときもずっと下を向いてた。最初目を見て話そうとしたけど無理だったから
か逸らしたら、胸の方に視線が一瞬行って、それから慌てて露骨に下ばかりを注視していた反応がやたら可愛かった。そのネタで弄ると本人が不機嫌になるのであまりしないけど。それ以外にも色々あったが、それはいつかどこか別に語る機会があれば話すかもしれない。

　同期が知人である事も驚きであったが、勝手知ったる相手なので割と安心できた。その点は感謝しなくちゃならない。気恥ずかしいので本人に言う事は絶対にないんだけれども、それはきっとあちらも同じだろうしお互い様だ。

　そしてその後初配信を終えるのだが……以前の名義の時に活動休止を発表した件を掘り起こされて、転生匂わせであると批判されることになった。知られてしまった原因はやはりこの『ドブボ』のせい。すぐに『猫ふく。＝東雲愛莉』であるという情報が拡散される羽目になった。配信とは関係ない全く別の活動をするため、だとか説明した記憶はないのだが、確かに今思えば軽率な発言だったのかもしれない。今までそこそこの期間配信活動してきたのだが、ここまで批判されるのは始めてだった。

　少しでも挽回しようと色々頑張ってみてはいたのだが……更に追い打ちを食らってしまった。いや、食らったと言ったがこれに関しては完全に私のミス。それまでの癖でうっかり同期の事を『イシカワ』と前世の名前で呼んでしまったのである。そこからはまあ……結構燃えた。数々の批判のコメントやら諸々が叩き付けられるが、一番のやらかしは、それをよりによって事務所の先輩と通話しながらやってしまったところ。

　というか通話をしていた当の神坂先輩は、涼しい顔で石川県トークを始めるもんだから思わ

ず目を白黒させてしまった。しかもまるで事前に用意していたかのような情報量。おかげでその場は何とか納めることができたのだが……。

やらかした。やらかした。焦る私はまず迷惑をかけてしまった先輩のところに謝罪の一報を入れる。でも先輩は滅茶苦茶気にしてなかった。それどころか逆に心配されてしまった。てっきり色々言われるのかと思ったけど、「次からは気を付けましょうね」と大人の対応。

その後ディスコの方にもメンバー全員へ謝罪コメントを投下する。そりゃあ箱のイメージ低下につながるような事をやらかしたのだし、ごめんなさいしなくちゃいけない。

獅堂エリカ：詫びで石川県の温泉行こうぜ
羽澄咲：一緒にお風呂で洗いっことかしよう、絶対それがいい
ルナ・ブラン：温泉いいですね！
宵闇忍：事務所の慰安旅行みたいなのあったっけ？
柊 冬夜：ねぇよそんなもん
朝比奈あさひ：社長に頼もう
日野灯：全員で行きます？
柊冬夜：俺らめっちゃ炎上するやつじゃん……
神坂怜：旅行なんていつ以来だろうか……修学旅行以来？　あまり良い思い出がないんですよね……
朝比奈あさひ：あれま？　なにかあったの？

神坂怜：私をグループに入れたくなくて、どこのグループが私を引き取るか大じゃんけん大会が開催されました
獅堂エリカ：闇が深すぎるんだよなぁ。聞いてるこっちが胃が痛い
神坂怜：そしてじゃんけんに負けたグループの女の子が泣いて、更に嫌われました
柊冬夜：なんでだよ⁉　というか昔からヘイト役買ってたのかよ、お前ェ……
朝比奈あさひ：今度男子組だけでも旅行いこっか
柊冬夜：そうやな、御影君も連れて。録音しとけばネタにできるし
獅堂エリカ：男女で関西、関東方面に分かれて旅行行って動画企画にでもすっか
御影和也：どこへでもお供しますぜ！
東雲愛莉：同じく！

私たちのやらかしなんてなんのその。この人たちは本当に良い人ばかりでびっくりする。ものすごく批判されたときは活動はじめたことを後悔しそうになったが、やはりこういうのを見ると、活動をはじめて良かったと心の底からそう思える。私もこんな風になりたいと心から思えた。
あと、人見知りのはずの同期がなんだかんだで先輩たちに懐いていて、犬なら尻尾ぶんぶん振り回しているような姿を見て思わず笑ってしまった。

【7月×日】

すっかり夏だ。だからと言ってなにか変化があるわけでもないけど。今年はもう春先におっきな変化があったからそれを超えるようなものなんてきっとないはず。

この春、あたしはバーチャルタレントグループ『あんだーらいぶ』所属のＶＴｕｂｅｒ――日野灯(ひのあかり)としてデビューした。これはどう考えてもあたしの人生史上で見ても最大の転機だった。順風満帆(じゅんぷうまんぱん)とは言い切れないが、あたしはかなり恵まれている。沢山ファンがいて。チャンネル登録者数も、業界の中でも上から数えた方が早いくらいには多く、沢山の人に見ていただいている。ただの高校生のあたしが、だ。それこそ高校生の身には過分なくらいの収入も得てしまっている。将来のために貯金はしているけれども、実況に使う機材やゲームなどはそこから捻出できている。

両親もあたしの活動に関しては承知している。あまり過度に干渉しないようにはしているみたいだが、そもそも両親は共働きなのであたしなんかに構っている時間なんてあまりないのだ。『良い子』でいる限りは口を出すことはないだろう。寧(むし)ろそのくらいの距離感の方があたし的には気楽でいい。あれこれ口出しされるよりはずっと良い。

「でもねー。ママがさぁ、もっとファンサービスしろって言うんだけどね。パパがそれはダメって言うんだよ？」

「お父さんはアンタが可愛くてしょうがないんでしょう」

幼馴染みであり、親友であり、そして同じくあんだーらいぶ所属で同期のＶＴｕｂｅｒのルナ・ブラン——るーが配信の愚痴をこぼしてくる。

この子みたいに家族で配信をチェックして、あれこれ言われるみたいなのも少し羨ましく思えてしまうのだ。口で色々文句は言うが表情を見る限り心底嫌がっているわけでもないのは、あたしにはよく分かる。何せ付き合いは長いんだ。

この子のお父さんはこの活動に関しては結構反対だったらしいが、「どうせ上手く行かずにすぐ止めるだろう」くらいに思っていた。しかし想定に反して滅茶苦茶人気者になってしまい、もう今さら止めることなどできないくらいの規模感になってしまっている。お父さん的には愛娘が世間で「可愛い」と大層評価されているというのも悪い気はしないらしく、お小言は言いつつも極力アーカイブを視聴しているらしい。「うちの娘可愛いだろう？」と同じ職場の後輩の人に自慢しそうだったのをるーが慌てて止めたという話も聞いた。その後ＶＴｕｂｅｒ業界における身バレはご法度であるということを教え込んだらしい。実に微笑ましい家族だ。

まあ、羨ましく思う事はあっても、ウチだって別にそこまで仲が険悪とかそういうわけではない。世間の家庭は大体ウチみたいな感じだと思う。特にあたしみたいな高校生の子を抱える世帯であればよくあることだろう。今のこれが適切な距離感だから……だから高望みなんてしない。今のままでも充分幸せなんだ。

「でもあっついわね……」

「この時期の体育とか、わたしたち生徒を殺す気かー、ぷんぷん」

「こらこら、体操服の裾を摑んでパタパタするのやめなって。おへそ見えてる見えてる」

こやつは本当に……男子がガン見しているのが分からんのか。隙だらけで本当に心配になる。あたしいなかったら凄い事になってたりしない……？　色々心配だわ。暑いのは分かるが、男子生徒の目もある中で、こともあろうに体操服の裾を摑んでパタパタと扇いで外の空気を取り入れようとする。当然そのおへそが丸見えになっていた。本当に大丈夫なんだろうか……？

「えー、見てるの絶対あーちゃんのおっぱいだよ。ばいんばいんしてるし」

「きちんと対策してるからそんな揺れてない」

あたしの胸は無駄にデカイので、大人用のスポーツ向けに作られたやつを着けているから大丈夫なはず。……中学の頃とかはジュニア用のやつを使っていて、あれは伸縮性が高いので……まあ、ここから先はご想像にお任せするけれど。周りからも言われる通り、パッと見で凹凸があるのが分かるから自然と視線を集めやすくなるのは認める。男女問わず見られている意識はある。でもまあ流石に慣れてきた。中学の頃から平均よりは大きかったので、そういう視線に曝されてきたから嫌でも慣れざるを得ない。同年代で思春期だからある程度は目をつぶるが、人の目じゃなくて人の胸見て喋るのだけはマジで止めてほしいんだけどね。まー、大人相手でも明らかにそういうのを感じることもあるが、それだってきっと慣れなくちゃいけないんだなって思う。うんざりだけど。

【7月×日】

クラスメイトの委員長ちゃんから相談を受けた。アホな男子生徒が彼女の眼鏡をからかっていたのを偶然聞いてしまったらしい。あたし情報ではそのアホ男子は委員長ちゃんと中学も同じで、修学旅行の時彼女のこと気になっているとかそういう話をしていたとか。好きな子に意地悪しちゃう系かぁ。甘酸っぱいなあ。まあ結果として彼女を傷付けているので大減点。赤点だ。あいつの部のマネージャーやってる子とはそれなりに交友はあるから、そこ経由でさっさと事態の収拾に当たるように言っておこう。クラスの雰囲気が悪くなるのはいただけない。

委員長ちゃんの方はるーが面倒見てるから多分大丈夫でしょ。ちゃらんぽらんで何も考えていないような愛玩動物扱いされているけど、ああ見えてきちんと見てるのよね、あの子は。

【7月×日】

あたしの恩人であり、目下なんとかコラボできないか画策している対象である、あんだーらいぶの先輩――神坂怜先輩が燃えていた。いつも通りとか突っ込むのはやめてあげて。多分当人が一番自覚してるから……最早ここまで来るとそういう星の下に生まれたと開き直るくらいしかできないと思うが、本人的には開き直る以前の問題。さも、そうなって当然とすら思っている。まずスタート地点がおかしい。批判されて当然、叩かれて当たり前、仕方がない――そんな諦めにも似た感情が見え隠れしている。当然表のファンの人たちには気取られないようにしているみたいだが、裏でのディスコでのやり取りとか見ているこちらサイドでは皆そう思っているに違いない。いくら当人が平気とは言い張っていても、親しくすればするほど、怜先輩という人間を知れば知るほどに、こういった騒動の度に異常に批判されている様子を間近で見せられると……こちらの方が辛くなってきてしまう。

ちなみに燃えた原因は、ライバル事務所――というわけではないのかもしれないが、他のバーチャルタレントグループＳｏｌｉＤｌｉｖｅの新人の女性ＶＴｕｂｅｒからＳＮＳをフォローされたとか、彼女の前世での配信内で同棲していた相手が怜先輩なんじゃないか？　とか、呆れるほどに信憑性に欠けるネタで燃えていた。

いや、それはおかしくない……？

怜先輩に対しては本人が一切気にしている素振りを見せていないのを良い事に、いや……寧ろ、だからこそアンチと呼ばれている人たちは躍起になって批判を繰り返すのだろう。まるでどこまでが許されるか、そういうラインを見極めているんじゃないか？　チキンレースみたいに徐々に過激になっていく誹謗中傷の数々。殺害予告、とまではいかないが、それに近しいものは大量にある。

いや……きっとＤＭやマシマロなど第三者から見えないところでは、そういった類いのコメントも投げ掛けられているに違いない。負の循環、ってやつなのだろうか。本人が平気なのが異常だ。一体どんな人生を歩んでくればあんな風に慣れてしまうんだろうか……？　でもだからだろうか。あの人が他人の心の機微に関して異様に察しが良いのは。かつての経験があるからこそ、他人には同じ目に遭ってほしくない――そんな事を思っているんだろう。そしてそのためならどれだけ自分が批判されようがお構いなし。見ているこっちがひやひやするレベルだ。

あたしはそんなあの人に救われた。今にして振り返ってみれば、なんでそんなに悩んでいたんだろう？　そんな風に思えてしまうような些細なこと。だがあの時間違いなく、あたしはどうしようもない袋小路に迷い込んでいた。どう思考してもマイナス方向にしか考えられない。ファンの好意を好意として受け止められない。そんなＶＴｕｂｅｒ失格の思考に至っていた。そこに颯爽と現れて、何も難しい事はないと手を取って導いてくれた。

嬉しかった。家族以外で初めて心の底から頼れると思った大人の人だった。あたしにとって特別ないい人。恩返ししたいし、折角同じ箱に所属しているんだから一緒に配信とかもしたい。それにあの人が抱いている、マイナス方向での当たり前を覆したい。じゃないと帳尻が合わない。誰より人に優しくできるあの人が誰よりも批判されているなんて間違っている。沢山の人に怜先輩の良い所知ってもらいたい。そのくらいはしても良いよね……？

【７月×日】

ＳｏｌｉＤｌｉｖｅの新人さん２名のうち、ひとりが怜先輩の妹さんのクラスメイトという事実が発覚した。春に怜先輩の配信に妹ちゃんの声が載ってしまうトラブルがあったらしい。そして今回、新人さんがデビュー配信にて、終了後に配信を切り忘れてしまうという中々なやらかしをしてしまった。それをリアルタイムでチェックしていた妹ちゃんが大慌てで音声通話連絡。何とか個人を特定されるような情報が出る前に事態を収拾することができたが、視聴者の誰かがマイクが拾った音声と先輩の配信に載った声が同じだと気付いたらしい。冗談みたいな話だが、そんな僅かな音声だけで両者を紐付けられるなんて嘘だろうとあたしは思っていた。聞いてみると確かに似ているような気はするが、元々の音質や音域的に同一人物であると判別するには難しいレベルだった。

　しかし本日、先輩の妹ちゃん改め神坂雫ちゃんがＳＮＳデビューを果たしていた。冗談半分だったのかもしれないが、本当に当たっていたらしい。正式にＶＴｕｂｅｒとして活動するかどうかはさておき、彼女をイメージしたガワも既に用意されている準備の良さ。先輩と同じｍｉｋｕｒｉ先生による美麗イラストだ。この騒動後に準備をしたにしては、あまりにも出来すぎている。というところを見ると、これとは別口でお披露目を狙っていたのかな？　あの人シスコンだし、こと妹ちゃんが絡むと行動力がおかしくなるからなぁ……。

　ちなみにこの後、妹ちゃん——雫ちゃんの親友でＳｏｌｉＤｌｉｖｅの新人の十六夜真ちゃんのツイートが火種になってこれまた派手に燃えていた。怜先輩の手作りフィナンシェを褒めるツイートなんだけれども、この手の異性との絡みを示唆するものは大体良くない方向に行くのが常な界隈なのだ。怖い。

　ちなみにあたしも怜先輩の手作りお菓子は柊先輩の３Ｄお披露目イベントの時に食べたことはある。別に悔しくはない。対抗してその時の感想でもツイートしてやろうかとも思ったが、あのリアイベからは随分時間も経ってしまって今書き込むのは違和感があるな……って、あたしは何他所の箱の子に対抗意識を燃やしているんだ。ただの社交辞令じゃないか。うん、そうだ。しかし雫ちゃんは今後ＶＴｕｂｅｒみたいな形で活動するんだろうか？　もしそうならコラボとかしてみたいなーって思った。それはそうと、毎日手作りお菓子を食べられる雫ちゃんが羨ましい。

【7月×日】

雫ちゃんデビュー効果かどうかは分からないけれども、怜先輩のチャンネル登録者が５０００人を突破。なんか桁が足りていない気がする。箱への貢献度を考えたらもっとあってもいいんじゃ……？　というか、あたしなんて色々助けてもらったのに、未だに恩返しのひとつもできていない。でもあの人が楽しそうに、あたしたちには見せたことのないような一面を垣間見せる雫ちゃんとの配信模様を見ると、「やっぱり敵わない」って思ってしまう。あたしたちが同じような形でコラボ配信したところで、こんな一面を引き出すことなんてできないだろう。

別に悔しいとか思わないけれど、いつかあたしもと思うくらいのものだ。そのくらいはきっと普通のことだよね？

【7月×日】

怜先輩が猫を飼い始めたらしい。彼のリアルの方のママが拾って来たんだとか。漫画みたいな事してるなー。絶対あの一家全員お人好しだよ。これだけは自信を持って言える。

ちなみにＶＴｕｂｅｒが猫を飼うのは業界あるある。先輩自身もかなり猫可愛がりしているみたい。ＳＮＳでは配信と料理関係ばかりの内容に猫という新要素が加わっていた。ただ気になるのは本業の配信より料理と猫の投稿の方が多いのよね。失礼な話だけど彼のファンも言うように『ＶＴｕｂｅｒにだけは向いてない』んだ。およそＶとして評価されない分野ばかり得意としているような印象があるからだろう。それこそお料理系配信者とかやっていたらどうなっていたことやら……でも、あたし的にはＶに向いている部分もあると思う。特にあのボイス。

最初聞いたときどこかの声優さんとか演技畑の人かと思ったけれど、どうやらあれが天然物らしいから驚きだ。普段からあんないい声していて身バレとかしないんだろうか。

『――というわけで、猫の名前を募集したいと思います』

ベッドで寝転がりながら彼の配信を眺めてみる。どうやら猫ちゃんのお名前を決める配信らしい。マイクの距離感の関係かもしれないがいつもと声の感じ違うなーとか思ってたら――

『こーら、噛まないの。めっ、だぞ』

痛い。スマホを顔の上に落とした。急にそんな声出されてビックリしてしまった。普段の彼ならこんなセリフ絶対言わない。配信であっても、そうでない裏でのやり取り含めてこういうのは本当にしない人だ。これを引き出した猫ちゃん恐るべし。

『んー、どうしたー？　にゃー。ははは、くすぐったい。良い子、良い子』

「～～～ッッ‼」

何か自分に言われている言葉でもないのに、恥ずかしくなって顔を枕に埋めてバタバタとベッドでバタ足する。いや、あたしは一体何をやっているんだ……？　これじゃあまるで……。

『今めっちゃ指ぺろぺろされてる。ちょっと前に田作り作るのにごまめのハラワタ取ってたからかな』

そんな台詞で一気に現実に引き戻された。田作りってチョイスが本当に『らしい』なって思って、笑みがこぼれた。この後ｍｉｋｕｒｉ先生の命名により、名前は虎太郎君となった。配信本編では妹の雫ちゃんも参戦。この兄妹はちょっとイチャイチャしすぎでは？　普段のあれはキャラ付けとか設定とかじゃなく、本当に嘘偽りのない姿なんだという事がよく分かった。

雫ちゃん可愛いなぁ。これはお兄ちゃんが世話焼きになる気持ちがよく分かる。そんな先輩に対して口ではツンケンしながらもお世話を受け入れている雫ちゃん。見ているとこっちまでニコニコ笑顔になってしまう。

その後、何故(なぜ)かmikuriママのお友達でイラストレーターの酢昆布(すこんぶ)先生が、擬人化&ショタ化した虎太郎君と先輩がイチャイチャする漫画を爆速でネットにアップしていた。酢昆布先生って本当に彼の事大好きなんだなーとか思いつつ、『いいね』をポチっと押しておく。なお同タイミングで、るーも『いいね』していたのを知る。アンタもちゃっかりチェックしてんのね……。

【7月×日】

今日は珍しくあたしひとりで事務所へ。マネージャーさんとの打ち合わせというか面談と、今度発売されるグッズの試作品が出来たのでそのチェックにやって来たというわけだ。あくまで面談が主目的で、後者はそのついでみたいなノリだけれど。恐らくだけど、デビュー後の諸々で気を遣われているのかもしれない。るーもるーで、個別で打ち合わせとかがあるらしい。あたしたちが未成年だからというのもあるのかも。

少なくとも今は引退とかは考えていないし、特段大きな悩みもない。寧ろ以前よりもずっと楽しく活動させてもらっている。強いて言うならば、あたしたちの恩人がいつものごとくいつものあれになっていることくらいだ。でも今回のグッズ販売ではあたしたち新人組に加えて、怜先輩のも一緒に発売されるらしい。事務所も数字だけ見ずにきちんとやってくれるみたい。

「あ、灯ちゃんだ」

「その声と無駄に露出度の高い服装は咲先輩……？」

「そういう判断の仕方はどうかと思う。というかリアイベで会ったでしょ……。あと別にこれ露出度はそう高くないから。ノースリーブではあるけど」

ホルターネックのノースリーブで身体の凹凸がやたらと強調されているせいか、妙に大人の色気が醸し出ている。三つ編みをサイドに流したサイドテールみたいな髪型で、なんかビルの受付のお姉さんにこういう人いそう。これが大人か……。

「前より大きくなった？」

「えっ、セクハラですか？」

「ちがうよ⁉　身長の話だよ⁉　酷い！」

「普段の自分の言動を考えてみてください」

「……全面的にこちらに非がありました。ごめんなさい。後でケーキご馳走するから」

「ご馳走になります」

「お姉さん、可愛い女の子に美味しいもの食べさせるのが趣味なんだ」

「なんかオジサン臭い」

「それはエリカ様にもよく言われる」

なんだかんだ言って、先輩の中で一番気さくに話しかけてくれるのが咲先輩のような気がする。おっとりとした落ち着いた大人という面もありながら、可愛い女の子大好きで結構セクハラ紛いのこともする。しかしちゃんとラインを見極めているからか別段不快感とかはない。よくある同性のスキンシップ――をすこーし過激にしたくらいのものだ。ラインを見極められるほど女の子に手を出しているということなのだろうか。それはそれでどうなんだ。たまに配信でも元カノのお話とかしているっぽいから今更だろうけれども。

「あ、これ書いてって待機部屋にあった」

「色紙？」

「そう」

色紙が5枚くらい？　そこには既に何名かのサインっぽいものが書いてあった。

「ウチのお嬢様がご所望なんだってさ」

「獅堂先輩が？」

「そそ。プレゼント企画用だって。後は神坂さんが妹ちゃんから頼まれた分」

「雫ちゃんかー」

咲先輩からペンを受け取ってサラサラと書いていく。実はグッズとかの発売にあたって必要になるかもしれないと思って、ずっと練習していたのだ。えらいぞ、あたし。

「やっぱり、みんなそこ開けとくよね。はは」

「そりゃあそうでしょう。スペース開けておかないとあの人書けないから」

「あの人、ねぇ……」

「なんですか、その意味ありげな笑みは……？」

「いやぁ、なんでも。青春って素晴らしいなって――あ、そうだ。灯ちゃん。今度一緒にコラボしよう」

「良いですよー」

サインしながら聞き流すみたいに返答してしまう。基本的にコラボとは言っても通話さえ繋げば何とかなる。ゲームとかの場合はお互いに持っているかどうかのすり合わせが必要になるけど、いつもはディスコとかのチャット、文字のやり取りだけで約束取り付けているくらいだ。別段そこまで大仰に準備するほどのことはない。先輩相手に失礼なところはあるのかもしれないけれども、さっきから頭を撫で繰り回してくる彼女にはこのくらいの扱いは許してほしい。

「オフコラボで」

「はーい――って、え?」

「言質取ったァアアア! はい、今『はーい』って言った。言った!」

なんでそんなハイテンションなんだろうか……? 別に同性なんだしオフコラボくらいは日程さえあれば断るつもりなんてないんだけどな。

「あ、きちんとご両親には事務所とこっちからも説明するからね。その辺はしっかりしないと」

「あ、はい。ウチ別にそういうの気にしないと思いますよ」

「そうなの?」

「基本的に放任主義なもので。るーの家は多分厳しいと思う。あそこの一家、すごい過保護気味ですから」

「まあまあ、そうは言ってもこーんな可愛い子が嫌いになる人いないいってば」

「その手つき若干いやらしいので止めてもらって良いです?」

「あ、ごめんなさい」

しっかりしているんだか、していないんだかよく分からない人だ。あたしに気を遣わせないようにあえてこういうキャラ作りをしている節もありそうなんだけどね。何にせよ初の同期以外とのオフコラボが決定した。

【7月×日】

凄い人気のゲーム『Ｍｙ　Ｃｒａｆｔ』のあんだーらいぶサーバーが開設された。メンバーが共同で利用できるサーバーなので、プレイ時間が被ればそれだけでコラボ配信みたいな事になる。これは確かに盛り上がるだろうなーと思いながら配信準備をする。やはりひとりではじめるのは心細いので、いつものごとくるーを誘って冒険に繰り出すことにした。当然ながら、同時間帯にふたつの枠が立てばより人気な方に視聴者は集中する。まあダブルスコアになっていないだけ、思ったよりかはマシかなぁ。と、るーとあたしの同時接続者数を横目にそんなことを考えていた。

あれ、でもこれよく考えたらわざと狙ってタイミング被せに行ったら実質的にコラボ配信できるんじゃない？　あたしにはしては実に冴えた発想だ。ただ、どうせあの人の事だから人が来ないすっごい変な時間帯に配信しそうな気がしてならないけど。

【7月×日】

今日はるーと雑談配信をする。というのは建前で、これは撒き餌なのだ。ふふっ、この時間帯に怜先輩が『Ｍｙ　Ｃｒａｆｔ』をプレイすることはリサーチ済み。今日はゴールデンタイムなのにめずらしーく、あんだーらいぶ鯖には誰もいない。となれば彼がこのゲームの配信を選ぶ確率がぐーんと上がる。ちなみに裏で全員と口裏合わせている。発案は柊先輩だけどね。

柊冬夜：ってことで、いつまで経っても流行りのゲームをしない困った子のためにサプライズを仕掛けようと思います
朝比奈あさひ：彼、色々と気を遣いすぎだよね
ルナ・ブラン：赤信号皆で渡れば怖くないってやつですね！
柊冬夜：それはちょっと違うと思う。まあ突発的なお祭りイベントみたいなノリにすればあんま燃えんでしょ。炎上より箱推しの人に名前売るのが大事って、それ一番言われてっからよ
朝比奈あさひ：たまに凄い先輩っぽいことするよね
柊冬夜：酷くない!?
獅堂エリカ：何それ面白そう！
日野灯：あれ？　獅堂先輩凸待ち企画ありませんでしたっけ？
獅堂エリカ：あるよ。こっちに凸りに来たからそっちの枠に集合ということで
羽澄咲：うわ、後輩を利用する悪い先輩だぁ……
獅堂エリカ：あっ、昨日裸で〇〇〇（自主規制）して声ガラガラのエロお姉さんだ！
羽澄咲：その言い方やめろ
日野灯：えっ……何したんですか？

新戸葛音(あらとくずね)：そりゃあ、ナニよ。ナニ
ルナ・ブラン：えっ……それってエッチなことですよね？
日野灯：？？？
羽澄咲：風呂上がりに寝落ちしただけだからね!? ルナちゃんはちょっと後でお姉さんのところに来なさい。灯ちゃんはそのままの貴女でいて
朝比奈あさひ：こういう時男性陣は肩身狭い
柊冬夜：わかる。だから神坂はしっかり囲い込まなきゃ
朝比奈あさひ：あっ、そっちが本音なのね
柊冬夜：うん？ まあ、それに皆で遊んだ方が楽しいじゃん
朝比奈あさひ：ホントそういうところだけは尊敬できるなぁ、普段はあれだけど
柊冬夜：褒められている風に見せかけて中々酷い事を言われている気がする。全体的に俺の扱いが雑だよな、お前ら
獅堂エリカ：だってラギーはそういうポジションじゃん、今更すぎる
新戸葛音：畳(たたみ)事件でお前の運命は既に決定づけられているのだ

　裏では皆仲良しだ。こういうやり取りが表に出る事はあまりないけれども、男女とか気にせずに仲良くやっている。それこそ本名や実年齢も知らない集まりだというのに、高校で毎日顔を合わせているがろくに会話することもないようなクラスメイトよりはずっとずっと仲良しで距離感も近い。あたしがこの『あんだーらいぶ』が好きな理由がこの会話に詰まっている。み

ーんな良い人なんだ。個性はあれど、根っこの部分は本当に皆この箱の事が大好きで、この箱のメンバーが大好きなんだ。

それを中心的な立ち位置で支えているのが獅堂先輩と柊先輩。ＶＴｕｂｅｒ黎明期からずっとずっとここを支えてきたメンバー。そして同期が活動での成果を出せない事を理由に引退した様を間近で見送った先輩たちにはあたしなんかには分からない苦労や想いがあるんだと思う。特に柊先輩はデビュー日も一緒で仲も良かったらしいから……ダリア・バートンさん、今も活動を続けられていたら良かったとファンの間でも語られる存在。今のあたしたちがあるのは、そういった人たちの努力の結果だと思う。先達が積み上げたモノを足掛かりにこの山を登っているにすぎない。そして偶然にも傾斜が緩やかなルートを見つけただけ。

これから先の活動を通してこの業界そのものに何か恩返ししなくちゃいけない。まあ、それよりまずはお世話になった先輩にお返しをするのが先だ。

というわけで、怜先輩を罠に嵌める配信を開始する。

「つい先日『Ｍｙ　Ｃｒａｆｔ』のサーバー開通したねー」

「同じデータというか世界観で皆と一緒にプレイできるのって新鮮よね」

「そうなんだよね！　普通ひとりでやるようなのとか、多くても４人くらいのが多いのにね。このゲームだと事務所の人間全員参加できるらしい」

［他企業でもやってるし流行りよね］

［それが醍醐味やんな］

[これで普通のゲームよりも安価に楽しめるのが凄い]
[これ建築とかに凝り出したら無限に時間がなくなるよね]
[これ、元々個人製作ゲームなんだぜ……？]

「ビックリなのが、各メンバーがどの座標に家を建てたのかとか網羅してる非公式ｗｉｋｉよね」

「ストーカーかな？」

「るー、アンタお口悪いわね……」

「でもたまーに自分の記事とか見ると滅茶苦茶細かく情報収集されててビックリする」

「まあ、気持ちは分かる」

非公式ｗｉｋｉっていうのは、各ユーザーが自由に記事を編集できる『ｗｉｋｉ』というシステムを利用したあんだーらいぶの情報を集めた非公式なサイトを指す。非公式とは言っても、取り扱っている情報量は公式のキャスト紹介ページの比ではない。各々の配信スタイルから、過去のコラボ実績、各配信で巻き起こった大きな盛り上がりなどが記載されているし、あたしたちが何の気なしに喋ったような情報もまとめられている。何故か使っているシャンプー一覧とかいうよく分からない情報まである。本当に謎だ。何に使うんだろうか、そんな情報。

そうした非公式ではあるがファンサイトとしてかなり有用に利用できるｗｉｋｉで、記事にされているあたしたちですら参考にしたりするレベルだ。それだけ熱意を持って推してくれているのは嬉しい。各メンバーのファンが配信を見て随時更新している形なんだろうか？

『Ｍｙ　Ｃｒａｆｔ』には広大なマップに座標というものが設定されており、プレイヤーもそれを確認することができる。まー、住所みたいなものと思ってもらえれば良いのかな？　迷子（まいご）になったときとかは活用するが、全プレイヤーの活動拠点なども正確に座標が記録されているから恐ろしい。画面に出したのなんてほんの一瞬だよ……？

「自分自身で『あれ、こんなこと言ってたっけ？』ってよくなる。変な発言で身バレとかしないか怖いよね」

「確かに、身バレは怖いわよね」

「情報充実しまくっててビビるよな」

「本人記事チェックしとるんか……」

「うっそだろ、あの使用シャンプー一覧とか。くっそ気持ち悪い味の感想まとめみたいなのまで見られてるんか!?」

「ああ……各メンバーの使っているシャンプーの記事とかあったわね。あと皆、シャンプーは食べ物じゃないわよ……？」

「あーちゃん、玄人（くろうと）は推しのシャンプー食べるのがこのＶ界隈じゃ常識なんだよ？」

「そんな常識捨ててしまえ。大体身体に悪いでしょうが！　良い子は真似（まね）しちゃいけません」

「でも女の子のファンが一緒のシャンプーとか使ってるってコメントは素直に嬉しいよね」

「それは分かる。女性ファンの人が使ってるコスメとかも気になるところ」

「男性陣のシャンプー情報が皆無なのがちょっといただけないって、咲先輩がぼやいてた」

「それはちょっと分からない」

[それはそう]
[後輩になにぼやいてるんだ、ハッス……]
[あさちゃんは女性用使ってそう]
[わかる]
[あさちゃんは絶対良い匂いしそう]
[神坂先輩はおじいちゃん家みたいな匂いしそう]
[草]

「でも『My Craft』は他の人がやってるタイミングでプレイしたことないんだよねー」

「基本通話しながらあーちゃんと一緒にやってるもんね」

「あ、今、柊先輩と、神坂先輩プレイ中じゃん！」

「ちょっと挨拶しに行こうよ」

ちなみにここまで台本通り。こういう演出も大事大事。逆にこうでもしないとあの人とコラボする事ができない現状に若干の不満を抱くも、内緒の作戦みたいなのはワクワクしてしまう。

「唐突やな」
「ラギ先輩、後輩にハチミツたかってた直後に溺死してたぞ」
「ハチミツください」
「ラギ先輩はゆうたじゃったか……」
「あの人なにやってんだよ」

早速ゲームを起動させてサーバーに参加。サブモニタの方に先輩の配信画面をミュートにして表示させておく。画面左下のチャット欄にあたしとるーがゲームに参加したことを告げる通知が出る。明らかにそれを見て一瞬固まる立ち絵を見て思わず笑ってしまう。彼はきっと許してくれるだろうということも織り込み済み。あたしは『悪い子』だからね。このくらいの意地悪はしちゃうのだ。

そして逃げる怜先輩をあたしたち後輩コンビが追いかける鬼ごっこイベントが開始された。でもそこまで嫌がらなくても良いじゃん。むぅ……可愛い後輩と一緒に遊ぼうとかそういう気概を見せてくれても良いんじゃないかな？　本気で避けられているみたいで乙女心にちょっぴりダメージを負う。でもみんな盛り上がっていたし、こういうネタとして見られていたのかあまり苦情は寄せられなかった。そして何より先輩がちょっぴりバズった。これは大収穫だ。

【8月×日】
ＳｏｌｉＤｌｉｖｅの十六夜真ちゃんとコラボした。詳細は割愛。今日はおねむなので寝る。

多分るーとかが感想ツイートとか細々したのやってると思うので、そっちを見てね。ふぁあ。

【8月×日】

今日帰宅したら、珍しく母親がもう会社から戻っていた。しかもこれまた珍しい事に平日から料理なんてしている。どういう風の吹き回しだろうか。こんな言い方をすると語弊があるが、休日はきちんと家事もこなしているので誤解なきように。

でも今まで、共働きで一緒に夕飯食べたりなんて滅多にないから新鮮だ。

「早かったんだ」

「今度からなるべく早く上がる事にしたから」

「なんでまた」

「娘が別でお仕事しているんだから、家の事は親がやらなくちゃでしょ。今までは暇だっていうから任せていたけど。高校と配信活動の両立も大変でしょう」

「あー……別に言うほどじゃあないよ……」

変な気の遣われ方。もしかしたら事務所から何か情報でも行っているんだろうか……？　それを確かめる術はないが。別に悪い気はしない……ただ何を話したらいいか分からないってことくらい。決して母親と不仲ということはないが、普段から必要以上の会話をする機会がなかったから何を話そうかと悩んでしまう。友達やＶＴｕｂｅｒ活動での同じ事務所の人たち相手だとこんなこととまずないのに。もっとも付き合いの長いはずの実の母親相手にこれってどうなんだろう……？

「ほら、作ってみたの。味見」

「ん……美味しいじゃん。って元々料理できてたでしょ、お母さん」

「ネットで見たレシピ使ったから、口に合ったみたいで良かった」

「ほえー。お母さんもそういうの見るんだー」

「これ」

自分のスマホの画面をずいっとあたしの前に突き出す。そこにはすごーく見覚えのあるアイコンとユーザー名があって、思わず咽る。

「んー……ごっほごっほ――ママ、なんで⁉」

「お、久しぶりのママ呼びじゃん。こういう時は『助かる』とかって言うんだっけ？」

「なんでぇ⁉」

「娘のやってる事だもの、親ならちゃんとチェックくらいするわよ」

「いや、そっちもだけど。どうしてお母さんが……先輩のＳＮＳを見てるの……？」

「だってほら、あんたこの人のこと好きでしょ？　嫌でも名前覚えちゃうってば」

「は……？」

「リビングで配信見ながらクッション抱きかかえて悶えてるじゃない。もしかして、あれで隠せているつもりだった？」

「ち、違うから。あれはそういうのじゃないから‼」

「急に髪伸ばしたし、服の選び方とかも変わったでしょ。流石に気付くわよ」

「そ、それも違うから！　ただのイメチェンだから」

「まあそれはおいおい聞くとして。どんな人か気になって調べたら簡単レシピみたいなのよく上げているからフォローしたのよね。それにしてもこの人のレシピほんと使いやすいし、なんでお料理系の配信者じゃないのかしら……？」

どこから突っ込めばいいのか分からない。というかあたし、リビングでそんな事していたっけ……。確かに部屋じゃなくてリビングの大きいソファーでゴロゴロしながら配信見たりもするよ。でもテレビじゃなくてスマホで見てるしイヤホンもしてたのに、そんなに傍から見て分かりやすいの、あたし……？

「あんたのこと色々気に掛けてくれてたのはこの人でしょ。なんとなく分かる。そりゃあ、そうなるかぁー。いやぁーお母さんも歳取っちゃったなぁ。あ、でもお父さんにはなんて説明しよう」

「しなくていい、しなくていい」

「ちなみにこの人のＹｏｕｒＴｕｂｅのチャンネル登録もしてる」

「まあまあはまってるじゃん！」

「なんか人生相談コーナー面白いんだもん」

「そっちかぁ……」

「お母さん――あなたのお祖母ちゃんはお昼にやってた人生相談する番組みたいなの好きで見てたのよね。その気持ちが少し分かった気がする」

「謎の層から支持を得ている先輩は一体なんなの……？」

久しぶりにお母さんとこんなに長い事話した気がする。それ以降何故か配信の感想とかをたまに話をするようになった。悪い気はしない。結局本人の意図していてないところでまた助けられてしまっている自分がいる。こんなんじゃ、ずっとずっと恩返しできないじゃない……。

あ、でもお母さん。ボイスとか購入するのは止めて。恥ずかしいから！

「あ、そういえば、今度事務所の先輩のところでお泊まり会するから」

「え……？　未成年の間はその……ダメだからね？　そういうの流石に容認はできません。せめて高校くらいは卒業してからにしなさい」

「は……？　いやいや、そうじゃなくて別の！　女の先輩の家だから‼」

「あ、そっちか」

「いや、なんでそれはそれで露骨に残念がるのよ……」

「ちぇ、つまんない」

「娘を何だと思っているの」

「娘を思うがこそ、じゃない。ふふふ」

「む……」

何も言い返せなかった。

終始ニヤニヤしながらこっちを観察するのは止めろ。


【8月×日】

今度新人さんがデビューするらしい。あたしたちにも遂に後輩が出来るのはちょっぴり緊張するなぁ……というお話もそこそこに。

今日は咲先輩の家でお泊まりオフ会だ。

「ぐへへ。一緒にお風呂気持ち良かったねぇ」

「その変な声のトーン止めてもらって良いですか?」

「ごめんなさい……でも髪結構伸びたね」

「まあ、伸ばしてるので……」

「ははーん」

「なんです……?」

「好みの髪型とか聞いた方が良くない? 誰に、とは言わないけれど」

「本当にそういうのじゃないですってば」

「冗談冗談。気分転換するのに髪の毛弄(いじ)るのはよくあることよね。気持ちは分かるわよ」

そう言いながら自然とあたしの髪の毛をドライヤーで乾かしてくれる。なんだか手慣れている。一体今まで何人の女の子にこうしてきたんだろうか? 少なくとも片手の指の数では収まりきらないだろうなぁ。

「よーし、この後ASMR配信しようよ」

「なんか変なマイク出てきた……両端が人間の耳みたいな形してるんだ。すごーい」

「事務所のやつなんか人間の頭そのままの形してるよ」

「へー。どこが違うんですか?」

「お値段かな。桁がひとつ違う。すうひゃくみゃんえんする」

「うっそぉ……」

ASMR配信はバイノーラルマイクというのを使うらしい。棒の両端に人間の耳みたいなのがくっ付いた変な形のマイクだが、これでも10万円近くするんだとか。耳元で囁いたり、耳かきしたりすると実際にそうされているみたいに聞こえるってのが売りらしい。あんまり詳しくはないけど、需要はあるっぽいので挑戦してみよう。

「ASMR配信だよー。ふー……ね、聞こえてる？」

［聞こえてる］
［ふー助かる］
［吐息助かる］
［よしよしして］

「今日はなんとゲストがいます。はーい。どうぞ」

「えーっと、日野灯です」

なるべく声の音量を落として耳元で囁くみたいな感じで喋ってみる。いつものノリで喋ると「鼓膜ないなった」だとか苦情が来る気がしたからだ。でも、そんなに大きくはないこのマイクなのに、咲先輩が右耳側であたしが左耳側にいるから思いの外距離が近い。なんかいい匂いする。先輩の使っているシャンプーとかボディーソープのせいだけど。

「サービス足りないなぁ、ほらもっと囁いてあげなよ。ふーふー」

「えぇっと……ふー、こうですか？」

［なんだこの幸せ空間］
［慣れてない感じがまたいいっすねぇ］
［両耳責めたすかる］
［オラ、ふーふーなんて生温いんだよ‼　舐めろォ！　〈獅堂エリカ〉］
［なんか変なのいるぞｗ］
［荒らしかと思ったら身内で草］
［エリカ様草］
［なんで先輩がいるんだよｗｗ？］

何故か獅堂エリカ先輩が配信にコメントしていた。あたしも何度かお会いしているとはいえ、大先輩なので流石にビックリ。普通に良い人。よくご飯ご馳走してくれる。大体会う度に「今日何食べたい？」って聞いてくれる。あたしやるーが美味しそうに食べるのを見て心底嬉しそうに自分もそれを肴に食べているような節すらある。でも本人が一番美味しそうに食べるもんだから、よくお店の人にサービスとして一品オマケされたりする。柊先輩の３Ｄお披露目イベントのときに、怜先輩のチョコパイをひとりでほぼ食べきったことを悪いと思っているのか、やたらと色んなお店に連れ出して奢ってくれる。ありがたい話だけど、るーあたりは「先輩に会うだけでお腹減るんだよね」とかくっそ失礼なことを言っていた。気持ちは分かるけど。これが所謂パブロフの犬ってやつなのかな。

「なに後輩のＡＳＭＲ配信に当たり前みたいに参加してるんですか、エリカ様」

「あ、獅堂先輩だー。えへへ、この前美味しいお寿司ご馳走になったんだぁ」

「餌付けされてない？　大丈夫？」

「え、でもいつも沢山食べさせてくれるし。この前お蕎麦屋さん連れて行ってもらって、初めて十割蕎麦っての食べました」

［餌付けされている……!?］
［飯にはうるさいからな、エリカ様］
［エリカ様が旨いっていう飯は大体旨い］
［なお本人の料理の腕は……］
［料理の腕がクソザコナメクジなのは触れてやるなよ］
［なんか扱い酷くね？　〈獅堂エリカ〉］

餌付けは成功しているよね、うん。

「あ、エリカ様なんか台詞リクエストある？」

［耳元でせーんぱい　〈獅堂エリカ〉］
［たすかる］
［さすエリカ様］

［これにはテノヒラクルーせざるを得ない］
［リスナーって現金だよね。そういうところは人間味あって好きよ〈獅堂エリカ〉］

「せんぱ〜い」

［ええやん］
［大学生の後輩感あるな］
［エロゲでこんなキャラおったわ］
［ちょっと作りすぎ減点〈獅堂エリカ〉］
［結構厳しいな、オイ］

「辛口じゃん……はい、じゃあ次、灯ちゃんね」

「えっ、そ、それあたしもやるんですか……？」

「うん」

仕方がない。お膳立てされた以上やるしかない。多少は恥ずかしくてもこれはお仕事なのだから。なにより応援してくれているファンへのサービスでもある。

「せーんぱい！　って、照れるな、やっぱ。えへへ」

［かわよ］

［はい、可愛い高評価］
［最後含めて可愛すぎる　+114514］
［かーっ！　見んね咲！　卑（いや）しか女ばい!!　〈獅堂エリカ〉］
［草］
［卑しカラス湧いてんぞ］
［出身がバレるぞ、エリカ様］

いや、マジで恥ずかしい。べ、別にどこかの先輩を思い浮かべたとかじゃないからね。本当だからね？

【8月×日】

るーが5万人記念の凸待ち配信をした。怜先輩に対してお礼を言うために色々画策したわけだけれども、そうでもしないとあの人絶対来ないから仕方がない。不満があるとすれば、あたしよりも先にこういう形で、見せつけるみたいな形でやられちゃったことだ。競っているとかではないのだけど、お世話になった比率的にはあたしの方が大きくない……？

あの子が涙ながらにお礼を言う場面に思わずあたしの目頭も熱くなる。なんだよ、もう……泣かせるなよ。てえてえってやつだ。その輪にあたしがいないのが悔しいけれど。なに、同じ箱にいるんだ。また機会もあるはず……。

【9月×日】

怜先輩が風邪でぶっ倒れたらしい。いや、正確には高熱で今にも倒れそうな状態で配信をしようとしたところを雫ちゃんが止めてお休みさせたらしい。雫ちゃん、ナイス。まったく、あの人はなにをやっているんだ。人には散々「大丈夫？」って事あるごとに気に掛けて言葉をかけてくるくせに、自分が全然大丈夫じゃないじゃない。

というか最近聞いたけど、あの人「特にあの子たちは未成年だから気に掛けてあげてくださいね」ってあたしたちのマネージャーさんにわざわざお願いしたりもしていたというのだ。それ、ただの事務所所属のＶがやる事じゃないと思うの……。これは事務のお姉さんから聞いたお話。怜先輩は事務所に来るたびお茶請けのお菓子を毎回持って来るらしく、世間話をする仲らしい。そこから色々あんだーらいぶの内輪の情報を収集しているみたい。いや、マジであの人なにやってるの……？

事務のお姉さんも普通に好青年だなと思っていて、最初は演者であることすら分からなかったらしい。出入りの営業の人かと思っていたとか。確かに毎回スーツでお菓子持参してやって来るＶＴｕｂｅｒなんてあの人くらいでは？

それにしても、今頃きっと雫ちゃんに甲斐甲斐しく看病してもらって、身も心も癒やされているに違いない。早く元気になって帰って来てくれると良いな。あ、でも体調万全にするために念のために何日か休んだした方がいいかもしれない。が、あの人は絶対にそういうのしないんだろうなぁ……。

【8月×日】

最近知ったんだけど、今度先輩たちが大会に出るFPSゲームでまた炎上していたらしい。訓練場でしかほぼプレイしていない怜先輩が、ランクの割に滅茶苦茶上手いせいでゲーム内で不正行為をしているのではないか——チーター疑惑が浮上して燃えかけたって知った時には失礼だが笑ってしまった。真面目なところが裏目に出ていて実にあの人らしい。その後、一生懸命プレイする3人に惹かれて応援する人も少しずつ増えてきているのは、同じ事務所のメンバーとしても嬉しい。同性ということもあって打ち解け合って練習している様子も見たが、やっぱりあたしたちに対してどこか距離感があるような気がして悔しい。

【8月×日】

怜先輩が登録者1万人を迎えた。あたしたちはそれこそスタート地点に立ってよーいどんする前に達成してしまった数値である。その数値を見るとやっぱり男性VTuberとしてやって行くことの難しさ、デビュー直後に起きた騒動の影響の大きさを改めて思い知らされることとなった。それにあたしやるーの騒動もそれを加速させていたと思うとなんだかやりきれない。ただ男女とか関係なしに一緒に楽しく活動したいだけなのに、それでも批判の声は今もなくなることはない。

そして悲しい事に、これからもそれらが完全にゼロになることはないという事は何となく察せられる。あたしたちの過激なファンだけでなく、怜先輩にずぅーっと張り付いてアンチ活動をしているような人たちが躍起になって叩いているような印象がある。

ちなみに記念配信として先輩がやったのは凸待配信。配信主が通話アプリなどで関係者から通話してもらうっていうやつだ。通話相手からそれぞれの関係性が垣間見えるのでVTuberにとってはお馴染みの企画で、よく記念配信等でネタにされる事も多い。そんな中、怜先輩がやっていたのは、通話凸待ちなのに誰も来ないって、企画としてある意味破綻しているような気もする内容ではあったが、この企画の根幹はやっぱり他のメンバーに迷惑をかけないように——そんな意図が透けて見えるようだった。

確かにこれであたしたちが通話しようものなら数多くのご意見がやってくる事間違いないだろう。極力周囲に迷惑はかけないように……あの人なら絶対にそう思うはずだ。とはいえ、それで納得できないのが我々あんだーらいぶメンバー。各々事前の打ち合わせで凸待ちには行かない事を承諾したが、コメントしないとは言っていない。柊先輩は既に宣言していたものの、それに追随する形で他メンバーも次から次へと彼の配信枠にコメントを投げて行く。

まずるーが「宿題があるのでごめんなさい。オフコラボのお誘い待ってます」と書き込む。案外攻めたコメントをする。よりによってオフコラボのお誘いとはやるな……。

「よ、よーし……」

流れ的にオチ担当。であるならば——

「今お風呂なのでお風呂中継で通話する勇気あるなら良いですよ」と入力した。したはいいが……入力確定のボタンを押す直前に固まる。いや、これはちょっと狙いすぎかな……？　そもそもこれはある意味ライン越えなんじゃ？　いやいや、でもこのくらいじゃないとネタとして美味しくないし。机の脇に置いてあった卓上鏡には明らかに頬が赤くなった自分が映っていた。

「違うから、そういうのじゃないから……！」

と誰に言い訳しているのか分からないような言葉を紡ぎながら、恥ずかしくないと自分に言い聞かせて顔をぶんぶんと振ってからコメントを投下する。なお、そのままあっさりと流された。それはそれでなんだか悔しい。なんだ、それ。

「でも、あんなの……はしたない子だとか思われちゃったりしたかな……」

後であくまでネタだったというメッセージでも投げておいた方が良いのだろうか？　いや、逆にそういうのって自意識過剰って思われそうだし。なお、その後、るーから「あれはちょっと反則」と謎の抗議を受けた。いや、どこが反則なんだ、どこが。それにキッカケはあんたでしょうが。先に仕掛けたのはそっちであって、あたしは別に悪くないもん！　寧ろ自然な流れに乗ってやっただけだし……うん、そうだ。そういう事にしておこう。


【9月×日】


今日は羽澄咲先輩が企画したあんだーらいぶの声劇をやる配信。企画立案から準備に至るまでぜーんぶ咲先輩が進めていたから、あたしたちには特に何も用意することはなかった。最初は事前に台本渡されて、それに向けて練習とかしてから臨むのかなって思っていたけれど、そういうガチ目なのじゃなくてライブ感？　みたいなものを楽しむ枠としてやるらしい。配信中に台本が配布されて各々演じるスタイルだ。演技が上手い下手で色々揉めるくらいなら、その方がずっとずっと良いだろう。

でもぶっつけ本番というのはそれはそれで緊張する。台本はファンの方からの公募と咲先輩自らが執筆をしたものがあるそうだが、一体どういうお話をお芝居することになるのか気になっちゃう。ちなみに咲先輩は毎月発売されているマンスリーボイスの台本を自分のものだけでなく、他あんだーらいぶメンバーのものも引き受けている。あたしも今度書いてもらおうかな。自分で考えるのはあまりにも恥ずかしいし、そもそも文才なんてものも皆無なので、今はマネージャーさんを通じて事務所のスタッフさんにお願いして用意してもらっている。

この企画の参加メンバーは立案者である咲先輩、あたし、それからるー。男性陣として朝比奈先輩と怜先輩の5名で行う。男性がこういう配信に交じっているのは中々の冒険だと思った。普通なら荒れちゃう……って最早説明不要だと思うけれど、本当に大丈夫なのかな？ 主に朝比奈先輩と怜先輩が……。朝比奈先輩はまだ男の娘キャラクターで可愛らしい女の子みたいな見た目をしているから大丈夫かもしれないが、問題は怜先輩の方だ。何もなくても叩かれているのに。当人がノーダメージなのを容易に想像できてしまうのは割と笑えない話。そういう姿を見ているこっちの身にもなってほしい。大切な人が理不尽に誹謗中傷されているのを見ていてあたしたちの気分が良いわけはない。でも、逆に言えばこうした企画を繰り返すことで、見ている側を慣れさせるのがこの企画の本質的な目的なのかもしれない。あくまであたしの想像でしかないけどね。

最初のお話では兄妹Aが怜先輩とるー、兄妹Bが朝比奈先輩とあたし。咲先輩がその兄さんふたりとふた股している悪女という内容のシナリオだった。中身はまあコメディノリなのでドロドロ愛憎劇というわけではない。ただ不満があるとすればどうして妹役があの子なんだろうか。やはりこの見た目のせいなのだろうか。

そして次のお話へ。今度はお互いにパートナーを入れ替えて、兄妹ではなく今度はカップル役。なんとまさかの恋人役である。こ、これ大丈夫なのかな……？　るーは「ずるーい！」とか言っていたが、それはそれで荒れるでしょうに……咲先輩曰く「立ち絵見て並び的に？　まあ感覚で」とのこと。それってつまり並べてみると恋人役にしても違和感はないって事なのかな……？　ふふーん。確かに実際の自分のリアルの姿ではないにしても嬉しくないと言えば嘘になる。ま、まあ別にすっごい嬉しいとかではないけどね、すこーしだけだから。

早速台本に軽く目を通す。そこまでイチャイチャしたようなやり取りはないが問題があるとすれば、普段呼ばないような名前でお互いを呼び合うところ。あたしの方は普段から怜先輩呼びだけど、先輩という部分を抜いて話しかけるとなると滅茶苦茶緊張してしまう。そもそも男の人を名前で呼ぶような事なんてほぼ皆無なのに。

「じゃ、じゃあーどこいこっか？」

声震えていない？　大丈夫？　なんだか不安になって落ち着かないのでさっきからずっと両手を擦り合わせている。これがリアルではなくてバーチャルとしてのガワでの配信で良かった。こんなみっともない姿を誰にも見せたくはなかったから。

「灯はどこ行きたい？」

「――ッ、ごめんなさい！　ごめんなさい」

唐突なあの人の名前呼びに思わず思考が飛ぶ。一瞬にして台詞が飛んでしまう。台本が目の前にあるのにもかかわらず。鏡を見るまでもなく顔が真っ赤になっているのが分かる。顔が熱い。クーラーが効いているはずの部屋なのに熱い。なんだ、これ。目が滑る。どこを読めば良いのか分からない。早く続きを読まなくちゃいけないという感情と、名前を不意打ち気味に呼ばれた事へのパニックから軽い配信事故みたいな状態になってしまった。

そんなあたしの様子を見かねてか、いったん演技中止の事態に。

「大丈夫？　ごめんね。こんなのが相手で」

「違うんです、そういうのじゃないんです、違うんですぅぅうう」

「はい。深呼吸。深呼吸。お水飲んで」

「はいぃ」

なんかひとりで勝手に意識して盛り上がっているみたいで……ほんとうに悔しい。なんだよ、なんだよ、もぅ……。しかし、コメント欄で現実に引き戻すような類いのメッセージを見て思わず現実に引き戻されてしまう。一瞬で冷静になれた。でも感謝なんてしない。絶対に。きっとまた彼のもとにも沢山の心ない言葉の暴力が投げ掛けられると思うと本当に悲しいし、悔しいし、腹立たしい。

怜先輩に対して言い訳あるいは謝罪をしなくちゃ、そう思って配信中であるにもかかわらず個人メッセを入力しようとする——が、なんて言い訳すればいい？　ああいう反応をした理由？　本当に意識してしまったって、そんなの恥ずかしくて言えないし、かといって何とも思ってませんって宣言するのも失礼な話。男の人から名前で呼ばれ慣れていないとかがベターなのだろうか。色々考えて書き込もうとしてはそれを消してを繰り返していると、逆に彼の方から『気にしないでいいよ。視聴者さんの方を見てあげて』とメッセージが届いた。マイクを一旦ミュートしていたはずなのに腹の内を見透かされていたみたいで、一層に恥ずかしくなる。Vのガワの表情だけでそこまで分かるものなのだろうか……？

「こういうハプニングもご愛嬌(あいきょう)ってやつですよね。私、台詞言ってる途中、虎太郎に甘噛みされてましたよ。ほら、虎太郎。私の指噛んでないでご挨拶ご挨拶」

「んにゃぁ？」

　更に配信内でもあたしの失敗をカバーするような発言をしてくれた先輩。しかも書き込みとほぼ同時に。器用な人だ。本当に気の利く人だ。本当に優しい人だ。それに彼の言う通りだ、今は配信中。見てくれている人のこともきちんと考えなくちゃいけない。諭(さと)されてしまった。また助けられてしまった。いつか絶対にこの恩は返してやるから、覚悟しておいてください。

　この後配役を更に入れ替えて同様の台本での演技を行った。特に恥ずかしがる様子もなく演技をこなしたるー。しかも演技中にしれっと『怜さん』呼びして、企画終了後もその呼称(こしょう)を継続していた。「あーちゃんだけ名前呼びズルい」ってなによ、それ……むぅ……。どう考えても『先輩』より『さん』付けの方が距離感近い印象ない？

【9月×日】

　翌日。「あんた、昨日の配信面白かったわよ」とニヤニヤしながらお母さんにそんなことを言われてしまう。「違うから！」と言っても「はいはい、そうね。そうね」となんら聞く気もない母の姿。そんなあたしとお母さんのやり取りを見ていたお父さんが「なんだ？」と聞いてくる。お父さんの方は全然あたしの配信をチェックしていないってわけでもないけれど、コラボ配信で他所のチャンネルさんにお邪魔してのものは見ていない。まあ、そういう文化があること自体知らないっていうだけなんだろうし、そもそも仕事で忙しいのであまり見ている時間もないのだろう。そう考えると会社や学校に通いながら、しっかり毎回配信をチェックしてくれているファンの人たちには感謝しなくちゃいけないな。

「なんだ？　なにかあったのか？」

「な、なんでもないよ……」

「えー、どうしよっかなぁ」

「止めてってば！」

「じゃあ、今日のお昼手伝って。一緒に作ろう」

「えっ……あ、うん。いいけど…………」

母親と一緒に台所に立つなんてずっと前に料理教わっていた頃以来な気がする。懐かしい。

「お父さんには内緒なのか……」

「「内緒」」

偶然にも母親とあたしの台詞が被る。思わずお互いに顔を見合わせて、笑う。たまにはこういうのも悪くはない。

【9月×日】

るーと事務所で案件の打ち合わせのついでに、作ってもらった新衣装のチェックをする。事務所近くのカフェで買ったフラペチーノを飲みながら、ふたりして盛り上がっていた。たまにこっちの方をじーっと見つめてくるもんだから、あたしのカップを無言でずいっと差し出すと、満面の笑みを浮かべてからちゅーちゅーとあたしが口を付けたストローをそのまま使って、何の躊躇もなく飲み始める。まあ同性だし割とあるあるではあるが、こういうトークって結構ファンにはウケが良いので後日配信で披露することとしよう。儲け話と表現するには少し違うかな？　あちらも差し出してくるのでありがたくいただく。

「あーちゃんのロングヘア差分かわいー」

「るーのポニテも可愛い。リアルでも今度試そうか」

「そうしよー。あ……」

「どうしたの？」

「あーちゃん……あそこ！」

「ん？　会議室……？　あ……」

明らかに声のトーンが高くなった。あの子の視線の先を辿って行くと合点がいった。事務所の会議室の一室で熱心な表情で資料をめくっている姿の怜先輩がいた。本人もネタにしているけれど、毎回スーツみたいな恰好で事務所入りしているので完全に営業さんにしか見えない。本人曰く、カジュアルなスラックスと言い張っているが……当人は全然ファッションには詳しくないそうなので、基本的には雫ちゃんのご意見が採用されていると見て良いだろう。

事務所の事務のお姉さんに挨拶すると個包装されたチョコ菓子を手渡してきてくれて、「神坂さん、今度ソシャゲの案件あるからその打ち合わせみたいよー」との情報をいただく。ここに来ると毎度毎度スタッフさんや先輩たちからお菓子を渡される。餌付けされているような気がしなくもないけれども、悪い気はしないし人からの好意はありがたく受け取っておくに越したことはないしね。

「事前にゲームチェックしてその疑問点とか仕様確認の資料なんだって。真面目がすぎるけど、こっちとしてはあの人以上に安心して任せられる人材はいないのよねぇ。逆にこっちが不手際しでかしそうなレベルよ」

うん。実にあの人らしい。あまりにも彼らしい行動に思わず笑みがこぼれるが、それをお姉さんがニヤニヤした表情で見ているのに気付いて慌てて表情を戻して、誤魔化すようにフラペチーノを飲む。あー、もう甘ったるいなぁ、もぅ……。もっとビターで甘さ控えめのやつにすれば良かった。

「またパワポ作ってそう」

「さっきストップウォッチ片手にプレゼン練習してたわよ」

「「えぇ……」」

努力の方向が色々とおかしい。思わずふたりで声を揃えて反応してしまった。でも素でやっているんだから本当に真面目な人なんだなぁと思う。あたしたちは基本的にひとりで案件を任される事はない。それどころか箱全体で見ても案件を単独で任されるのって柊先輩や獅堂先輩くらいで、他の人は複数や単独案件があっても単発。怜先輩はデビューから間もないのに単独での案件配信が異様に多いのだ。事務所からの信頼が厚いのが何となく伝わってくる。更に案件先の企業さんにも非常に印象が良く、繰り返しご指名をいただいているという話も聞く。VTuberファンより、案件先のユーザーさんからの方が好感度が高いとか、逆転現象が巻き起こっている。

「チラっと見えたプレゼンテーション画面で、なんであんな複雑な計算式が映ってたのかは突っ込まない方が良いのかな……？」

「灯ちゃん、あれはゲーム内のダメージ計算機なんだって。ちなみに神坂さんお手製」

なんでソシャゲのPR案件でそんなものを作る必要があるんだろうか。いや、確かに既存プレイヤーには非常にウケは良さそうではあるんだけれども。わざわざ自作して作るかと言われると流石に首を傾げざるを得ない。事前にメーカー側に許可を取って、計算方法が正しいかまで確認しているというから驚きだ。そんなの攻略サイトだってやってないだろう。怜先輩は一体どこへ向かっているんだ。ちなみにそういう姿勢を見せられてメーカーさん側もノリノリで情報提供していたんだとか。そりゃあ軽い気持ちでただ宣伝だけしてもらう配信を想定していたら、ガチなプレゼンテーション資料に、プレイしやすいようにダメージ計算機まで自作して来たらそういう反応にもなるのかな……？　本当にあの人らしい。前職でもその有能っぷりのせいで色々仕事を押し付けられたりしていたんだろうと察せられる。もっと楽に、もっと他にやりようはあるだろう。でもこういうところが怜先輩の美点なんだろうと思うし、そこがファンの人の心を掴むポイントになっているはずだ。あたしだってそうなんだから――

「あ、ねぇねぇ。あーちゃん。写真こっそり撮って後でディスコにアップしてビックリさせようよ」

「それ面白そう。ツーショットでふたりと奥にいる怜先輩が映り込むような感じで――」

「姫、お手伝いしましょう」

事務のお姉さんノリノリである。小声で「頑張ってね」って言われたけれど何のことだろう……何のことだろう。本当に。ちなみに後日その画像を見た彼は、驚くほど素っ気ない「いらっしゃったのなら声をかけてくださればよかったのに」との返事を返してきた。なんだ、そのこれっぽっちも面白くない反応……。

何故だか負けたような気分になった。


【9月×日】


数日経ったというのにまだ声劇配信の件でお気持ちコメントが寄せられる。熱心だなぁ。若干軽いお気持ち表明には慣れてしまったんだけど、誹謗中傷の類いにはまだ慣れそうにない。いや、寧ろこれは慣れちゃダメな部類だと思う。だからこそ平気な顔している彼が心配になる。今後も他のＶＴｕｂｅｒさんと絡む度に、あたしや彼は非難されることになるだろう。それでも――自分を救ってくれた彼の隣を歩みたい。そう思うくらいは許してほしい。たとえ許さない人がいたとしても……あたしは皆が思うほど『良い子』じゃないから。

「さて……今度はどんな手で行こうかなぁ」

さあ、次の作戦を考えよう！

それでも月（わたし）は寄り添いたい

【7月×日】

7月に入って夏休みも間近になり、周りの皆も心が浮き立ってくる季節になった。「家族と旅行に行く」とか「彼氏と沢山過ごす」とか「一日ゲーム三昧（ざんまい）」などと、各々夏休みの予定を喋（しゃべ）り合（あ）っている。わたしの場合は配信を沢山するってことくらいかな？　もちろんリアルでこういう情報をお漏らしさんするのは大変よろしくないので、幼馴染（おさななじ）み兼同期のあーちゃんくらいにしか言えないことだけれども。

わたしは『あんだーらいぶ』というバーチャルタレントグループのＶＴｕｂｅｒ――ルナ・ブランとして活動している。まだまだデビューして間もないけれど、先月末には事務所の大先輩である柊（ひいらぎ）冬夜（とうや）さんの３Ｄお披露目（ひろめ）のリアルイベントにちょっとしたお手伝い枠ではあるが、参加させていただいた。あんなの見せられちゃったら――魅せられちゃったらわたしたちも『いつかはあんな風に』って思ってしまう。まだまだ先の未来かもしれないし、３Ｄなんて夢のまた夢かもしれないけれど、いつかあんな舞台に立ってみたいと思って、やる気マックス状態なのである。わたしってば単純。でも普段配信時間はそれほど沢山取れているわけじゃないから、夏休みという機会を生かして沢山配信するぞーと息巻いている。まー、その前に期末テ

ストとか色々あるけれど。
できればその……コラボとかもしたいなーって。とってもお世話になってしまった先輩ともう少し表でも仲良くしたいと思ってしまうわたしは我儘だろうか？　わたしとわたしの大切な親友を救ってくれたあの人。最近はディスコとかでチャットでのやり取りをする機会が増えてきた。それはそれで嬉しい事なのだが……だからこそ尚更に、沢山の人にもっといい人だよって知ってほしい。決して一部で言われているようなそんな悪い人なんかじゃない。でもそういう配信をすればきっとそれを快く思わない人が大騒ぎするのは目に見えている。彼は平気そうにしているけれど、ネット上で好き勝手にある事ない事を吹聴したり、不快になるようなコメントやドストレートな誹謗中傷をしたりする人は一定数いる。これは、普通なら活動そのものを休止したり引退したりしても何らおかしくない状態なのだ。もしわたしが同じような状況になったらきっと耐えられない。

　そんな状況でもいつもは平気そうな顔で、寧ろこっちの方を気遣ってくれる。わたしたちは彼に救われたのに、彼はそれとは逆の立場に追い込まれている。そんなのおかしい。誰より優しい彼がそんな憂き目に遭うなんて絶対に間違っている。救われたわたしにできることがあるとすれば、そんな状況から脱却できる道筋を作ることくらいだろう。それすらも簡単な道ではなく、滅茶苦茶叩かれる事は確実である。それでも、わたしはやらなくちゃいけない。先輩のマイナスイメージを払拭するのであればやはりコラボが一番手っ取り早いかなぁ？　快く思わない人も当然いるが、全員が全員そういうわけじゃないはずだ。仲良く配信して『てえてえ』ところを見せつけてやろう。そうすればいつかきっとこの状況も打開できる。そう信じている。

コラボ配信を想像するとにへらと締まりのない表情になってしまう。その様子を見たクラスメイトが声をかけて来た。クラスのいいんちょー。本当に絵に描いたような真面目な委員長タイプ。眼鏡っ子良いよね。着飾ったりお化粧したりすると、滅茶苦茶化けると思うんだよね、この子。素材の良さは本当にクラスでも随一だと思っている。ほとんどお化粧もしていないとか。ま、わたしも人のことは言えた義理ではないが……最近はそっち方面も少しお勉強中だから、尚更にそういうところに気付いてしまうのだ。

「なにー？　夏休みで浮かれてる感じー？」

「まー、そんなところだよ。ふふん」

「何その反応……ハッ、さては男か⁉　男と遊ぶ魂胆なんだな！」

当たっているといえば当たってる。あの人は確かに男の人だし間違ってはいない。しかも一緒にゲームしたりとかしたいからそこも間違っていない。驚きの察しの良さ。この子がサブカル方面に詳しくなくて良かった。今のところリアルの知り合いに身バレとかはしていない。まだＶＴｕｂｅｒというジャンル自体は結構マイナーなんだよね。あくまで一部のサブカル好きなコアな層が存在を認知しているくらいで。ま、知っていて知らないフリしてくれている子もいるかもだけど。その辺には気を遣っているが、どうしようもない場合もあると思う。わたしやあーちゃんは特に声を作っているわけでもないし。そう思えば先輩たちとかリアルで身バレとか大丈夫なんだろうか？　界隈知名度的に柊先輩とか獅堂先輩とか身バレ対策はどうしているんだろう。今度聞いてみようかな。

とかなんとか考えていたら、

「えっ、マジで図星なの……？」

「ひーみつ♪」

教室の喧噪が何故だか一瞬静かになる。え？　なに？　わたし、そんなに場が冷え冷えになるようなこと言った？　そもそもさっきまで皆各々別の人と会話してたじゃん！　怖い。

「ま、まさか急にファッション誌とか読み出したり、年上男性が喜ぶような服とか色々聞いてたのは……」

「なるほど。わたしって周囲にそういう風に捉えられてるんだ。ふむふむ」

「てい！」

「あだっ！　乙女の頭をチョップするとはなんてことするの、あーちゃん‼」

唐突に現れて額に軽い一撃を入れてきた幼馴染みのあーちゃん。日野灯として一緒にＶＴｕｂｅｒやっている子だ。可愛い。あとおっぱいがでっかい。その乳、ちょっとはこっちに寄越せ。不公平だー。柔らかい。

「何当たり前みたいな表情で人様の胸を触ってるのよ」

「いや、つい。そこに立派なお山があったから。それにチョップされたお返しというか慰謝料的なやつってことで」

「どこかの悪い先輩の悪癖移ってない……？」

あーちゃんの言う『悪い先輩』は羽澄咲先輩のことだろう。あの人、会う女の子みんなにセクハラしている。まあ同性なので許してあげている。その後美味しいものご馳走してくれるし……ってあれ、これってパパ活の亜種とか思われても仕方ないのでは……？　咲先輩は一応尊敬できる先輩枠だから、まあ今のところは良しとしておこう。

「ふたりで出掛けるだけよ。るー、あんたも誤解を招くような事言うもんじゃあないよ」

「あ、なんだいつものふたりでデートなのか。ハイハイ」

「それってわたしが悪いのかなぁ……仮にわたしに彼氏がいたとしてそんなに大騒ぎするほどのものじゃないし……だってこのクラスにだって彼氏持ちなんて何人かいるじゃん。さっきだって彼氏とデートするとかじゃ飽き足らずお泊まりするとか、割と爆弾発言してた子がいたような気もするし」

「無自覚なんだ……よく今までこんなので変なのに引っかからなかったよね」

「それはあたしもそう思う」

「大変ねぇ」

何故かいいんちょーに肩をポンと叩かれて同情されている幼馴染みの構図。何が言いたいんだ。大体無防備って言うんならあーちゃんも大概だよ……？


【7月×日】


「ちょっといい……？」

「どうしたのさ、いいんちょー」

「んー、どうしたのー？」

クラスの皆が帰宅をはじめて、人が減ってきたのを待っていたとばかりに声をかけて来たいいんちょー。わたしとあーちゃんが一旦会話を中断して彼女の方を見ると、自分の三つ編みをもじもじと弄(いじ)っている仕草。可愛(かわい)い。わたしも今度三つ編みにしてやってみようかな。その方が真面目な子っぽくてウケが良いかもしれない。

「やっぱりこれおかしいのかな」

彼女は眼鏡をくいっと持ち上げる。あー……なるほど………。

今日のお昼休み。彼女が不在の際に男子が、いいんちょーの眼鏡がダサいとか野暮(やぼ)ったいとか言っていたのを、丁度教室に戻って来たタイミングで聞いてしまったんだ。ホント男の子さぁ……もうちょっと気遣いとかできるようになりなよ。そこはせめて「眼鏡ない方が可愛いよな」とか気の利いたセリフのひとつでも言ってみやがれってんだ。

「まー、デザインは今時っぽくはないわね。あんまり気になるなら眼鏡屋さん行けば流行(はや)りの見繕ってくれるわよ。あたし的にはそれはそれで似合っていて良いと思うけど」

「あーちゃん割とドストレートに言うね……」

「良いのよ。そのくらい言ってくれる方がずっといいよ。陰でこそこそ言われるより」

「男子連中のあれは単なる好意の裏返しみたいなもんよ」

「そーだそーだ。あ、いっそコンタクトにしてみるとか！」

「異物を自分の目に入れるの怖くない……？」

確かに。わたしは裸眼だから分かんないけど。しかし、いいんちょーにこんな思いをさせるなんて男子許すまじ。お前ら今年は義理でもチョコやんないからな。これが世にいう「ちょっと男子ぃ～」ってやつか。思わず配信で愚痴ってやろうかとも思ったが、特定されるかもしれないのでネタにするにしても期間を空けてからじゃないとダメだな。

「なんだったら今度選んであげよっか？」

「ちょっと考えてみるね。ありがとう」

あーちゃんはなんだかんだ言っても面倒見が良い。そりゃあ女子からも人気が出るわけだ。恰好良い、みたいな風に思われているかもしれないけど案外乙女なところがあるんだよね。大人の女性っぽいアピールするために急に髪伸ばし始めたり、事務所に用事があるときは滅茶苦茶気合の入ったお化粧に下ろしたての服という、ＲＰＧで言うところの最強装備で行く。まあ事務所ですれ違う可能性もなくはないもんねぇ……まー、そういうわたしも色々気にするようなったと言われるとぐうの音も出ないが。

とりあえず、いいんちょーがこの件で深く気にしたりしないといいけど……。

【７月×日】

また先輩が燃えていた。誰ですか？　呆れるほど平常運転とか思った人‼　まあ最早様式美と化しているのは事実なんだけどね。ちなみに原因は、別のＶＴｕｂｅｒ事務所であるＳｏｌｉＤｌｉｖｅさんの新人女性Ｖ霧咲季凜さんからＳＮＳでフォローされていたということ。そんな理由で叩かれるってどうなってるの……？　でもちょっと気になる。荒れている状態でわざわざフォローバックしに行くだろうか、と。何か勘ぐってしまうが、ソースも何もない元同棲相手疑惑とかは信じる気はないけど……でもおかしくはない。

「だって先輩だもんなぁ……」

それが理由になってしまう。それで納得できてしまう。生粋のお人好しであるあの人ならそうなったっておかしくはなさそうなんだもん。そこが彼の美点であるのだとわたしは思う。ただあまりにも行きすぎて自分の身を顧みない点だけはどうにかした方が良いと、年下のわたしですら思うところである。

【7月×日】

先日触れたＳｏｌｉＤｌｉｖｅの新人霧咲さんの同期としてデビューした十六夜真ちゃんが、神坂先輩の妹ちゃんのリアルクラスメイトである事が発覚した。詳細は省くけど声から特定されるって怖い怖い。わたしも声で同じ高校の誰かにバレたりしそうで笑えないよね。事態収束のため、神坂先輩の妹ちゃん改め、神坂雫ちゃんがまさかの登場となった。ガワは彼と同じｍｉｋｕｒｉ先生の気合の入ったイラストであり、皆のハートは無事にキャッチされましたというオチ。可愛いと大体許される。それがまかり通るのがこのＶ界隈。可愛いは正義とはよく言ったもので……わたしたちもそれで許されているような節がままあるので、その恩恵にあずかっている。改めてママに感謝だ。

ちなみに真ちゃんが雫ちゃんの自宅に遊びに行った際に先輩の手作りフィナンシェを召し上がったらしく、雫ちゃんとのＳＮＳのやり取りで「あ、お兄さんにこの前のフィナンシェ美味しかったって伝えておいて」という爆弾発言が投下されて、またあの人が燃えていた。さすがのわたしも「またか！」って叫びそうになってしまった。でも、あの人の手作りお菓子ならわたしだって食べたもんね。一口チョコパイ美味しかったなぁ。毎日あの人の手作りお菓子を食べている雫ちゃんが羨ましい。お昼のお弁当も早朝に起きて気合を入れて作っているんだとか……本当に少女漫画のヒーローみたいな事してるな、あの人。これは女性ファン率が『あんだーらいぶ』内でもトップクラスなのは頷ける。チャンネル登録者数は確かに箱内だと一番少ないかもしれないが、その分ファンの熱量が凄い印象がある。少数精鋭みたいなそんな感じ。毎月発売しているボイスがあるんだけど、ＳＮＳにある感想投稿用のハッシュタグを覗くとあまりに長文に投稿制限がかかるせいで複数回に分けたり、感想を画像として投稿したりする人が多い。多分ボイスの感想投稿数だけならわたしのやつよりも多いと思う。

しかし雫ちゃんがああいう形で露出することになったんだからこれを利用しない手はない。先輩と直接コラボできないなら外堀から埋めて行くという算段なわけ。わたし滅茶苦茶賢い。まるで現代の孔明さんだ。えへへ。家での様子とか聞いても引かれたりしないよね……？

【7月×日】

尊敬する先輩の登録者数が５０００人を突破した。一桁足りなくない？　おかしい。もっと評価されるべきなんだけど。もっと報われなくちゃおかしい。むむぅ……わたしとコラボしたら登録者とかガツンと増えたりしないかなぁ。でもまあ、あの人が雫ちゃんと楽しそうに活動しているのを見ると、数字とかどうでもよく思えてしまう。やはりあの表情を引き出すのは今のところ雫ちゃんくらいだ……。悔しい事に最近では柊先輩と遊んでいる時も割と砕けた様子だけど。

しかし雫ちゃんも本当にお兄ちゃん大好きだなー。見ていて微笑ましい。口では嫌いとか言っておきながら普段のツイートとか反応を見ると絶対にブラコンだ。わたしもああいうお兄ちゃんが欲しかった。ひとりっ子だから兄弟、姉妹の存在が羨ましいと思えることもある。そういう意味ではあんだーらいぶの先輩たちは皆お姉さん、お兄さんみたいだと感じることもしばしば。だからとっても居心地が良い。

だからわたしはこの箱が大好きなんだ。本当にＶＴｕｂｅｒデビューしたのがこの事務所で良かった。

【７月×日】

猫可愛い。先輩が飼い始めた猫ちゃん。虎太郎くんというらしい。雫ちゃんと共に虎太郎くんを可愛がるだけの、中身もへったくれもない配信がお届けされている。もうその方向性で良いのでは？　彼はこの前も触れたようにＶＴｕｂｅｒにしては珍しく女性ファン比率が高め。そっちの需要に特化したような配信スタイルにすればもっと伸びるとは思うの。でも狙ってやるのはなんだか解釈違い。素でたまにそういうのが出てくるのがイイんだよね。虎太郎くんを甘やかすボイスは素で出てるから魅力度増し増しなの。わたしのオタクとしての側面がそう囁いているのだ。

【７月×日】

人気のサンドボックスゲーム『Ｍｙ　Ｃｒａｆｔ』のあんだーらいぶサーバーが実装された。近年よくあるようなグラフィックがすっごいゲームではなく、ドットテイストのパパが昔やっていた頃みたいな？　そんな感じらしい。配信内容については割愛。詳しくはアーカイブでも見てね。

【8月×日】

ＳｏｌｉＤｌｉｖｅの十六夜真ちゃんとコラボすることになった。あーちゃんも一緒だ。初配信で『やらかした』者同士なのでちょっぴり親近感。中の人の年齢は分かんないけれど、設定上は同い年だし真ちゃんとのコラボ配信告知ツイート後にチャンネル登録者数も沢山増えていた。彼女のファンの人たちが登録してくれたんだと思う。箱の違いからわたしを知らなかった人が知ってくれたんだと思うとコラボって大事だなって改めて思う。

「女子高生ＶＴｕｂｅｒコラボでーす、いえーい。ＳｏｌｉＤｌｉｖｅ所属の十六夜真です」

「わーい。あんだーらいぶ所属のー、可愛い担当のルナ・ブランです」

「はいはい、声抑えて抑えて。音割れてるってば……同じく、あんだーらいぶ所属の特に何の担当でもない日野灯です」

騒ぐわたしと真ちゃんにやんわりと釘を刺すあーちゃん。

「おっぱい担当（ボソリ）」

「今酷い単語が聞こえたんですけど……？」

「だってほらでっかいじゃん、なんか揺れてるし」

「きちんと下着着けないと将来垂れるよー。ま、ウチはルナちゃんと違って慎ましいだけでこの通り、しっかりあるけどね」

「わたしにだってちゃんとあるんですけど⁉」

［また胸の話してる……］
［確かに灯ちゃんのは揺れてるよな］
［小さいのも好きやで］
［大は小を兼ねるという言葉もあるのでおっきい方がいい］
［無駄をそぎ落とした洗練されたフォルムの良さがなんで分かんないかなぁ……］
［は？］
［お？　やんのか⁉］

「はいはい、コメント欄喧嘩しないでねー。ウチらって実は意外と共通点、繋がりとかあるんですよねー」

［可愛い］
［可愛いかな？］
［女子高生Ｖか］
［なんなら配信タイトルに女子高生ＶＴｕｂｅｒコラボって書いてあるが］
［画面が華やかでいいよね］

「女子高生っていうのと、後は、あれですね間接的な知り合いというか……あれ？　これって触れちゃダメなやつ？」

「いや、別に『名前を呼んではいけないあの人』とかじゃないから！」

「え？　それって、神坂先輩？」

「滅茶苦茶普通に名前出しちゃったよ、この娘。あたしのチャンネルだから良いんだけれど」

その名前を出した瞬間に低評価数が跳ね上がった。マジでなにそれ、怖い。まだ身内のあーちゃんのチャンネルだから良かったけれど、これが真ちゃんのチャンネルだったら大問題になっていたかもしれない……こういうのも『匂わせ』みたいな扱いになったりするんだろうか？　イマイチ熱心なファンの人たちの許容ラインが分かんない。名前を出すだけでダメってことなの…………？

出しちゃったものは仕方ないと諦めたように先輩の話題を振る。自然と妹である雫ちゃんにトークテーマをすり替えるつもりらしい。また迷惑掛けちゃったなぁ。先輩もそうだけれども、あーちゃんにも。

「怜先輩の妹ちゃん——雫ちゃんとお友達なんだよね。真ちゃんは」

「そうそう。あの子、お兄ちゃん好き好き大好きが1ミリも隠せてないからねぇ」

「「あ、やっぱり？」」

[雫ちゃんブラコン解釈一致]
[不在なのにブラコン判定されてて草]

［あー、ようやく理解した。妙な繋がりあんだな］
［ルナちゃん&灯ちゃん⇕神坂さん⇕雫ちゃん⇕真ちゃん、大体こんな構図］
［→なるほど、分かりやすい］
［世間って狭いんやなぁって］
［奇妙な縁もあるもんだ］

「あの子、お兄さんが実家に戻ってから、放課後まっすぐ自宅に帰ることが異様に増えたんだよね。前まで学校帰りにファミレスやカラオケとか行ってたのに、急にだよ？」

「あからさまだー。普段のＳＮＳからも漏れ出てるから今更感あるけど」

わたしは知っている。雫ちゃんが、お兄ちゃんを褒めているＳＮＳを『いいね』しまくっていることを。そしてファンアートも片っ端から『いいね』しまくっていることを。雫ちゃんかわよ。あれでブラコンじゃないはちょっと無理があるよ、雫ちゃん。

「そのせいで一時彼氏出来た疑惑が浮上してたけど」

［勘違い物かな？］
［そりゃそう思われても不思議じゃないだろうよ］
［餌付け済みだから］
［お兄ちゃん力というよりも女子力が高すぎるからしゃーない……］
［あの兄妹仲良しがすぎる］

「なーんかどこか聞いたことがあるようなお話だなぁ……」

あーちゃん……そうは言うけれど、貴女だって同じように校内で噂になってたの自覚ないの……？　自分が他人から好意抱かれるタイプじゃないって思い込んでいるんだよね、あーちゃんって。でも隠れファンがいる分わたしなんかより男の子に人気あると思う。美人でスタイル良いし。おっぱい大きいし。わたしはどちらかというと愛玩動物的なポジションなわけじゃん？　あーちゃんは気さくに誰とでもお話できるし。スポーツや勉強だってすっごいんだから。

でもそういうのはみーんな誰にも見えないところで必死に努力して勝ち得たものだってわたしは知っている。クラスの皆は恰好良いところだけ見ているけど、それは違う。誰よりも努力している。そしてその努力を誇るわけでもなく、隠している。もっとそういうのを前に出した方が良いと思うんだよね、個人的には。自分は努力しないとできないダメな子とか妙な勘違いしているところは、わたしがどうにかして改善してあげたい。わたしみたいな反面教師がいるくせに、どうしてそうなっちゃうかなあ……生真面目なところ含めて大好きなんだけれど。でもやっぱりおっぱい大きいからね……うん。無遠慮にお触りできるのは幼馴染みの特権なのである。

「毎日お兄ちゃんの手作りのお弁当に手作りの食後のデザート付きをドヤ顔で自慢。取れちゃった制服のボタン付けまでしてもらってる。クラスの子が『お兄ちゃんってどんな人』って問いかけたら秒でお兄さんの写メを見せて『普通でしょ？』とか言ってくる程度にはブラコン」

うわぁ……想像の何倍も濃厚なブラコンだった件。これで『お兄ちゃん好きじゃない』はちょっと無理がある。可愛いなぁ、もう。でもこれなら彼が溺愛する気持ちもよく分かる。その逆に彼女がお兄ちゃんを慕う気持ちもよーく分かる。本当によく分かってしまう。そりゃあ、あいう人が身内にいて自分を溺愛して、甘々に甘やかしてくれるんだったらそれにどっぷり浸かってしまいたくなる。そしてそんな大好きなお兄ちゃんを他の人にも認めてもらいたくて、張り切って頑張っている雫ちゃんの姿を想像して思わずにやけてしまう。


「雫ちゃん可愛い」

「草」

「ブラコンだけど神坂さんもやってる事ただのお母さんだよね？」

「神坂君はオカンだった……!?」

「主夫だからなぁ」

「あんらいで一番女子力高いからなぁ」

「バ美肉化したレイちゃんがお嫁さんにしたいＶＴｕｂｅｒナンバーワン説」


多分根っこにあるのはそういうオカン気質みたいなものであるとは思う。ネット界隈やわたしたち身内からですらネタで言われている、『女性Ｖだったら天下取れていた』というのはあながち間違いではないような気がしてならない。つい先日バ美肉個人勢Ｖの有栖院アリスちゃんとコラボしていたのをキッカケに生まれた、ｍｉｋｕｒｉ先生の描いた『レイちゃん』は一部のコアな層のストライクゾーンにぶっ刺さっていたみたい。このガワであのスペックなら絶対に伝説になっていたと囁かれていた。わたし的には男性の方のガワもふつーに好きなんだけど。やはりこの界隈のファンの比率は男性が圧倒的に多いので、女性の方が優位に立ち回りやすい業界なのは確か。

「買い食いとかまったくしなくなったもん。アタシが誘っても『家にあるからいい』って。もうこれ一種の惚気(のろけ)だよね？」

［裏でデレデレ雫ちゃん……］
［一切出演していないのに雫ちゃんのＳＮＳのフォロワー数が爆増している模様］
［草］
［よもやクラスメイトに情報暴露されているとは思うまいて］
［完全に惚気やんけぇ］
［兄の方が妹好きすぎると思ったけど、妹の方も大概だった件］

「お菓子作りできる男の人って素敵だよね。わたし全然作れないけど」

「いっしょにご飯作るのとかちょっと憧れるなー。あたしはそこそこできる」

「うぇーん、あーちゃんがお料理できるマウントでいじめるよぉ。助けてマコトえもんー」

「しょうがないなぁルナちゃんは～。テレレッテテテー、クッ〇パッド～」

「そこ乗っかるんだ……あたしみたいな他所の事務所の人間が言うのもあれだけど、もう少し自分を大事にした方が良いと思う」

ノリが良いな、真ちゃん。ちなみにクッ〇パッドの案件ではない。

そんな感じで、結局この日のコラボは雫ちゃんネタと学校の話で終わってしまった。

ちなみにこの配信後、また変な勢力が先輩を叩いていた。もうこればっかりはどうしようもないのだろうか……？　同じ箱なのにまるで関係ないみたいにして振る舞うのが本当に正解なんだろうか？　違う、絶対違う。そんなの……楽しいコラボ配信だったけれど、こういうコメントを見ると本当に気が滅入る。

「ダメダメ、暗い気持ちなるのはなし！」

ぺちぺちと自分の両頬を叩いて気合を入れる。あんまり強く叩くと赤くなっちゃうので、軽くだけどね。明日もがんばろー！

【8月×日】

グッズが出るよというお話。正直わたしが特に何かしたわけでもないので、コメントにはひっじょーに困る。メインはわたしのママ――夢川シズル先生に書き下ろしてもらったイラストを使用したアクリルスタンド。他にも一応デザインの簡単なアイディアを出したチャームはあるけれど、それを売れる代物に昇華してくれたのはプロの方々なので……。

それと同時期に神坂先輩のグッズもきちんと出るみたい。わたしも買っちゃおうかなぁ。でもそれでファンの人が買えなかったら困るしさすがに控えなくちゃね。

【8月×日】

グッズは概ね好評らしく売り上げは順調とのこと。実際の販売数とかは教えてもらえてないけど、それより！　先輩のグッズが最速で完売していた。買えなかったファンの人たちの阿鼻叫喚がツイートで見られた。そういうツイートは大体雫ちゃんが『いいね』とかしているから、彼女をフォローしていると自然とその情報も入って来る。中々便利。

個人勢ＶＴｕｂｅｒのアレイナ・アーレンスさんが大量に買い占めていて、何故か彼女のファンが彼女を叩いていた。「ワイらの神坂きゅんのグッズを買い占めやがった」とのこと。どっちのファンか分かんないね、これ。ああいうファンと裏表なくやり取りをしているのを見てちょっぴり嫉妬してしまいそうだ。我を通すのは大変な業界だから、彼女の心の強さも羨ましく思えてしまうし、ストレートに好意を表に出せる彼女の生き方はもっと羨ましい。それに、同じ箱のわたしやあーちゃんを差し置いて先にコラボしているのが複雑な心境。ずるい。わたしの方が――いや、なんでもないや……。

【8月×日】

国内最大級の同人誌即売会が開催されている。世の中のオタクさんたちのお祭りの日だ。わたしは直接参加したりすることはないんだけど、シズルママのブースが出展されているのでＳＮＳでその宣伝投稿を拡散しておく。他のＶのママさんたちの多くもブース出展している。あーちゃん担当の我孫子ビビ先生や、柊先輩担当のトランデント山下先生。神坂先輩担当のｍｉｋｕｒｉ先生が主だった関係者かな？　各々ＳＮＳを活用して宣伝しているのを見るとみんな親子関係は良好みたいで良きかな良きかな。なんかこの言い回しちょっと可愛い。今度配信で可愛く言ってみよう。

「むむむ……？」

そんな様子をチェックしていた手が止まる。そこには人気のイラストレーター酢昆布先生のツイート。アレイナ・アーレンスさんのママで、ｍｉｋｕｒｉ先生のお友達で今回の即売会では一緒のブースで販売しているとのこと。「今回のコスプレは雫ちゃんだよ。恐らく業界初だな、うん。レースの部分の再現が死ぬほど大変だった」の呟きと共に見覚えのある恰好の女性の姿のコスプレ画像が添付されていた。雫ちゃんのコスだった。しかも滅茶苦茶に出来が良い。問題はそこじゃなくて！　そのリプライ。

「綺麗ですね……だってぇ…………？」

神坂先輩は普段そういう風に褒める事なんてないのに。「綺麗ですね。とても似合っていると思います。ですが本物も負けず劣らず可愛いのです」という書き込みからは彼のシスコンぶりが透けて見えているいつも通りの姿ではあるんだけど！　だけどさー！　そういうの見せられるとちょっぴり複雑。わたしよりも他所の女性Ｖや絵師さんとの方が仲良しみたいで悔しい。ぐぬぬぬ……。

ルナ・ブラン@luna_underlive

ふーん、そうなんだ

へー

なんて負け惜しみみたいな内容をＳＮＳで投稿してしまった。反省。

【8月×日】

登録者５万人を迎えた。何をやるかはずっと前から決めている。ＶＴｕｂｅｒ界隈としてはちょくちょく行われている、凸待ちという企画。他の人からの通話を待つ、ただそれだけ。Ｖにとってはその関係性などが大きく反映されることもあって、注目度が高く安定して数字が出せる配信として重宝されている。わたしたちみたいなバーチャルタレントグループであるならば尚更に。普段視聴しに来ない人だって凸者目当てに沢山の人がやって来る。

「…………」

さっきも言ったけれども……もう決めていることがある。これだけは絶対にやっておかなくちゃいけないことだ。いつも以上に注目されるこの場であの人——神坂先輩にお礼を言う。初めての配信で戸惑うわたしを助けてくれた。大好きで誰よりも大切な親友を救ってくれたあの人に「ありがとう」って伝える。だけど普通の凸待ちというだけなら、彼はきっと通話かけてくることなんてない。自分が出てくると荒れるから、迷惑がかかるからなんてそんな風に思うはずだ。だったらちょっと強引にでも出てもらうしかない。

きっとこのやり方は正しくはないのかもしれない。わたしだけでなく先輩にだって批判が向かうことになるかもしれない。分かっている。分かっているの、そんなことは。嫌というほど思い知らされた。この業界はそういうものだって。それでも……それでも………！　そんな人たちばかりでもないという事も知っている。人と人同士。ＶＴｕｂｅｒとＶＴｕｂｅｒ同士が仲良く何かをする姿を楽しむ人だって大勢いる。その様を見て『尊い』『てぇてぇ』なんて当たり前の事を大袈裟に言うファンの人たちだっているんだ。だから――

ルナ・ブラン：というわけで皆さんに協力をお願いしたいんです
日野灯：いいじゃん。でも本来ならあたしだってお礼言うべき立場なんだよね……
柊冬夜：面白そうじゃん！
獅堂エリカ：今後神坂さんを凸待ちに誘い込むテンプレとして使えそうな手
羽澄咲：やってないけど、絶対来るって謎の安心感すらある
宵闇忍：ほんとそれ。ザ・良い人だからねぇ
朝比奈あさひ：多分その状況になった瞬間こっちの意図見抜いた上で来てくれると思う
柊冬夜：まあ、それが神坂だしなぁ。手が掛からなすぎるのも考え物だぞ。その辺はおいおい何とかしなくちゃだがな

と、先輩が配信中でディスコをチェックできないタイミングを見越して裏でこっそりこんな作戦会議をしていた。話し終えた後、書き込みを削除しておけばバレないと思う。チャット欄では皆「来てくれる」という確信に近いものを感じているが、実際のところ確実に来てくれる

という保証はない。彼がそもそもわたしの配信を見ていないとスタートラインにすら立てない。綱渡りも良いところだ。

「みんなー5万人登録ありがとう‼　VTuber的にはお馴染みの凸待ちだけど、わたしは初めてだからめーっちゃ緊張してる」

〔凸待ちと聞いて〕
〔wktk〕
〔楽しみだった〕
〔初見〕
〔誰が来てくれるのかな?〕

予想よりも視聴者数はずっと多い。少し声が震えそうになる。もし来てくれなかったら……それに目論見通りに来てくれたとしても、その後来るであろう批判の声を思うと怖い。どんな言葉が投げ掛けられるかは想像できていないわけではない。想像するのと実際に直面するのは全然違う。怖い、怖い、怖い。逃げ出したいくらいに怖い。これがキッカケでファンが大勢いなくなる、なんてこともあり得る。色んな人たちに迷惑をかけてしまうかもしれない。お礼を言うべき彼をまた大きな事件に巻き込んでしまうのではないか、そんな恐怖感を必死の作り笑顔で誤魔化す。良かった、バーチャルのガワで。これでなければ表情でボロが出ていた。Vならきちんとした『笑顔』として出力してくれる。服が皺になるくらいにぎゅっと袖口を握りしめながら精一杯の強がりで頑張るしかない。
「誰も来ないな……」
［誰も来ないの……？］
［あれ……？］
［今、朝比奈先輩配信裏でやってるからって誘導するなよ］
［鳩行為はNG］
配信開始から約5分経過。コメントでは鳩行為——伝書鳩行為っていうのが正式名称だったかな？　今回で言えば他の配信者さんのところにわたしが凸待ちしているとかそういった類いのコメントを投げる行為を言う。基本的にマナー違反とされるが、よく見る。
「どうしよう……」
［声ちょっと震えてるけど大丈夫？］
［大丈夫？］
［SNSで宣伝しとこう］
［ディスコとかで呼びかけた？］
まずい。不安が声に出てしまった。必死に声を紡ぎだそうとするが、中々言葉が出てこない。

嫌な汗が額から滲み出すのが分かる。動悸。マウスを握っていた右手が震える。その手が震えないように左手でそっと押さえるが、止まらない。

獅堂先輩が「もしもの時には私がトップバッターで行くから安心して」と言ってくれたが、それでも不安なものは不安だ。

「……ぁ」

誰かが通話してきた事を告げる通知音。獅堂先輩かな？　と思い、画面を確認すると――そこには『神坂怜』の文字。

あぁ――やっぱり、今回も助けられちゃったなぁ……。

「かかってきた……！」

［おー、よかった］
［ニッコニコでカワイイヤッター］
［えがった、えがった］
［凸待ち0人とかマジで洒落にならない］
［誰だ？］
［灯ちゃん⁇］
［羽澄センパイとか？］

誰も予想すらしていないのはちょっぴり寂しい気もする。

「あ、自己紹介の方お願いします」
「あんだーらいぶ所属の神坂怜です。ごめんなさい」

[よく燃えてる人じゃん]
[誰?]
[初手謝罪は草]
[あー、名前だけは知ってる]
[メッセージが消去されました]
[神坂君やん、オッスオッス]
[マイクラのマグマで自殺してた人か]
[メッセージが消去されました]
[あー、鬼ごっこしてた先輩か]
[鬼ごっこ切り抜きで声聞いたくらいしかなかったわ]
[鬼ごっこパイセン!]

酷い類いのコメント類は速攻で削除する。
ここからが本番なんだ……邪魔しないで…………!

「来てくれてありがとうございます」

「私は次の方が来るまでの単なる繋ぎだと思っていただければ……皆さんどういうわけか裏で忙しいそうなのでね。ご安心ください。この後、他のあんだーらいぶの皆さんもいらっしゃるみたいですから」

「まず、先輩と皆に謝っておかないといけないことがあって……ごめんなさい！　これわざとだったんです！　他の参加予定の皆さんにも協力していただいてて……」

やはり想定通りバレていた。それでも付き合ってくれる先輩。さっきまでの震えは止まった。

「こうでもしないと来てくれないと思ってたんですよ」

「それで私が来なかったらどうするつもりだったんですか……」

「来てくれるって思ってましたから」

「それは——」

「だって本当に来てくれたじゃないですか。わたしが困ってるときはいつだって」

そう——今だって。だからこの言葉はきちんと伝えなくちゃいけない。家や学校でよく言われたでしょ？　挨拶とお礼はきちんと言いなさいって。ファンの皆がわたしを良い子とか言うんだったら、それに沿わないと。お世話になった人にきちんとお礼を言うだけなのだから。そこに何の問題があると言うのか。

「初配信の時ミュートで放送事故起こしてたの知ってるよね、みんな」

その話題を出した途端にディスコの方に彼からメッセージが届く。『その話は止めた方が良い』と普段の丁寧な口調とは違う簡素な書き込みから彼も慌てているんだな、なんて思っちゃった。そういう新しい一面も見られた。直接メッセージを送る事はなく、僅(わず)かに首を振ってウィンクして応える。『嫌だ。絶対にやる』という意思表示のつもり。伝わっているかどうかは分からないけれど。

「そのとき助けてくれたのが先輩だったの」


「マ?」

「あー、だから結構SNSで絡みにいってんのね、把握」

「ありがとう」

「メッセージが消去されました」

「サンキュー、神坂ァ!」


「5万人記念でこういう企画やろうって思ったとき、先輩には絶対に来てもらわなくちゃって。わたしやあーちゃんと仲良くしているっていうだけで、先輩を叩いたり心ない言葉をぶつける人があまりにも多くて。それでも先輩はずっとずっと親切にしてくれてて……でもわたしは先輩に何も恩返しできてなくて、迷惑ばっかりかけてて——それが悔しくて」


「泣かないで……」

「(´;ω;`)」

「貰い泣きしそう」

「メッセージが消去されました」

［アンチぜってぇ許さねぇからな］

きっとこのままなあなあにしておけば丸く収まるだろう。その方が楽だし、この先の活動を考えると波風立てない方が良いのも分かっている。彼自身やそのファンだって文句を言うような人はいない。これに触れたことで今見ているみたいに荒れちゃうから、寧ろ企業Vとしてはマイナスにしかなり得ないかもしれない。

でもそんなのは絶対嫌だ。これで先輩から距離を取ったら、それは今まであの人を――彼を利用して傷付けて、あんな風にした人たちと同じになっちゃう。嫌だ。それだけは絶対に嫌だ！　わたしはわたしの尊敬する大好きな先輩にただお礼を言うだけなんだ。だから告げた。ありのままを。あの時何が起こったか。そして誰に助けてもらったかを。

「困ってるときいつでも助けてくれるお兄ちゃんみたいな先輩。わたしやあーちゃんが活動続けてこられたのもきっと先輩がいたから。だからどうしても最初に直接お礼が言いたかった。わたしを――わたしたちを助けてくれてありがとう」

あぁ――やっと言えた……！　そんな安堵と共に不思議と涙が溢れ出ていた。

「こちらこそ、こんな私みたいなのを先輩って頼ってくれて嬉しいよ。ありがとう」

「じゃあ、今後もどんどん頼っちゃいますね」

「はは……お手柔らかにお願いします」

やっていることはわたしのエゴでしかないのかもしれない。自己満足なだけだ。でも……。

［てぇてぇかよ……！］
［自分涙いいっすか……？］
［るなかん、てぇてぇ］
［神坂先輩サンキュー］
［最初からクライマックスじゃねーかよ］

分かってほしい。知ってほしい。世の中にはこういう風に思ってくれるファンも沢山いるってことを。このコメントみたいに貴方(あなた)を認めてくれる人だって沢山いるってことを。ＶＴｕｂｅｒのファンはあったかいんだってことを。

【８月×日】

登録者がめちゃんこ増えていた。低評価もめちゃんこ増えていたけど。神坂先輩の登録者も１０００人くらい増えていたのでまあ良し。これでもしも先輩の登録者減っていたらわたし病んでいたかもしれない。あの模様の切り抜き動画がニヨニヨ動画でアップロードされていて、日間ランキングでも上位に入っていたみたい。あのときの涙が一層にそれを引き立てていたみたいで、説得力というかエモーショナルな場面の演出に一役(ひとやく)買っていたと思うと無駄ではなかったみたい。『涙は女の武器』みたいな言葉をどこかで聞いたことはあるが、意図的ではなかった。偶然でしかない。

予想よりも好意的な反応が多かったが、決して批判的な意見が皆無(かいむ)というわけではない。マシマロで直接「ああいうのは面白くない」「底辺と関わるな」「男と絡むな」というような不満をぶつけてくる人。あるいはＳＮＳでわたしの設定した配信用ハッシュタグでツイートする人。匿名掲示板などで好き勝手に書き込みする人などなど。全然平気、ノーダメージってわけはない。モヤモヤする。気分が良いわけはない。でも後悔なんてない。あんなのでファンを辞めるっていうなら好きにすれば良い。わたしの大事な人たちを悪く言うような人なんてこっちから願い下げってやつよ。寧ろ何度も繰り返し絡んで慣れさせてやる。それがわたしのこの活動での目標のひとつになった。

【8月×日】

夏休み恒例となった昼間の配信。毎回学校サボってるみたいな謎の罪悪感みたいなものがある。実際にはきちんとお休みなんだけど。当然ながら夜のゴールデンタイムに比べると視聴者は少ない。ファンの年齢層から察(さつ)するに夏休みのない社会人の人が多いんだと思う。お盆休みにはまだ少し早い時期なのもあって、今の視聴者層は学生や夜にお仕事がある人とか在宅勤務であったりする人が多いのかな？

「お昼配信やりますよー」

［昼活たすかる］
［夜配信する？］
［暑いから熱中症に気を付けてやで］

［夏休みの宿題終わった？］

「夜も配信するよ。今日は2回行動」

［宿題から逃げるな］
［ワイは古戦場から逃げるやで］
［古戦場から逃げるな］
［ソシャゲネタか、それ］
［最終日に大慌てでやる派と見た］

「いっつも終盤にあーちゃんに泣きついて一緒にやる派。でも今回は配信もやりたいから頑張って終わらせたよ。あーちゃんに手伝ってもらったけど。ふっふっふ、これで残りの期間はぜーんぶ配信活動に使えちゃうんだぞー。みんなー、褒めて褒めてー。えへへ」

［灯ちゃんの方がしっかりしてるんよなぁ］
［えらい！］
［普段も配信しながら課題とかこなしてるんだから、それだけでも偉いよ］
［生きてるだけで偉い!!］
［高校生活との両立大変そう。夏休みだからって無理しなくて良いんやで？］

［普段の課題もきちんとやってるんだ］

「やってるよ。真面目に、と問われるとびみょーだけど。課題分からないところがあったらディスコで聞いたらあーちゃんとか答えてくれるんだー。獅堂先輩と宵闇先輩とか。あ、神坂先輩もたまに教えてくれる」

［草］
［ディスコの有効活用できてえらい］
［灯ちゃんはともかくとして他も応えてくれるのかw］
［さす女帝］
［なんだかんだ言っても面倒見の良い忍先輩］
［神坂先輩いっつもなんか裏でやってんな］

「獅堂先輩がくっそ真面目に手書きでの解説投げてくれるのすき」

［なんだかんだで真面目やしなぁ］
［一応あの人もＪＫ設定なんよなぁ……］
［おかしい。酒の肴(さかな)とか作って、その画像の端にチューハイ缶らしきものが見切れているのに……］

「あ、あれはただのジュースだから……」

「宵闇先輩は事務所で課題を広げてたら隣に座って丁寧に教えてくれる。滅茶苦茶良い匂いする」

「忍先輩滅茶苦茶良い人やん」

「台パンが凄い以外はあんらいじゃ常識人枠だからな」

「あんらいに常識人なんておるか……？」

「いない（確信）」

「えっ、わたしとか滅茶苦茶常識人じゃん！」

「初配信でやらかしてるポンコツを自覚して、どうぞ」

「まあポンでやらかす点以外は割と常識人枠ではある」

「他の面子が強すぎて相対的にそうはなってるな」

「あ、ちなみに神坂先輩はわざわざ雫ちゃんから教科書とか借りてきて解説してくれるの」

「妹ちゃんと同年代やったね、そう言えば」

〔普段から妹さんのお勉強も見てあげてそう〕
〔もうあの人ただのお兄ちゃんなんよ〕
〔あんだーらいぶ家系図作ったら大体兄かパパ説〕

「寧ろママ。で、パパが柊先輩説もわたしは推す」

〔草〕
〔解　釈　一　致〕
〔野菜嫌いだし柊先輩はキッズ枠だよ〕
〔ラギ先輩キッズ枠は解釈一致すぎるｗｗ〕

「あー、その説もありだよね。ピーマンとか細かく刻んで大好物のハンバーグとかに混ぜるんだよ、きっと。で、後から知って怒り出すの」

〔ありそうｗｗ〕
〔絶対ある〕
〔容易(ようい)に想像できてしまうな〕
〔なんでピーマン入れるのォ！　ってキレそうｗｗ〕
〔オフでもよく会ってるみたいだし、実際あっても不思議じゃないな〕

いつもは追い切れないくらいの大量のコメントが流れてくるが、今日はちょっと緩やかでなんとか目で追える。それを拾ってまったり雑談というのも悪くはない。これはこれで良い感じだ。

【8月×日】

あっと言う間に夏休みが終わってしまう。悲しい。わたし的には充実した夏休みだったと思う。直接わたしとは無縁のお話だけれども柊先輩、朝比奈先輩、神坂先輩が3人でFPSのゲーム大会に代打出場することになったらしい。そっちの方面のゲームに関しては全然分かんないけど応援しよう！　がんばれー。

あと新人さんが来月デビューするらしい。どんな人が来るんだろう？　いよいよわたしも先輩になるんだと思うとワクワクしちゃう。それにしても高校生活よりも先に後輩出来ちゃうなんて思わなかったな。咲先輩からとある企画を計画してると聞いてそれが今から待ち遠しい。

【9月×日】

久しぶりに学校行ったけど疲れた。部活動でずっと頑張っていた子は小麦色に焼けていてびっくりした。本人は凄い気にしているみたいだったけど、こういう日焼け跡、案外男の子好きだったりするんじゃない？　ユニフォームで隠れていたところと出ていたところで白と小麦色のコントラストが綺麗。髪型が変わった子もいるし、彼氏持ちの子はアクセサリーを身に着けてたりするし、ジェルネイルしている子とかもいて様々だ。みんな各々色々とストーリーがあるんだと思うとエモい。一方でわたしは基本的に家に引き籠もっての配信活動がメインの夏休み生活だったので、見た目は変わっていない。

「あ、おはよー」

「いいんちょー、おはよ……って、眼鏡じゃない。見えてる？」

「コンタクトよ。コンタクト」

記憶が確かなら前に「コンタクトにしないの？」って聞いたら「目に異物入れるの怖い」という返答をもらったような気がするんだけど……気分の変化があったのかな？ 絵に描いたみたいな真面目ちゃんの委員長キャラだった彼女。三つ編みなのは変わらないけど、眼鏡がなくなるだけで随分と印象が変わったように感じる。あれだ、少女漫画で見た事あるやつだ。眼鏡外したら美少女だった、的なあれ。とはいえ単純にそれだけじゃないと思う。お化粧もうっすらだがしている。リップで唇とか艶々で滅茶苦茶分かりやすいが、全体を通して見てもそこまでゴテゴテした感じはしない。あくまでも清楚ないいんちょーらしい素材を生かしたままだ。同性のわたしもびっくりしてしまうくらいの逸材が誕生してしまった……男子がめっちゃチラチラ見てる。こらこら君たち、分かりやすすぎるぞー。好きの裏返しかもしれないけど、この前眼鏡ダサいとか弄ってたくせにさぁ。ほんとそう言うところだぞ。

「どういった心境の変化で？」

「どうって、別に……」

「まさか男か」

「ち、違うから！　ちょっと相談したらそういうのも良いかなって思っただけで」

「相談……？」

「夏休み中にＹｏｕｒＴｕｂｅ流行りらしいから見ていたんだけどね」

「最近というか、大分前から流行りだよ。いいんちょー……」

「し、仕方ないじゃない！　スマホ買ってもらったのだって高校入ってからなんだし……」


そういうご家庭もあるんだなー。ウチなんてパパのスマホ玩具にして育ったんだけれども。小学生の時点で既にパパよりスマホの操作が詳しくなっていた記憶があって、操作方法を聞かれて当時教えられている側だった自分が他人に教える側に立つのが新鮮で、非常にご機嫌になっていたのは覚えている。


「今ってそのバーチャルのＹｏｕｒＴｕｂｅｒってのがあるらしくて」

「う、うん」


な、なんか雲行きが怪しい。一番触れる機会のなさそうないいんちょーがそれに触れちゃうの思ってもみなかったよ……アニメとかゲームも全然な子だから。クラスで一番縁遠いタイプの側の子なのに。いや、確かにＹｏｕｒＴｕｂｅのオススメ欄からとか、検索で全然関係ない動画が出てきてそこから入って来る人とか様々だけれども。こんなのこれっぽっちも想像していなかった事態だ。


「アニメ調のアバターを使った配信活動しているみたいなんだけどね。なんかお料理動画見てたらオススメ欄に出てきて見るようになったんだよね」

「ウン、ソウナンダ」

「私全然詳しくないんだけど、良い声だから勉強とかしながら聞くには丁度良くて、ラジオ感覚で見るようになったんだ」

「へー……」

「その人がなんか人生相談？　みたいなのしててそこで相談したらね、『他人がどうとかじゃなくて自分が変わりたいかどうかが大事』だって凄い親身になってくださってね」

「ち、ちなみになんて名前の人？」

「神坂怜さんって人」

どういう確率ぅ⁉　そもそもあの人の動画が何でＶＴｕｂｅｒのオススメ欄じゃなくてお料理動画のオススメ動画に出てくるの⁉　いや、まあ大体雑談はそれ系多いけど‼　それに声も良いし、ラジオ感覚で作業用に聞くには確かに丁度良いって意見はよく見るけれども‼

「生配信も最近見るようになってね」

「ウン……」

た、助けてあーちゃん‼　わたしどうすれば良いのぉ⁉

「ちなみに他のＶＴｕｂｅｒさんとか見てるの？　ほら、同じ所属の人とかいるじゃん……」

「いや、全然。塾とかもあるし何人も見てる時間なんてないよ。ああいう人たちも所属事務所ってあるの知ってビックリしちゃった。芸能事務所みたいなものなんでしょ。凄い世の中だよね」

「あー……うん。そっかそうだよねー。何事も程々がいちばんだよね。ちなみにやっぱり声がお気に入りな感じ？」

「不快感がないし聞いてて安心する感じ。クラスの子が推しの声優が云々みたいなお話が今なら少し理解できるかも。あ、あと凄い誠実で家庭的で、家族の事とかも大切に想ってて素敵だなって」

神坂先輩、貴方、なに人のクラスのいいんちょー落としてるんですかねぇ……クッソ真面目な何も知らないような初心な子をさぁ……………いや、まあ分かるけど。確かにそうなる理由も分かるけど!! どうしてそういう事しちゃうかなぁ……。いっつもどこかで女の子引っ掛けているんじゃなかろうか、あの人。

「毎月ボイス？ っていうのも販売してるみたいで、タダで相談乗ってもらったっていうのも申し訳なくて買ってみたんだけどね……凄いんだね」

「へーソウナンダー」

めっちゃ沼に引き込んでるぅぅう⁉ あ、ダメだこれ。あれはいいんちょーみたいな耐性のない子に聞かせると色々とヤバい事になっちゃうんだ……？

「えへへ。なんかすっごいドキドキしちゃった」

恥ずかしそうに頰を染めながらボソッと呟くいいんちょーの姿に思わずドキリとしてしまう。

く、可愛いな、こやつめぇ。こういう心に傷を負ったり、弱ってる子を片っ端から救っていくんだろうなぁ……なんか頭痛くなってきた。わたしのことがバレてないのは幸いではあるが。

今月のコラボでバレたりしないだろうか……？

【9月×日】

神坂先輩がぶっ倒れたらしい。高熱出しているのに平気な顔して配信していたとか。本当にどうかしてる。こういうところは前職から引き続いている悪癖なんだろう。Vになる前の会社員時代も過労死寸前で倒れてしまって、お医者さんから「この生活を続けたら死ぬ」とまで言われたと、当人は茶化しながらネタのように語っていたらしいが、冷静に考えてみると笑い話ではない。あとで物申しておかなくちゃって思っていたら、既に雫ちゃんがお説教していた。流石雫ちゃん。

あの人は他人には優しく、身内はスイーツみたいに甘々に甘やかす。そのくせ自分にだけは厳しい。もっと自分自身を顧みてほしい。きっと誰も心配していないとかそんなことを思っているのかもしれないが、そんなことはない。ファンやこの箱の皆だって心配するに決まっている。思えばわたしが知る限り、先輩が配信をお休みしている日がないような気がする……もしかしてデビューから今までほぼ休みなしだったりするの…………？　今度わたしも説教しちゃおうかな。しかし、柊先輩もほぼ休みなしで毎日夜から深夜、朝方まで長時間配信をしているところを見ると、うちの事務所の皆は体調面とか大丈夫なのかな。わたしたちは健康診断とかあるけど、他の人はそういうのはなさそうだし。

心配になってディスコの全体チャットで「皆さん元気ですか？」って聞いたらプロレスラーの掛け合いみたいなのが返って来た。違う、そうじゃない。でもこういう他の人から見たらバカバカしく思えるやり取りが愛おしく思えた。

【9月×日】

先輩のチャンネル登録者が１万人を突破。もっともっと評価されていいのでは。うん。これからも神坂先輩は良い人だぞ作戦は続行だ。彼もわたしと同様に登録者記念配信では凸待ち配信を企画していたんだけれども……凸待ち０人企画はあの人らしいというか、極力誰にも迷惑をかけないようにって意図が感じ取れる。でももっと頼ってくれても良いのにね。頼ってもらえるくらいになるくらいにビッグで凄いＶＴｕｂｅｒになるぞ！　おー！

【9月×日】

後輩君たちがデビューする。御影(みかげ)君と東雲(しののめ)さん。年齢的にはふたりの方が上だけど、わたしの方が先輩なので張り切る。先輩風を吹かせてやろうじゃないか。ふふん。さあ、可愛い後輩君たち、うぇるかむとぅーあんだーらいぶぅ！

【9月×日】

今日は羽澄咲先輩の声劇企画にお呼ばれしていた。彼女以外のメンバーとしてわたしとあーちゃん。そして朝比奈先輩と神坂先輩だ。男女揃(そろ)ってやる企画物って中々珍しい。攻めた企画だ。先輩やそのリスナーさんが投稿した台本をベースに演技をする。当然みんな素人(しろうと)なので上手(うま)くいかない。前もって台本貰えないかなって思ったけど、咲先輩が「ライブ感が大事なのよ、ライブ感が」ということでぶっつけ本番スタイル。こういうきちんとした企画物をやるのは初めてなのでちょっぴり緊張するのと同時に、先輩たちとコラボできるのが楽しみで前日ちょっと眠れなかったのはここだけの話。

最初のテーマは2組の兄妹＋両方の兄に二股している女性の寸劇。兄妹Aの方を神坂先輩とわたし、兄妹Bの方を朝比奈先輩とあーちゃん。そして二股女を咲先輩が演じる運びとなった。

「なんで、るーがそっちの妹役なの……」

「ふふーん。わたしの溢れ出る妹力、びしばし伝わっちゃったかなぁ？」

悔しそうにしているあーちゃん。ふふふっ、妹といえば先輩が愛してやまない属性なわけですよ、皆さん。本物の雫ちゃんと並び立つのが無理なのは承知の上だが、親しく接してくれるのは間違いないはずだ。

「先輩先輩、『お兄ちゃん』と『兄さん』どっちがいいですか？」と聞いてみるがリスナーさんに対してどれが良いか、なんて事を聞き始める。わたしが知りたいのは先輩がどう呼んでほしいか、なのに……むぅ。雫ちゃんにどう呼んでほしいかって聞いたら熱く語り始めるのを聞いて、やっぱり敵わないなって思い知らされてしまう。

「先輩のばか」

「え？　あ、なんかごめんなさい」

絶対わたしの心境なんて分かってないくせにぃ……良いもん良いもん。演技の中で雫ちゃんばりに可愛いところ、見せちゃうもんね！

ダメだった。頑張って精一杯演じてみたけれど、子供の我儘に付き合ってあげている大人の

構図でしかない。台本のストーリー的にも最終的に兄同士と妹同士がくっ付くという謎の設定になってしまった。あーちゃんとイチャイチャするのも割と楽しかったけど。でもなんというか……他の人を『お兄ちゃん』と呼ぶのは些か恥ずかしい。わたしだって思春期の女の子なのだ、仕方ないでしょう……？

「お兄ちゃん！　パンケーキ食べたい‼」

「うん、いいよ。私は別のケーキセット頼むから、分けて食べよう」

うーん……本当にリアルでやってそうなやり取り。と思ったけど後から確認したらガチで雫ちゃんとのやり取りを再現しているらしい。一度自分が経験したようなセリフとかなら自然に言えるだろうとの配慮なのかもしれない。咲先輩流石だなぁ……。

しかーしそれはそれで別問題だ。その後のテーマに関して物申したい。なぜカップル役で先輩の相手があーちゃんなんだ。おかしい。「立ち絵見て並び的に？　まあ感覚で」という咲先輩のコメントを聞くと納得せざるを得ないのが悔しいところ。わたしはやはりガワやその体格的に幼く見えちゃうのだ。一方で出るところは出て引っ込むところはしっかり引っ込んでスタイル抜群のあーちゃんのガワ……いや、でもシズル先生のイラストはめっちゃ可愛いから。勝ち負けとかそういう問題じゃないけど。でもなんか悔しい。しかも『お互いに名前で呼び合う』という台本指定まである……あーちゃん、普段から先輩の事名前で呼んでるのにズルい。

「じゃ、じゃあーどこいこっか？」

「灯はどこ行きたい？」

「――――ッ、ごめんなさい！　ごめんなさい」

こんなのを目の前で見せられれ——いや、聞かされる身にもなってほしい。この場においては演者や視聴者さん含めて誰よりも彼女の事を知っているわたしからすると、これマジで照れているやつだって分かる。絶対顔真っ赤にして照れているガチなやつだ。そうそうお目にかかれない貴重なシーンだ。異性相手にこんな風になっているあーちゃんを見るのは初めてだ。

朝比奈先輩や咲先輩は恋人同士じゃなくて兄妹にしか聞こえない、なんて風には言うけれど、わたしにはそう思えなかった。クラスの男子に告白に近いような事言われたときとか、街で男の人に声掛けられてるときなんて、全然興味なさそうに「いえ、結構なんで」みたいな冷たいノリしてたじゃん！　それなのにこんな、まるで恋する乙女みたいな反応を見せている。

——ヤバイ……あーちゃん、めっちゃ可愛いじゃん！　配信終わったらすぐに通話かけちゃおーっと。

「んーじゃあ、この後1回配役変えてやってみよっか！」

「咲先輩、どうしてそんな茨の道を突き進むんですかねぇ……」

「えっ、つまり僕と怜くんのカップリングという配役かぁ」

「いや、違うよ？　最初に実質やったようなものだからね」

「えー、そんなぁ……さあ、みんなハッスの低評価をクリックだ」

「あさちゃん止めてぇ！」

先輩たちって本当に仲良しだなぁ。ひとりでやるのも勿論楽しんでいるけれど、やっぱり皆でこうしてワイワイ配信するのも良い。あんだーらいぶという箱で良かったと心から思えるくらいに。咲先輩的にはわたしには気を遣ってくれたのかもしれない。

「じゃあ……はじめましょうか。怜さん！」

これを機にわたしは彼の事を名前で呼ぶようになった。うん、これであーちゃんにようやく追いついたぞ。ふふっ。

【9月×日】

先日の声劇の件でまあまあ苦情のメッセージが寄せられる。分かってはいた事なので、あまり見ないように心掛ける。近々案件があるので今日はそれに関する打ち合わせだ。こういう時基本的にセット販売というとちょっとあれだけど、あーちゃんと一緒になる事が多い。

事務所近くの有名コーヒーチェーン店で購入したドリンクをお互いにちびちび飲みながら打ち合わせ資料をチェックする。もう少し時間があるらしい。その間に会社のシステム関係の人なのかな？　その人から一足お先に新衣装を見せてもらった。めーっちゃ可愛い‼　同じ高校に通っているという設定があるので、ベースの制服のデザインは統一してあるが、お互いに着こなしや上着で個性を出したり、今回からは髪型の差分がある。

「あーちゃんのロングヘア差分かわいー」

「るーのポニテも可愛い。リアルでも今度試そうか」

「あ……」

「どうしたの？」

「あーちゃん……あそこ！」

「ん？　会議室……？　あ……」

待機していた事務所のスペースから僅かに除く会議室。ガラス張り？　みたいなのになっていて外からでもある程度中の様子を見て取れる。そこには怜さんがいた。真面目な表情で資料を広げつつ、メモを取りながらマネージャーさんと何やら打ち合わせ中。その脇にはファイリングされ、ところどころ付箋が貼り付けてある謎の紙の束。

「あー、神坂さん、今度ソシャゲの案件あるからその打ち合わせみたいよー」

「あ、ありがとございます。でも凄い雰囲気がなんかあたしたちとは全然違う……」

事務所の事務のお姉さんがチョコをくれたのでありがたくいただくことにした。お仕事モードなのか普段の優しげな表情とは違って、真剣な表情でスタッフさんと資料を広げて打ち合わせをしている。いつものイメージと違う一面が垣間見えて思わずじーっと見つめてしまった。

「事前にゲームチェックしてその疑問点とか仕様確認の資料なんだって。真面目がすぎるけど、こっちとしてはあの人以上に安心して任せられる人材はいないのよねぇ。逆にこっちが不手際しでかしそうなレベルよ」

「流石元社畜……」

「またパワポ作ってそう」

「さっきストップウォッチ片手にプレゼン練習してたわよ」

「「えぇ……」」

思わずあーちゃんと声が揃ってしまった。相変わらずだなぁ、怜さんは。そういうところがあまりにも彼らしいので思わず笑ってしまう。しかも何故かゲームのＰＲ案件のはずなのにダメージ計算機？　っていうのまで作っているらしい。わたしにはよく分からないけれど、凄い複雑な計算式で算出してるんだって。いつも感覚的にゲームやっている側としては正直よく分からないんだけれども、コアなゲームプレイヤー向けには需要はありそう。

こういったゲーム案件ではまず新規層獲得が目的だと思う。わたしたちＶＴｕｂｅｒファンをプレイヤーとして取り込みたい思惑があって、依頼しているはず。だが、元々のファンの人たちもいて、値踏みってわけじゃないけどそうした人たちからもチェックされることにはなるはず。そんな人たちに向けて……という思惑がもしかしたら怜さんにはあるのやもしれない。ただの想像でしかないんだけれども。

「あ、ねぇねぇ。あーちゃん。写真こっそり撮って後でディスコにアップしてビックリさせようよ」

「それ面白そう。ツーショットでふたりと奥にいる怜先輩が映り込むような感じで――」

「姫、お手伝いしましょう」

事務のお姉さんも結構ノリノリで写真撮ってくれた。ちなみにその画像見せられた怜さんの反応は「いらっしゃったのなら声をかけてくださればよかったのに」だった。うーん、なんか思ってたのと違う反応。ぐぬぬ。もっとこうわたしたちで驚いたりドキドキしたりしてくれないのなんか悔しい……。

【9月×日】

さて、ひとつ心配事がある。昨日のコラボ配信。すっかり怜さんのファンになってしまっている我がクラスのいいんちょーに身バレしていないか、という点だ。仮にバレたとしてもあの子なら人に言いふらしたりとかはしないだろうけれども、早速探りを入れてみる。

「昨日？　あ、なんかお芝居してたね」

「一緒に出てた人とかいっぱいいたんでしょ……その…………」

「んー……あんま覚えてないや。何回か聞いてたけど」

「そっか……で、どうだったの？」

「やっぱりすごい声がカッコいいなって。あとね、やっぱり他の人を気遣ってあげるところか良いなって……」

　素じゃなくて多少演技で声を作っていたのも原因だとは思うけれど。案外バレないものである。それはそれでなんか悔しい。なんで2日続けて負けた気になっているんだろうか……ぐぬぬ、頑張るぞ。

　でも頑張っても多分なにかあると彼もわたしも燃えるけれども……寧ろ彼の方が一方的にという可能性の方が高いけど。それでも――あの人の隣に寄り添いたいと思うわたしは我儘だろうか？　きっとそうだろう。でも良いでしょ。女の子の特権みたいなものなんだから。

とあるリスナーの休日

【9月×日】

休日。私は在宅勤務なのもあって休日くらいしか外出することはない。足が不自由なのもあって、基本的に出不精なんだ。あ……なんか出不精って響きがあまり好きではないな。デブじゃないやい。一時はちょっと危なかったけど。最近はめっちゃ運動嫌いかもしれないけれども。でも麻痺していないところの筋肉とかはきちんと動かさないといけないらしい。実際、以前に比べると随分細くなってしまった。今のところの目標は歩行器を使っての歩行だ。

閑話休題。

休日である本日、午前9時。本来はもっとゆっくりと惰眠を貪りたいところだが、今日は用事というか約束があってこんな時間から待ち合わせをしていた。相手は割と最近になって知り合って、友人というか——趣味が同じ同好の士ってやつだろうか? 解釈違いとか諸々あってそこも微妙にニュアンスは違いそうだけれども。そのお相手は目の前でこの朝っぱらからハンバーガーとポテトとコーラを貪っていた。何故か今日は男装しているし、前会った時ロングだったのが今はベリーショートになっている。おかげで最初待ち合わせした時全然気付かなかった。本人曰く「暑いじゃん」とのこと。いや、そんな理由であんなに伸ばしていた髪を切ったのだろうか。これまた本人曰く「ワイ、エロいからすぐ伸びるんよ」というよく分からない理由を挙げていたが。

「よく朝からそんなに食べられるわね……」

「たまにこういうジャンキーなの食いたくなるんよな。ほら、ワイって普段あほみたいな値段のもんばっか食ってるでしょ？」

「いや、それは知らんけど。良い所のお嬢様なんだもんね……そんなんでも」

「そんなんとか失礼だな」

「普段なにしているんでしたっけ、お嬢様？」

「朝5時起きでソシャゲのデイリーをやって、あとはVTuberの配信見ながら掲示板で実況とかレスバする‼　これをほぼ毎日やってますが何か？」

「あんたのことは『そんなん』表現で誤りではなかったという事は分かったわ。それが許される生活が羨ましいわよ、本当に。こっちは週5で働いてるって言うのに」

「親ガチャSSR引いた自覚はある。メリットばかりでもないけど、少なくとも他のご家庭よりは楽してる点において親には感謝してる」

「メリットばかりでもない……あー、この前晩餐会云々言ってたやつか」

　割とガチな感じのお嬢様なのよね、こいつ。色々複雑なご家庭事情ではあるらしい。本家が云々分家が云々とか漫画で出てくるような財閥的なやつなの？　放逐されているのを理由にして好き放題趣味を満喫しているらしい。とはいえお家の事情でどうしても表舞台に出なくてはならない時がたまにあるらしく、こいつの事を可愛(かわい)がっている『おじい様』とやらが後ろ盾についていて、それがまた色々本家とやらで揉(も)めている要因になっているとか。正直よく分からないが、えっらい複雑なお家騒動真(ま)っ只中(ただなか)なんだろう。私のところも大概人様のお家の事を言えたもんじゃないけれども、円満にやっているようなお家ばかりではないという事だ。

「ばーんさーんかーい。あれ陽(よう)キャやパリピの集まりみたいなもんだし、オタク気質(きしつ)の強いこっちには辛いんよ、正直さぁ。同じ人の集まりでも夏と冬の即売会は嫌いじゃないけどな。臭いけど」

「臭い言うな、あれだけ人がいれば仕方がないでしょうに」

「カードゲームショップよりはマシだけどね」

「だから各方面に喧嘩(けんか)売るような事は止めなさいってば！」

「馴染(なじ)みのカードショップとかはでっけぇ空気清浄機導入してるんだけど、空気の汚れ具合を示すランプが常にレッドなんだぜ」

「カードゲームまでやってるのってどういう時間の使い方してるの、あんた」

「対戦じゃなくてコレクター方向なの」

「最近昔のトレーディングカードゲーム値段とか高いって話はよく聞くわね」

「そそ、ワイの場合はギラギラに輝くかっちょえーカードとか可愛い女の子カード。最近はキャラクターの担当声優さんの箔押(はくお)しサイン入りのやつとかもあるしさぁ」

「あー、そっち方面ね。ハイハイ」

　こいつはＶＴｕｂｅｒだけでなく、アニメ、漫画、テレビ、ゲーム、そしてカードゲームまで、おおよそ思いつく限りのオタク趣味を全力で楽しんでいるが、どこからその時間を捻出しているのか本当に疑問だ。こいつの世界だけ1日が48時間くらいあるんじゃないかとすら思っている。いや、それでも足りなくない？　カードゲームは昔クラスの男の子がやっていたのを見たことがある程度だ。トランプやＵＮＯで良いならやったことはあるけれども、それも最後にやったのは一体何年前だろうか。

「でも畏まった会食の場でその……ちゃんとしてるの？」

「えー……外ではきちんとしてるでしょ、ワイ」

「きちんとしてる人は『ワイ』とか言わん言わん。あと、今操作中のスマホを見せろ」

「あっ、やっ、や、やめろォオオ！」

　さっきからポチポチ操作していたスマホを取り上げて画面を確認すると、掲示板の専用ブラウザアプリの画面。『あんだーらいぶを語るスレ』って書いてあった。こいつ外でも掲示板に書き込んでるの……？　『は？　ワイは誰もが羨む究極の美少女だが？』とか書き込んでる。あながち間違いではないのが腹立たしい。ＶＴｕｂｅｒ的に言うなら『ガワだけは良い』ってやつ。それを地で行くのがこの女。

「うっわぁ……こんな時にまで掲示板への書き込みしてるの……しかも内容もしょうもないレスバトルだし」

「めっちゃドン引きされた件」

「せめて人と喋ってる時くらいやめなさいってば」

「さすがのワイでもおじい様と喋るときは控えてるけどね。一人称もわたくしになる模様」

「うっそでしょ⁉」

わたくしってなんだよ。お前は清楚（せいそ）モードのときの女帝かよ。こいつだけ出てくる作品間違えてるキャラしていない？　冗談みたいな、それこそ漫画とかで見るタイプの金持ちのお嬢様キャラである。なお処女厨（ユニコーン）で掲示板入り浸（ひた）っている模様。そこだけ設定ミスしてるぞー……家柄と言い、普段の言動と言い、御付（おつ）きの執事さん、メイドさんまで引き連れているあたりマジで二次元の世界から飛び出して来たようなヤツだ。執事さんがセバスさん、メイドさんの方がメイさんで、見た目も所作（しょさ）も私が思い描いた通りの仕事っぷりをしている。

「そうだ。今日は執事さんいないんだ」

「メイとセバスは今日はお休み」

「そうなんだ。ふたりの名前はじめて聞いたな」

「セバスは本名が瀬場（せば）という理由だけでおじいさまに頼み込んで本家から引き抜いた逸材なのよね。いやぁ、おじい様主催の出たくもないパーティーに出席したワイの努力の賜物（たまもの）やな。ガハハハ。たまにああいうの参加させられるのホント勘弁してほしいんよなぁ」

「あんた人の人生なんだと思っているのよ……」

「あ、メイは顔が良かったからメイド喫茶で引き抜き採用した」

「こいつ、とんでもない事やってるな。オイ。あと、メイド喫茶で引き抜くなよ。それ普通に出禁喰（く）らうやつでしょ⁉」

「同業他社じゃないし、あそこのオーナー風営法違反容疑で逮捕されちゃって、後々お店は閉まっちゃったんだよねぇ。いやぁ、なんでだろうなぁ」

「よく分かんないけど怖いわよ、あんた。メイさんは元気？」

「最近男装させたら思いの外似合ってて、日ごとにメイド、男装姿になってもらってる」

「メイさんも気の毒だなぁ……とんだブラックじゃない」

「完全週休二日制。フレックス制度を導入し、年間休日１３０日。外出時には特別手当を支給。メイちゃんには男装手当も支給。誕生日休暇も実装した——無料石を配りまくるソシャゲの神運営の如き裁量のわたくしを舐めないでくださる？」

「あ⁉ う、うちより条件いいじゃんか……てかそんなに融通利かせて良い職業なんだ、それ」

「ふっふふ……ぶっちゃけいなくても良いけど、メイドと執事はあって困るものではないのだよ。ワトソンくん」

「誰がワトソンくんだ」

権力を振りかざしまくってんなぁ、こいつ。いつか絶対痛い目見そう。いや、そう言えば昨日もスレで滅茶苦茶叩かれてたな。あれを『痛い目』というのにカテゴライズしていいのかは諸説ありそうだが。掲示板に入り浸っているあいつにとっては痛手なの？

「ちなみにメイちゃんは有給消化、セバスは歯医者で歯石取りがあって休んでる」

「なんか夢もへったくれもない理由でお休み取ってるぅ！」

「ガチ恋ネキは一体執事やメイドにどんな理想を押し付けているんだよ。メイドさんはお坊ちゃまの下のお世話とかしないし、イケメン執事に首輪付けて飼ったりとか現実ではやらないんだよ。現実と創作物の世界を一緒にしちゃダメだぞ☆？」

「お前にだけは言われたくない。あとガチ恋ネキ言うな、ぼけ」

「(゜Д゜)ﾊｧ?」

「にゃによぉう」

勝手にポテトを1本彼女のトレイから略奪して、口に運ぶ。油っこいなぁ。まあたまに食べたくなる気持ちは分かるけれど。ガチ恋ネキとかなんだよ、それ。第一、外でそんな変なあだ名で呼ぶなよ。変な人に見えるじゃんか。

「その露骨（ろこつ）にバッグでアピールしている推しの缶バッジはなんなんすか？」

「ん……？　あ……」

「しかも素（す）で付けてたやつの反応じゃん。しかも3つも付けてるとか」

「あ、余ってただけだし……」

「余るほど買っとるやん、自分」

「あ⁉」

「語るに落ちるというか、語らずに勝手に落ちてるやん。まあ、あの憎（に）っくき男に落とされているという意味ではまあ間違ってはいないか。いつかバッグの表面に缶バッジ装備して防御力アップさせるんやろなぁ。ッチ、あの野郎。ワイの目の付けた娘にばかり手を出しやがって。炎上しろ、ばーかばーか！」

「小学生みたいな語彙力の雑な叩き止めなさい。あと彼は昨日も炎上してたでしょ」

「それはそうか」

確かにグッズ売り切れてたけど、その後再販とかあってその度に買い足したりとかしてバッグとかに複数付けるくらいの余裕はできている。きちんと自宅にも飾る用と予備でまだ何個かあるけど……い、いやだってあれは仕方ないというか。配信中に変なマロを送っちゃった迷惑料なのよ、これは！　うん。慰謝料的なやつ。決して他意はない。そこんとこ勘違いしないように！

「こいつ今脳内でめっちゃ言い訳してそう」

「あ⁉」

「痛い痛い、アイアンクローやめでぇぇぇぇ‼」

「あらあら、ごめんなさいね。お　じ　ょ　う　さ　ま！」

「病弱設定なのに握力設定ミスってるミスってるぅ」

失敬な。適度な運動は大事ってあの人もいつも配信で言っている。不摂生な生活で体調を崩してしまっては本末転倒。でもそう言っている当人が一番無理していそうなのが笑えないけれど。無理を無理とも思っていないああいうところ、ホント……ま、まあそういうところ含めて、あの人の個性なんだろうけれども。

「痛い痛い」

「筋トレの賜物」

「あ、でもこれはこれでご褒美かも……可愛い子に痛めつけられる——げへへ。これはありよりのありだな」

「あ……？」

「そのゴミを見るような目もワイはすこやで」

こいつある意味すごいわ。私のさっきのモノローグのしんみりとした雰囲気返して。

「てか、知らん間にメカクレ属性がなくなってる……」

「切っただけよ。邪魔だったから」

「へー、ふぅーん」

「なによ……」

「前髪を心の壁に見立てていた女の子が唐突に髪の毛をカットする。一体どんな心境の変化があったのだろうか、わたくし何となく分かってしまいましたわ！」

「……た、ただ気まぐれで。リハビリとかで忙しくて伸びてたの切っただけだし………」

そうだ。ちょっとした気分転換も兼ねて切っただけだ。それにあの人に好きな髪型とかマロで聞いたけど、普通に「似合っていればなんでも」みたいな回答しやがった、クソが。このまま髪を伸ばすかどうかは現在検討中だけど、多分リハビリとかの邪魔になりそうだし、しばらくは今くらいのままで良いかなって思っている。

もし「長い方が良い」とか回答来たらどうしてたって？　あ？　そんなん伸ばすに決まってるだろ。他意はないけど。断じて。

「化粧っ気なかったのにナチュラルメイクするようになったり？」

「いや、これは普通に外出時の最低限のやつであって……」

「この前掲示板見てたらなんか脱サラが厚化粧より、自然体の方が良いかなーみたいな事言ってたとか見たような気がするなー」

「ぐ、偶然に決まってるでしょうが……」

掲示板に常駐しているだけあって滅茶苦茶把握してやがる。ちなみに正確には「ゴテゴテしたものよりは自然体の方が私は良いと思いますけれどね」である。他にも「可愛く、綺麗になろうと頑張る女の子って本当に素敵ですよね」だとかも言ってたりもした。だからと言って別に他意はないのだ。それに私は元々こういう感じなのだ。断じて誰かさんの意見に左右されているとかではない。

「最近不慣れなお料理はじめたり、やたら音質にこだわったイヤホン買ったり、涼しい顔して推しのSNS画面を何度もスワイプしてツイートないかチェックしたり、特定の誰かさんのファンアートをファボしまくってたり――」

「ただのファンよ、悪い!?」

「お、ようやく認めたな。いや、ファンな事くらい普段の言動で分かるんだからそんな顔真っ赤にすることなくない……？　ファンでいるのが恥ずかしいだなんて……それはそれで失礼なお話ではないかとわたくしは思いますわよ」

「ぐ……」

「最初嫌っていたのに絆されていつの間にか生活の中心になるくらいのガチガチの沼に落とされたという背景を考えれば、まあその反応も分かるんですけれど――人間、時には自分に素直になることも大事でしてよ？」

たまにわたくし口調になるのやめろ。あとその口調でストローでじゅるじゅると目一杯吸い込んで残り少ないコーラを飲もうと悪戦苦闘するな。あ、お前カップの蓋開けて氷をガリガリ食べ始めるのもやめようよ……。

「まー、推しがいると生活に潤いが出ていいよね。分かる分かる。でもあなたの場合は『ただのファン』の範疇超えてるような気がするんですよねぇ。あなたに限らず少数精鋭みたいなファン作るのだけは上手よね、彼」

「ただ誰にでも良い顔してるだけでしょ。誰彼構わずお節介焼く癖に、いざ自分の事となるとぜーんぶひとりで抱えて解決しようとするところとかが少数精鋭化に拍車をかける原因だと思ってる。それを狙ってやってるわけじゃなくて素でやってるところが尚更に――」

「めっちゃ語るやん、自分」

「あ?」

はいはい、好きな物になると早口で語りたがるオタクですよーだ。こういうのリアルで語れるのなんてあんたくらいなんだし、このくらいは大目に見なさいよ。普段から逆にあんたの早口詠唱だって聞いてやってるんだからさ。

「ちなみに彼のファン的にアレことアレイナ・アーレンスとかってどういう扱いなん？」

「カス」

「ドストレートで草」

「ビッチ」

「散々で草」

掲示板でよく「メスを出している」とか言われているが大体その通りだ。彼と関わるときだけ明らかに声色が違う。本当に乙女みたいな声出しやがって……お前だけは絶対に認めない。

なんか出している欲望のそれが自分の内に抱いているそれと似ていて、同族嫌悪とかでは断じてないはずだ。

「ふぇ……ど、どうしよう」

「ん……？　急に泣きそうな顔してどうしたのよ」

「掲示板、書き込み制限になったんだけど⁉　ねぇ、どうしよう⁉」

「書き込まなきゃいいのでは……？」

「このままじゃわたくしがレスバに負けたみたいじゃない‼　『効いてて草』だって？　ハァ⁉　くっそ、ふざんけんな！」

「えー……」

ドン引きである。周囲の目が痛いので今すぐ離席したい。今ほど自分の足が自由だったら、と思ったことはない。もっとリハビリ頑張ろうっと……こいつ悩みとかなさそうで本当に羨ましいなぁ。たまにはこういうのに振り回されるのも悪くはない気がした。毎日は疲れるので絶対嫌だけど。

柊冬夜　ある日、事務所にて

【9月×日】

さて、本日は我が家の次くらいに落ち着く空間である事務所へとやって来ていた。

俺は柊 冬夜という名義というか名前でＶＴｕｂｅｒ活動している。まあ、ゲームとか好きな事しながらくっちゃべるだけなんだが。どういうわけだか、評価されて、チャンネル登録者数も１０万人を超えて、ＹｏｕｒＴｕｂｅさんからは所謂『銀盾』を貰った。Ｖ界隈で盾持ちってのは中々希少らしく、特に男性Ｖと絞るのであれば現状俺ひとりらしい。変なの。世の中にはもっともっと面白い配信する人は沢山いるだろうし、もっと評価されるべき人間もいる。過去にもいたはずだった……。

もう既に引退した同期の事を思い浮かべてしまう。ダリア・バートン。その名前で、本当にＶＴｕｂｅｒっていうのが世間にまったく認知されていないような頃にデビューした同期だ。もし仮に今の時代にあいつがデビューしていれば、登録者数が伸び悩んで引退だなんて事にはならなかっただろう。時代が悪かった、そうファンの人が口を揃えて言うがまったくもってその通りだと思う。

結局、引退直前に交わした『一緒にコラボをする』という約束は果たせなかった。それだけが今でも後悔していることだ。いや、もっと早く俺が配信の画面を切り忘れた、例の『畳事件』でバズっていればと悔やむこともあるな。引退する事を前もって教えてもらえなかったことも地味にダメージがデカいんだよなぁ……やめやめ、折角事務所に行くのに胡散臭い表情とかしてらんないわ。

『あんだーらいぶ』の事務所は都内某所のオフィスビルのまあまあ上のフロアにある。直前にコンビニで新作のジュースを見繕って、それを片手に携えてエレベーターに乗り込む。

「毎回思うんだが、これ途中で止まったらやっべぇよなぁ」

　エレベーターに閉じ込められた経験は皆無であるが、毎回そんな感想を抱いてしまう。誰もいないところで思ったままを口にしてしまうのは職業病かもしれん。普段外でも独り言をぶつくさ呟いてしまいそうになる、ひとりノリツッコミみたいなの無意識にやってしまう。身バレの観点からマジで止めた方が良いんだろうなぁ、とは思いつつも癖になってしまっている。

　やがて目的のフロアに到着したことを知らせるチャイムの音が聞こえた。偶然一緒に乗り合わせた別のフロアにご用のある配達員さんらしき人が何だか怪訝な顔でこっちを見ていた。まあ、平日昼間のオフィスビルに滅茶苦茶ラフな恰好でジュース1本だけ持ったのがいたら、確かに変だな。うん。

「こんちゃーっす」

「あー、ラギ君こんにちは。早いっすね。あ、神坂さんも30分くらい前にいらっしゃいましたよ」

「マジで？　これでも早く到着したはずなんだが……」

今日はちょっとした案件の打ち合わせでやって来ていた。打ち合わせとは言っても、直接クライアントさんと顔突き合わせてって形ではなく、Ｗｅｂミーティングっぽいのをやるらしい。そのついでに事務所の担当スタッフさんと一緒に認識合わせとか面談とかを兼ねているらしい。定期的に直接顔見てお話するってのが決まりにでもなってんだろうな。昔はなかったけど最近は割とそういう方針になっている。未成年のメンバーがいるんだし、メンタル面のケアを兼ねているのかもしれん。

Ｖの引退理由はおおよそリアルの事情、活動の不振、メンタル面の不調のいずれかに分類されるように思えるし、特に近年は心を病んで活動休止をするケースがままある。逆に言えば本当の黎明期にはそういった事例は少なかったような気がする。

ここ最近では徐々にＶＴｕｂｅｒという文化そのものの知名度も向上し、演者や登録者の人数が右肩上がりに増えていることもあり、徐々にこちらのことを快く思わないアンチや、他箱や関係者との対立を目論む連中なんかも増えてきているため、昔に比べるとずっとずっと誹謗中傷などは増加傾向にあるというのが現場の人間の肌感覚だ。運営もそこの辺を感じ取ってか、テコ入れってのは表現として正しいのか分かんないが、サポートの姿勢を見せ始めている。その心意気は買っておこう。とはいえ現状、誹謗中傷とかに対しての直接的対応をしていないって点には思うところがないわけでもないが……。

ちなみに今回受けた案件の内容はソシャゲのＰＲだ。それもまだ正式サービス開始直前のもの。現在βテストって形で一部のユーザーはプレイできる環境にはあるらしいが、何か問題があったのか若干リリースタイミングが延期になるんだとか。本来は来月に予定していた案件がズレてしまうので、そのお詫(わ)びも兼ねての打ち合わせらしい。別にお詫びとか良いんだけどな。案件配信自体は正式リリース直後という形になる。個人的にはサービス開始間もないゲームをプレイできるのはゲーマーとしては滅茶苦茶楽しみだ。

　そしてなんと今回の案件は後輩の神坂怜(れい)も一緒だ。セット売りしてるわけでもないが、なんか俺ひとりだと心配だったらしい。酷(ひど)くない？　今までは俺単独でも結構案件とかやってきたんだが……？　まあ、確かに元社会人のあいつに営業力とかで敵(かな)う気はしない。

　普段の案件だと自分ひとりしかいないので、通常配信よりは若干抑えめでやってるが、あいつがいるんだったらまあいつものノリでもなんとか収拾はつけてくれるだろうという安心感もある。勘違いしないでほしいのは、俺だってそこまで突拍子(とっぴょうし)もない言動をする気はないし、あくまで常識の範囲内できちんとやるつもりではいる。だけどタイムキープが凄(すご)く苦手なんだよ、俺。今回は背中を預けられる相棒がいるから、通常配信同様に全力で楽しんでいる姿を視聴者の人たちにお見せする事ができそうだ。

「――で、その神坂はどこにいるんです？」

「あー……給湯室に……」

「なんで若干遠い目をするのだろうか」

「行ってみれば分かる」

「……？」

　スタッフさんの反応からなんか嫌な予感する。新作ジュースを飲みながら給湯室に向かうと、入り口に何故(なぜ)かトイレで見るような現在掃除中の黄色い看板が出ていた。なんかもうオチが読めたぞ、オイ。

「お前なにやってんだよぉ……」

「おや……柊先輩、こんにちは。ご覧の通り換気扇とシンクの掃除をですね。ガステーブルもやりたいんですけれども、流石に時間がないのでまた次回ですかね」

「いや、自分の事務所の給湯室掃除してるＶＴｕｂｅｒが世の中のどこにいるんだよぉ……」

「ここにひとりはいますね。オフィスビルの掃除屋さんもこういうところまではあんまりやらないんですよね。でもなんかウチの事務所って結構企画とかでここ使う事も多いので、思ったよりも汚れるみたいですし。給湯室と言いながらウチのキッチンより下手すればしっかりしてますし」

確かに事務所の給湯室は結構広い。休憩用のテーブルまで用意されているもんだから、俺たちも食事とか、たまーに配信の企画とかでも利用させてもらっている。肝心のスタッフさんは基本的に備え付けの電子レンジや電気ケトルくらいしか使わないので宝の持ち腐れだ。ちなみに冷蔵庫に関しては社長が借金のカタに取り立てたものらしい。

あとなぜか社長室には、透明で中身が見えるショーケースになっている、業務用のアイスとか入ってるタイプの冷凍庫があったりするので、冷凍ものは皆さんそっちを利用されているらしい。社長室どうなってんだよ……ちなみに俺たちも箱でアイス買ってきて補充したりするもんだから、マジでコンビニみたいなことになってる。そのアイスをハイエナしていくニートこと新戸葛音。そのニートが食べた分を社長が自腹で補塡して、コンビニやスーパーの売り場みたいに種類ごとに分別してくれているらしい。あの人もっと別に仕事ないのだろうか……？

「ほら、見てくださいよ。ここ。こっちがこの洗剤使ったところで、こっちが掃除まだしていない個所なんですよ。すごくないですか!?」

過去一レベルでテンション上がってるのおかしくない？　こんなテンション爆上がりの神坂が見られるなんて中々貴重な機会だ。例外は妹トークしているときくらいなもんだ。生き生きと謎の洗剤を自慢してくる。洗浄力試すのに汚れているここの換気扇を選んだのだろうか、ご自慢の洗剤で洗浄したところと、そうでないところを見せつけてくる。……いや、マジで何やってんだよ。

「深夜の通販番組かなにかじゃあないんだからさぁ……」

「いやだなぁ、照れちゃいますね」

「いや、別にそこ褒めてないからな!?」

「そうなんですか……？　個人的にはああいう魅力を伝えるのってすごい難しいと思ってるので。我々は案件で似たような事をやるわけですし……そういう意味では誉め言葉になりませんか？」

「あー……うん、それはそうかもしれんな……深夜の通販番組とか見るんだな」

「昔深夜の職場で誰もいなくて雑音欲しくなって、テレビやラジオで深夜の通販番組はよくお世話になったなぁ。何故か警備員さんが見に来てその場で掃除機買ってましたよ」

「社会の闇デッキ唐突にぶん回すのやめてくれよぉ！」

「今となってはいい思い出——とは若干言い難いですが。それがあって今があると思えば、良かったと少しは思える気はします」

「なら良かったけどよ」

今の状況で満足されても困るぞ。お前にはもっともっとVTuberになって良かったって思ってもらわないと困るんだよ。

「この洗剤、夏嘉ちゃんのオススメだったんですけど。やっぱりすごいですね」

「テェメェ!? 何、人の妹に手ェ出してんよォ!? 夏嘉ちゃん、お兄ちゃん何も聞いてないんだけど!!」

この後、案件の打ち合わせしたんだけれども、何でこいつダメージ計算機とか自作してるんだ? 素でこういう事やるところは面白いんだよな。俺が気に入ってるところでもあるが、何より本当に良い奴だしな。

クラスメイトの推しが先輩だった件

【9月×日】

「でね、私のコメント読んでくれたの」

「う、うん……よかったね、いいんちょー……」

最近悩み、といったら良いのか妙な状況に陥っている。

どうもみなさんこんにちは。わたしはどこにでもいる普通の高校生。少し違う事があるとすれば、みんなに内緒でＶＴｕｂｅｒ――ルナ・ブランという名前で活動しているというところ。幸い、今のところ身バレしたりはしていない。もしかしたら気付いている人がいて、あえて指摘していないだけかもしれないけれど。

だけど少し前くらいからその真相に辿り着きかねない問題が発生している。その原因が今目の前にいるクラスの委員長。眼鏡に三つ編み、スカート丈も校則通り、化粧っ気もあまりないという絵に描いたような優等生、まさに委員長タイプだった。過去系なのは、今は眼鏡からコンタクトにして、最近少し髪もポニーテールにしたり、唇が艶やかに見えるリップに変えたりとかしている。勿論いいんちょーらしく校則の範囲内ではあるが、以前よりもずっとずっと綺麗になった。多分気になる女の子への意地悪のつもりで言ったのかもしれないけれど、彼女の容姿をからかっていたクラスの男子君は本当に反省してほしいよ。誤魔化すために咄嗟に口にした発言かもしれないが、それで傷付いた子がいるという事を是非とも自覚してほしい。

そんな彼女を変えたのは推しだ。職業柄『推される側』ではあるが、あんだーらいぶの皆がわたしにとっての推し。事務所――箱そのものを推している。多くのファンよりもずっとずっと強い想いがあるという自信がある。普段の配信上での姿だけでなく、その裏側の姿を見た上でこの箱からデビューして良かったと心の底からそう思える。

「何度かコメントしていたら名前も覚えてくれてね！」

「うん、そっかぁ」

ちなみにいいんちょーのその推しというのが、わたしの先輩――神坂怜さんなのだ。いや、どうしてそうなるの……あの人いっつもどこかで女の子引っ掛けてるなぁ。ん……？　よく考えたら男の人も引っ掛けている気がして来た。年上だけど後輩の御影和也――ミカさんとか、何故かわたしと同期のあーちゃんこと日野灯に「今日先輩の手料理食べたんすよ」とか謎にマウントを取ってくる。本当に生意気な後輩君だ。わたしだって手作りのお菓子とか食べた事あるんだもん。かなり前だけど。

いいんちょーがこうなるに至った経緯はざっくり言うといつものあれだ。人の弱みに付け込んで誑し込むなんて酷い人だなぁ。怜さんのお悩み相談コーナーで救われている人は思ったよりも多いのかもしれない。たまぁに「それＶＴｕｂｅｒに相談する内容か？」ってくらいに滅茶苦茶重い内容が寄せられる。それを茶化したりすることなく、嘘だという可能性すら考慮せずに、真っ直ぐ受け止めて自分なりの考えを懇切丁寧に言葉にする。確かに撮れ高もない、数字が取れるようなものではないのかもしれないけれども、ああいうのは本当に熱心なファンを獲得しやすい言動であると思う。

あの人のファンって基本的にライト層みたいなのが少ない。ほとんどが熱心なファン、ガチ恋勢にクラスチェンジしているイメージがある。刺さる人にはクリティカルヒットしちゃう感じの人だ。立ち回り方によってはもっと評価されるのかもしんないけれど、そういう方向に舵取りしないところ含めて怜さんなんだと思う。あの人自分のスペックに反して自己評価があまりにも低いんだよね……。

「あ、ごめんね。私ばっかり一方的に喋っちゃって……」

「わたしとしてはサブカル系のお話できるお友達増えてうれしいよ。ホラ、他の子ってリアルのアイドルとか俳優さんのお話する人は沢山いるけれど、こういうのはあんまり話題にならないから」

「そう言ってもらえると気が楽になるよ、ありがとう」

「この前課題手伝ってもらっちゃったし。あーちゃん共々お世話になったよぉ。いつもすまないねぇ」

「なんで急におばあさん口調？　課題写させてって言うなら絶対ダメだけど。教えるくらいなら付き合う。私の取り柄なんてこんなことくらいだし」

「もっと自分を誇るべきだと思うよ。努力したんだから」

「同じような事あの人にも言われちゃったな……努力して勝ち得たものは誇るべきだって」

あの人、箱内だけでなく一般人にまで分け隔てなくヒーラーの仕事っぷりを披露している。

ちなみにあーちゃんのリアルの方のママも人生相談コーナーを楽しみにしている視聴者のひとりらしい。やっぱり一定数需要があるのかな？　昔テレビ番組で相談受けるようなのがあったとかなかったとか。

「それで相談乗ってもらったお礼にボイス買って見事に更なる沼に落ちた、と」

「人聞きが悪い……確かに自覚はあるけれど」

「ボイスの感想をＳＮＳに投稿すると反応貰えるかもね」

「彼、みんなの感想よくチェックしているみたいだから、私も書こうと思ったんだけどね」

「流石いいんちょー」

「恥ずかしくなっちゃって」

照れ臭そうに「あはは」と誤魔化すように笑って見せる。可愛いなぁ、恋する乙女はなんとやら。これを機にちょっと気になっていたことを聞いてみる。「作文みたいに長くなっちゃった」と彼女は言うけれど、一体どんな長文になったのか逆に気になっちゃう。

「そう言えば、いいんちょー的に推しと異性が絡むのはどうなの？」

「ん？　楽しそうにしていれば良いんじゃないかな？」

「カップリングとかそういうのはありなタイプか」

「仲良しなのは良い事だよ」

いいんちょーに恨みでも買っていたらどうしようかと思ったけれど、それならひと安心。中には異性との交流を極端に嫌うような人々もいる。それを理由に批判されているのを傍で見ているし、こっちにもその手のメッセージは募集もしていないのに寄せられる。コラボ配信だけではなく、怜さんに雑に絡みに行っただけでも同様。それを承知の上でやっているわたしも随分性格が悪いのは自覚している。それでも……昔に比べると数は減っている。いつか気兼ねなくできるようになればいいな、と思う。

「あ、そうだ。同じ事務所で後輩の女の子ふたり組いるよね」

「う、うん。そう言えばいたね」

「あの子たちって絶対彼の事好きだよね？」

「ごっほごっほごほ！」

「大丈夫？」

「だ、大丈夫」

もしかしてわたしだって気付いてる……？　バレてる？

「た、ただの親戚のお兄さん感覚だと思うよ……きっと」

「そうかなぁ……だってＳＮＳで知り合った箱推しのお姉さんも『メス出してる』って言ってたのに」

「誰よ、それぇ⁉」

「女の人なのにゆにこーん？　とかいうやつなんだって。よくわからないけど強そう」

「これっぽっちもすごくないよ、それ……ＳＮＳでも付き合う人は考えよう、いいんちょー」

「普通に良い人なんだけどな。その人から同じ推しのファンの人ともお友達になれたんだ。ガチ恋ネキ？　とか言われてたけど、ネットだと本名じゃなくてそういう渾名みたいなのがあるんだね」

「お願いだから界隈の変なのに毒されないままでいてね……」

「？」

しかし本当にバレてないのか不思議だ。配信だとリアルと違って多少声を作ってはいるけれど、多分冷静に聞いてるとバレちゃいそうな気もするのに……推しの前ではそれ以外は所詮有象無象でしかないのかもしれない。何にせよバレなくて良かった。いいんちょーならバレても言いふらしたりはしない子だって分かってはいるけれど。

「そう言えば……後輩の子と貴女、声がちょっと似ているような……？」

大丈夫？　本当にわたしバレてない⁉

「き、気のせいでしょう。こんなのよくある声だってば」

「そうだよね。流石にそんなわけはないか」

「そうだよー」

いいんちょー、ごめんよ。身バレは事務所的に不味いの……身近な人に嘘を吐くことへの罪悪感よりも、バレないかどうかで肝を冷やしていた。これ、今度あーちゃんやマネージャーさんに相談しなくちゃかないけないかな。

「そういえば担当したイラストレーターさんのことをママって言うんだよね」

「そうだね。動くようにモデリングした人をパパっていう事もあるみたいだけど」

「へぇー。彼のママさんのｍｉｋｕｒｉ先生」

「うん。凄い有名な先生でイラストも女の子は可愛いし、男の子はカッコよく描けるから男女両方に人気だね」

「冬に同人誌の即売会？　っていうのがあってそこに出店するらしくてね」

「うん……？」

あれ、何か雲行きが怪しくないかなぁ……。

「彼の描き下ろしイラストもあるらしくてね。行って買いたいんだけど、そういうの私全然詳しくなくって……もし暇だったらで良いんだけど、その辺の事教えてほしいかなって思って」

いいんちょー曰く、直接ｍｉｋｕｒｉ先生と会ってお礼が言いたいんだとか。あとはネットで知り合った、前にも話に出てきた『箱推しのお姉さん』と『ガチ恋ネキ』さんとやらとオフ会するかもってことらしい。

「あなたも詳しいみたいだから、良かったら一緒にどう？　私も見知った顔がいた方が色々と安心というか……」

そんな上目遣いでこっちを見ないで、いいんちょー。流石に箱推しファンとかには絶対バレるってば！　ど、どうすれば良いんだ。た、たすけてあーちゃぁああん‼

とりあえず事後通販もあることを教えてあげた。一応現時点では回答保留とさせていただいた。幸い年末は家族で用事があるとか色々言い訳は作りやすくはあるんだけれども……本当に、身バレには気を付けよう。うん……。

とあるリスナーのその後

【10月×日】

「はぁ、憂鬱だなぁ……」

ベッドの上で独り言ちる。すっかり思い通り動かなくなって久しい己の足をそっと撫でてみるが、急に回復したりする奇跡なんてものはない。仮に何かまかり間違って以前のように動くようになったとて、また実家の方と揉め事が巻き起こる事は目に見えているわけで……これが原因で勘当されたことだけは、良かったと思えるようにはなって来た。

ああいった面倒事から解放され、好きでもないひと回りどころかふた回り近く年上の人のところに嫁がされそうになることもなくなったのだから、今の方がよっぽど幸せかもしれない。確かにこうなって苦労はあるし、思い通りにいかない事の方が多いし、普段の生活にだって支障はありまくりだ。それでも……今は割と幸せに過ごせている。他人から見たらきっと今の私は不幸の塊みたいに思われているんだろうけれども。

世間的に見たら怪我で下半身不随になって、婚姻が破談になって、家族からも見放されて——確かに、字面だけ見ると悲劇のヒロインそのものではないか。言うほどヒロイン感はない見た目だし、一発逆転のざまぁ展開があるわけでもないが。そもそも流行りの令嬢物であるならば、婚約した相手がイケメンじゃないとダメだろう。とはいえ、お相手の顔の造形がどうだろうと親が決めた相手と一緒になるのは普通に嫌だよ。

そんな実家のゴタゴタから解放されて充実した生活を送っているはずの私が、何故憂鬱だと天井に向かって呟いているのかというと、それは単純明快。

「もうやだぁよぉ、会社行きたくなぁい」

会社に行きたくない、ただそれだけの理由で駄々っ子みたいに騒いでいた。いや、これ割と私にとっては大きい問題なんだからね？

普段は自宅で仕事をするリモートワークってのを会社に認めてもらってやっているわけだけれども、ただ時折出社を求められることがある。特定の書類提出、人事課との面談等々どうしても必要に迫られることがあるのだ。決して小さくはない企業であるが故に、人事評価制度というものが存在するのだ。面談で仕事の目標などを設定したり、後々それが達成できたかどうかを評価してもらう、昇給だとかに関わるやつだ。更に人事の人は私みたいなのが苦労していないか、不安に思う事はないかしっかり聞き取りをしなくてはならないらしい。

もちろん、私以外の社員さんにもだけれども。年に2回面談の機会があって、前に言ったようにお仕事での評価関連がメインではあるものの、それ以外にも今の部署でも仕事は大丈夫そうか？　もっと他にやりたい仕事があるか？　上司に不満はないか？　などなど、随分とまあ親身になってお話を聞いてくれるわけだ。

この辺は昨今の働き方改革的なあれそれが大きく関わっているとは思うが、末端の身からすると「放っておいてくれ、めんどくさいなぁ」と思う人もいると思う。というか私がまさにそれにあたる。ホワイト企業なのは結構なんだけれど。

ここに就職したのも実家のコネというか伝手（つて）みたいなところがあるので、彼らと縁を切った私を未（いま）だに雇ってくれていることが不思議でならないが……それを理由に解雇しようものなら、現代社会においてはどんな悪評が広まるか分かったものではない、というのが理由なのかもしれない。特に女性で、身体に問題を抱えている——ともなれば尚更（なおさら）に。昨今ではインターネット、特にＳＮＳの普及により社内の問題が簡単に指先ひとつで全世界に拡散されてしまうので、目の上のたんこぶであったとしても受け入れる必要があるというわけだ。

本来はあの家からおさらばした時点で今の会社も辞めるべきなんだろうが、生憎（あいにく）と再就職先を探すのが億劫（おっくう）なので、条件も申し分ない今の職場で頑張る事にした。結局あの人たちの力を間接的に借りて生きて行くしかない、そう思うと途端に胃が痛くなる。縁ってものは簡単には切れないものなんだろう。あの人たちだって自分たちが口利きで入れた会社に、私が今も勤めていることは知っているはずだが……ここまで放置されているところを見ると、手切れ金のようなものなのかもしれない。あるいは自分たちの息の掛かった、目に入る範囲内で余計な事をしていないかを把握しておきたい思惑（おもわく）もあるのかも。そう思うとやはりこうした形で会社に顔を出すのはなるべく避けたい。

会社の人たち自身は別に悪い人たちではない。変な目で見てくる人は当然いる。前にも言ったように実家のゴタゴタ事情は皆さんご存じだし、一部の社員さんしか許されていないリモートワークをやっているし……あとは単純に私を『可哀相（かわいそう）な人』として見てくる人もいる。私はその類（たぐ）いの視線が苦痛なのだ。そういった視線がより自分自身を「不幸なんだ」と思い込ませ

てくるような気がしてならない。、

「嫌だ、嫌だ。あ……もうこんな時間だ。配信、配信」

　随分と手慣れてしまった所作で新たな足である車椅子を引き寄せると、両サイドにあるブレーキのレバーをぐいっと引いて、乗り込んだ時の反動で動かないようにしっかりとロックをかける。足を置いておくフットサポートは乗り込む時に邪魔になるのでどかしておくことも忘れないようにする。普段肘を置くアームサポート部分をしっかりと掴んで乗り込む。慣れてきたとはいえこの時だけは気を抜いてはならない。何かの拍子に地面に倒れたらそれこそ一大事だ。助けに来てくれる家族はいない。そこまで親しい親友もいない——いや、ひとりはいるか……。あいつ大体朝から晩まで匿名掲示板に入り浸ってＶＴｕｂｅｒの配信の実況してるから、絶対暇だし。本当に困ったときは多分頼る事になると思う。自分でも「何かあったら電話1本で駆け付けるぜ」とのこと。そうは言ってくれたけれど、余計な迷惑を掛けることはなるべき避けるべき事だけは確かだ。

　無事に車椅子に乗り込んで、パソコンの前に移動した。しばらく操作を行っていなかったせいでスリープモードになっていたパソコンを、マウスをカチカチと操作して起こしてあげる。お気に入りに登録されているＹｏｕｒＴｕｂｅのトップページに飛ぶとお目当てのチャンネルにカーソルを合わせてクリック。間もなく開始予定との表記がされているので、ギリギリセーフだ。既に見慣れたアイコンのユーザーさんたちがコメント欄に書き込みを始めている。代わり映えしないいつもの面々で逆に安心する。そして配信が開始されるまでの待機時間中に流れる、これまたすっかり聞きなれたフリー素材のＢＧＭ。こういう配信では楽曲を使用するのにも利用料金的なものがかかるらしいのだが、そんな中で製作者さんが自由にタダで使って良いですよって配布している楽曲もある。そして大体の活動者の人がそういったフリーＢＧＭを選択する。なので、有名なやつは本当に様々な配信者さん、動画投稿者さんに使われる事が多いので、最近のヒットチャートよりも耳にする機会が多いなんて事もあり得る。これはＹｏｕｒＴｕｂｅあるあるだと個人的には思う。

『こんばんは。あんだーらいぶ所属の神坂怜です。皆さん今日はどんな一日でしたか。お仕事だった人、学校だった人、それ以外の皆様もお疲れさまでした。夜勤の方はこれからお仕事頑張ってくださいね』

嫌な事があるときは現実逃避気味に配信を見るに限る。相変わらず声は無駄に良い。多分、人類には未知の癒やし物質がこの配信からは分泌されていると思う。中毒性があるのか、すっかりこれなしでは生きていけない身体になっていそうな気もしないでもないが……わ、私は悪くないもん。

彼は自己紹介があったように『あんだーらいぶ』というバーチャルタレントグループに所属している男性ＶＴｕｂｅｒ――神坂怜。顔と声がやたらめったらに良い男。超絶シスコンで雫ちゃんという妹ちゃんを誰よりも愛している。家事万能で毎日ＳＮＳではお手製の食事やスイーツの画像がお届けされており、ＶＴｕｂｅｒを知らない主婦層から謎の支持を得ているせいかチャンネル登録者数よりもＳＮＳのフォロワー数の方が多い。やたらに何でも器用にこなせるくらいにスペックが高いのだが、すこぶるＶＴｕｂｅｒに向いていない。料理ジャンルなんて顔出しの配信者ならもっと数字を取れただろうに……大体何でもできる事から『バズる事以外は大体何でもできる』とか言われている。

あと毎月のように炎上している。女性Ｖと仲良くしているから、ろくな証拠もないのに情報をリークしたとか、そんなどうしようもない理由で常にアンチに張り付かれて誹謗中傷されている。普通の人ならそれで心を病むところだが、Ｖとして活動する前にブラック企業で働いていた経歴や、それ以前にもおよそ思いつく限りの不幸をその身に受けた結果、炎上などなんのその。批判されることが凄く当たり前、他の人より自分が叩かれるべきと思っている。そのくせ他人がそんな立場にあると、自分の身を顧みず誰彼構わず救い出そうとする。まあ、私も救われてしまった側なのだけれども……。

その後、申し訳なさから仕方がなくこの人の配信を視聴するようになったわけだ。特にこの人が好きだとか、そういうわけではない。単なる借りを返す的な意味合いであって、甘酸っぱいものじゃあない。確かにＶＴｕｂｅｒの中で一番推しているという事であればこの人なんだろうけれども。

あ⁉　ガチ恋？　そんなんじゃあない。馬鹿な事言うもんじゃないぞ。

『今日は『ウォッシングシミュレーター』をプレイしていきたいと思います』

「虚無配信者がまた虚無ゲーやろうとしてる……」

「実質雑談配信になるのが目に見えている件」

「なんで昼間掃除とか家事してるのにこのゲーム選んだし」

「ゲームの中でまで掃除するんか（困惑）」

『配信用のサムネイル作成している最中に私も同じ事思っていましたね。このゲームについて簡単に説明しますと——高圧洗浄機を使って汚れを落として報酬を獲得、その報酬として得たお金を使って掃除用具を購入したり、強化したりして、新しい清掃のお仕事へ……といった具合ですね』

画面内では、泥だろうか、赤黒い色に染まった車に向かって洗浄機のノズルから水が噴射されている。しばらく水を当てているとピカピカになった。何というか凄い地味な絵面だ。画面映えもお世辞にも良いとは言い難いのだが、チマチマ何か作業をするのが好きな人にはこれはたまらないゲームなのかもしれない。

『実は高圧洗浄機ちょっと欲しくて悩んでるんですよ』

[お、おう……]
[そんな事だろうと思ったよ!]
[圧力鍋の次は高圧洗浄機か]
[草]
[お前は一体どこへ向かっているんや……]
[主夫やろ、そりゃ]

『家の外壁と塀の汚れとか気になってるんですよね。中々取れないじゃないですか、あれ。あと洗車にも使えるって事だったので、我が家には2台自家用車がありますので、あったら便利かなぁと思いましてね』

相変わらず所帯染みた事を言っており、その平常運転っぷりに安心させられる。この人の配信は特別腹を抱えて笑って、嫌な事を忘れさせてくれたりとかするわけではない。そういうのは同じ事務所に所属しているラギ君の領分だろう。この人の配信はつまらない——とまでは言わないが、面白おかしく常に笑えるものではない事だけは確かだ。でも説明は難しいが、見ていて安心感を得られるのはこの人の配信だけだった。同業者だけではなく、ただの視聴者であるこちらにまで無駄に気を遣ってひとりひとりと向き合おうとしてくれる。

［配信はじまってたのか。今度は清掃員に再就職したんか］
［割とありそうな再就職先である］
［スキルを活かすという意味では、そっちか飲食店あたりか？］
［どっかの名家の使用人とか向いてそう、執事服持っとるし］
［年下のお嬢様に振り回されるところが見たいっすね］
［わ　か　る］

『再就職先もいずれは考える必要ありますよね。主に収入面で』

［草］

［じゃあスパチャ投げさせろ（定期）］
［毎秒ボイス出して、どうぞ］
［配信頻度は落ちても良いから、頼むから辞めないでくれ……マジで］

『活動していて楽しいので辞めるつもりはないですよ。しかし、清掃員さんって結構重労働ですよね。私、自分の家だけでいっぱいいっぱいなところがあるんですが、ビルに入ってる清掃員さんとか人数少ないのによくやるなぁ、とは前の職場で思っていましたね』

流れに乗って「明日会社に行きたくない」とコメントを投げてみる。あわよくばなんか反応してくれるかな、という不純な動機があったけれども、そのくらいどこの視聴者だってやってることだろう。だから私は悪くない。

［明日会社行きたくない……］
［わかる］
［めっちゃ分かる］
［働きたくないでござる］

『どういったお仕事であれ悩みや嫌な事はあるものですからね。皆様も日頃のお仕事や学生生活もがんばりすぎない程度にゆるっとやって行きましょう』

［お前って本当無駄に頑張れって言わないのよな］
［頑張りすぎるの良くないってのは毎回言ってるよなぁ］
［実体験のせいか言葉が重いんよ、お前］
［そもそも過去が重いんだよ！］

『もう頑張っている人にもっと頑張れって言うの酷じゃないですか。それに、過去があるから今があるって言うのであれば、それも無駄じゃなかったとは思えるくらいにはなりましたからね。皆様には本当に感謝してもしきれませんよ。皆さんや、事務所の人たち、私に関わった全ての人に対してまだ何ひとつお返しできていないですし』

［本当にお前そういうところやぞ！］
［そういうのは返す、返さないの問題じゃないんや……］
［それ言うたら、こっちだってお前に何も返せてないってばよ］

この人のこういうところ、いつかは改善してあげたいものだ。というか、この人が幸せになれない世界とかそれこそおかしいでしょ。私に限らず彼の視聴者の大体の総意がこれだ。
本当に、こういう感情を抱くことになるＶＴｕｂｅｒなんてこの人くらいでしょうよ。

【１０月×日】

「はぁー……結局、陽(ひ)はまた昇るわけよね」

とはいえ、世の中にはそんな憂鬱な気持ちを抱えて働いている人も大勢いる。昨日アドバイスをもらった通りに頑張りすぎないようにゆるっとやってみよう。

公共交通機関で移動するが、やはりこの姿であるとどうしても目立ってしまう。ただ、幸いなことにホームと車両の隙間を狭めてくれている場所が設けられていたり、車内でも車椅子で待機できるようなスペースが設けられているので、乗務員さんに余計なお手間をお掛けしないで済むのは心苦しくなくて良い。それでも周囲の視線が気になる事には変わりはないけれども。怪我をするまでは通勤時ワイヤレスイヤホンで音楽など聴いていたけれども、流石(さすが)に車椅子状態でそれをするのはよろしくはないだろう。何かあった時に対応が遅れるとそれこそ命取りになりかねないし、人とぶつかったりすると相手にけがを負わせてしまう可能性もあるわけで……大袈裟(おおげさ)かもしれないが外では控えているというわけだ。

本来であればあの人の配信アーカイブやマンスリーボイスなんかを聞いて心を落ち着けたいところであるが、それはできないのでカバンの中に忍ばせておいた彼のグッズである缶バッジをそっと一撫でしてから、スマホで今日は何を投稿しているかと確認する。プライベート用ならグッズをバッグの表面に堂々と付けているところだが、生憎と職場にそれを持ち込む勇気はない。こういうのが好きだという事をそもそも職場の誰にも知られていないし、未だに胸を張って好きと言える勇気がない。

だってなんだかんだ言ってもハードル高くない？　週刊誌連載の漫画や国民的アニメのグッズならば知名度としても申し分ないし、サブカル趣味ではない人も「ああ、あの作品ね」みたいなノリになるけれども、ＶＴｕｂｅｒはジャンル自体が一般にはまだ広く認知されていないのが実情である。

好きなものを好きと言えないなんて間違っていると言われるかもしれないけれども……だって、恥ずかしいんだもん……。

通勤だけで随分と体力消費させられた末にようやく営業所のあるオフィスビルに到着した私。既にもう帰りたい。早く帰りたい。自宅で1日分の仕事終えた時よりも疲労感が高いような気もする。もうやだ、早く家に帰って、今日のお昼に配信するってあの人が言ってたゲーム配信を見たい。

「おー、久しぶり」

「こ、こんにちは」

「はいはい、こんちゃこんちゃ」

ビルのエントランス部で憂鬱モードになっていたら滅茶苦茶軽い(めちゃくちゃ)ノリで話しかけられた。聞き覚えのある声、同じ職場の女性の先輩。私が怪我をする前と変わらないようなそんな様子でいてくれる数少ない人であるが――。

「おっしゃー、どけどけぇ！　お通りだぁ！」

「や　め　て」

気を遣ってくれているのか、寧ろ元々の愉快な性格上の言動なのか分からないが、目立つのはなるべく避けたい私の思惑とは裏腹に、車椅子でも移動しやすいように人払いをしてくれる先輩。一瞬後ろにある介助者の人が持つために据え付けられているグリップを手に取るような素振りを見せたが、私の「結構ですよ」という表情から察したのかパッと手を放してニコリと微笑んでみせた。

私よりも年上の人のはずなんだけれども、本当に子供みたいな屈託のない笑顔で、見ていて気持ちが良いくらいだ。彼女はビジネススーツをきっちり着こなすバリバリのキャリアウーマンって感じの人。可愛い系ってよりはカッコいい系で、女性に人気がありそうなタイプの人。私も入社当初には教育係としてお世話になった記憶があって、出世頭と言われながらも前から社内のポジションは変わっていないような気がする。

「随分印象変わったたね」

「ま、まあ、自分の足で立ってないですし……」

「違う違う。何というか、雰囲気？　それにあなた思ったより可愛い顔してるわね。童顔だし。大学生とか高校生とかに間違えられそう」

「童顔なのは多少自覚はあるので否定はしないですけれど、可愛い云々は一体どういう事なんですか」

「ほら、髪切って結構印象変わったし。メイクも仕方も変わったのか垢抜けたみたいな？」

「前が見えないと危ないんです、こんなのだと。自然と顔面が出るので、多少は小綺麗にしとかなくちゃだし……」

「へー、なるほどぉ。道交法的には車椅子は歩行者扱いではあるけれども、確かに操作謝ると自分にも相手にも怪我を負わせかねないからねぇ」

最初は自転車と同じような軽車両みたいな扱いかと思っていたんだけれども、お年寄りがよく乗っているシニアカー同様に歩行者扱いらしい。まあ、そりゃあよくよく考えてみたら、こんなので車道の脇を使えって言われても困るし、歩行者扱いなのは至極当然なんだけれども。

「あたしはてっきり男でも出来たのかと思ってた」

「ごっほごほ！　な、な、何言うんですか先輩……私に相手がいたら寿退社コースですよ、若干肩身狭いですし」

「はっはは、そりゃあそうか。陰口叩く子いるもんねぇ。総務のあの子とかでしょー」

「先輩先輩、声大きいですってば！」

「言われっ放しで我慢してたらストレスたまるからぶちまけときゃ良いのよ。どうせたまにしかここに来なくて良いんだからさ」

「えぇ……そこは普通社内の円滑なコミュニケーションが――みたいな事を言うところじゃないんですか」

「人間だしどうしても好きになれない人っているわけよね。相手の方から嫌ってくるんだったら無理に取り繕う必要もないでしょ。よく文句言ってるのをオフィスの隅で聞いているこちらとしては、そのくらい言ってやっても良いって思うよ」

彼女の言う事ももっともだが、代わりに自分の想いを代弁してくれたみたいで少しだけ心がスッキリしたような気もした。でも、この人こういうところがあるから出世できていないのでは……？　結構上司にもバンバン物申すタイプで、味方も多いが敵も多いんだろうか。あえて出世したくなくてそうしているという噂もあるが、真実は彼女本人しか知る由はないし、そこまで深入りするつもりも毛頭ない。

「んー、じゃあさぁ」

「なんですか、意味ありげな表情で」

　何か企む様な悪戯っ子みたいな表情を浮かべてから、他の人には聞こえないようにそっと私の耳元で先輩が囁いた。

「好きな人できた？」

「…………」

　思考が停止した。好きな人……？　一瞬だけ、どこぞの超絶シスコンで、バズる以外なんでもできる系の男性ＶＴｕｂｅｒのガワが脳裏に浮かんだけれども、それはきっと気の迷い、勘違いに決まっている。ファンであることは認めよう。推しである事も認めよう。ただ……そういうのじゃあない。好意はあってもそれは恋愛的なものなんかじゃない。あっちゃいけない。仮にあったとしてもそれは決して叶わぬ願いであり、私なんかじゃあの人をきっと幸せにできないじゃないか。だからそれは――それだけはあり得ない。あっちゃいけないんだ……べ、別にそもそもの話、私があの人の事を好きだとかそういう風に思っているわけじゃないし、そこんところだけは勘違いなきように！

「おーい、固まっちゃった。少なくとも社内関係ではなさそうね。社内の人間相手だったらもっとウキウキで出社してて、そんな心底嫌そうな顔してないだろうし」

「……ノーコメントで」

「なるほどなるほど。怪我をしたあなたを優しく誑し込んだ男がいる、と」

「ノーコメントで！」

「人の恋路を邪魔すると馬に蹴られて何とやらなので、止めておきます」

「先輩、後輩からかって遊んで楽しいですか？」

「楽しいよ。貴女の元気な姿が見られてね」

「む……」

「他の連中がどう思ってるかは知らないけれども、少なくともあたしはとーっても心配していました。あぁ、何と優しい先輩なんだろう」

「後半のひと言がちょっと邪魔ですけれどもね」

「ははっ、そうかもね。恋する乙女は可愛いとはよく言ったものね」

なんか似たようなことリハビリの担当看護師さんにも言われたような気がするんだけれども……私ってそんなに分かりやすいのだろうか？　いやいや、分かりやすいじゃなくて！　勘違いされやすいの間違いだ。そこんところはくれぐれも、くれぐれも誤解なきようよろしく。

「つっかれたぁ……」
なんだかんだ言っても終わった後の充足感で今日は気持ちよく眠れそうだ。面談だけで90

分くらいお話ししていた気がするが、これも業務の一環というのであれば致し方あるまい。別に仕事自体が減るわけではないが、元々そんなに根詰めてやらなくちゃならないほど量が割り振られているわけでもないけれどね。勤務時間が考慮されているので、給与自体は以前より下がってはいるが、各種補助は受けられているので生活そのものには支障はない。散財するほどの気概もなければ、切り詰めないと生活が困窮するというほどでもない。ごくごく普通の生活は送れている。ただし将来を考えると胃痛がしそうだが、そこからはひとまず目を背けることにしよう。空いた時間はリハビリのための通院や、趣味の時間にありがたく使わせてもらう事にしている。

まず帰ったら今日のお昼に配信されているはずのアーカイブ動画をチェックしながら、夕飯の準備とかしようかな。アーカイブはひとたび溜まりだしたら消化が困難になってしまうという話はよく聞く。どこぞの友人はデイトレーダーみたいな大量のディスプレイで配信画面を複数表示して視聴して、それでも追いきれない分は別日に再生速度を1・2倍から1・5倍で視聴する倍速視聴ってのをやっているらしい。それでも全てをカバーしきれないとか言っている。でも平日だろうが休日だろうが、そして朝だろうが夜だろうが、いつも某匿名掲示板に入り浸って実況したり他のスレ民やアンチと元気にレスバしているイメージしかない。

「お疲れ。今日この後飲みにでも行く？」

「すみません。この後予定があるんです」

例の先輩が話しかけてくださった。直接の仕事関係以外で話しかけてきてくれるのはこの人くらいのものだ。私から発せられているであろう『近づかないでください』オーラをものともせず、ぐいぐいやってくる。私としては余計に気を配ってもらう方がよっぽどいたたまれない。

あと予定があるのは本当のことだ。さっきも言ったけれども配信を見ないといけないし、今日は前にも言った掲示板に張り付いてるユニコーン女が、どういうわけか我が家に遊びに来るらしい。大して広くもない部屋に来て何が楽しいんだか分からないが、以前彼女の家に遊びに行かせてもらったことがある手前、断るのも失礼な話だろう。送迎付きでどえらい豪邸に連れていかれてビビり散らかしていたけれども。所謂庶民生活的な物を楽しみたいっていう、漫画とかでよくいるセレブキャラみたいなあれだろう。だが……Ｖ以外にも新作アニメや漫画のチェックも欠かさない筋金入りのオタクで、その財力に物を言わせたように映画館を貸し切りにしたり、ゲームセンターに置いてあるようなゲーム筐体を個人所有していたりとか、ハチャメチャなお嬢様だ。この人、出てくる作品間違えているような気がするし、そもそもどこからそんな時間を捻出しているのだろうか。彼女だけ１日が４８時間くらいあったりしない？

「やっぱりかぁ」

「やっぱり？」

「休憩時間とかずっとスマホ見て笑ったり、神妙な表情してたり百面相してたから。それ関係なのかなぁと」

「そ、そんな顔してましたか、私？」

「してた。超してた。あなた自分が思ってる以上に分かりやすいから。プライバシーを詮索するとハラスメント云々言われそうだけれどもすごく気になっちゃう」

「む……ちょ、ちょっと人が遊びに来るのと見たい配信があっただけです。ちなみに遊びに来るのは女子ですよ、女子」

　こうしておかないと男だとか詮索されてしまいそうなので、先んじて釘を刺しておいた。

「配信ってＹｏｕｒＴｕｂｅのライブ配信ってやつ？」

「ええ、そうですよ」

「あたしあんまりＹｏｕｒＴｕｂｅとか詳しくないんだよね。あ、あれか。アイドルとかやってるようなやつだ、視聴者数がどうこうとかネットニュースで見かけた気がする」

「まあ、だいたい似たようなものですかね」

　アイドルとは正反対みたいな存在だけれども、素のスペック自体はその人たちと割と遜色ないような気がする。女性向けのファンサが物足りない感は否めないが、そういうところ含めあの人の魅力なんだと個人的には思っている。変に着飾ったりせず、本当のありのままって感じが良いと思う私たちみたいな人だっているってこと。

「流行りの推し活ってやつだ」

「そんなところですね、はい」

「どんな子？」

「……他の人に言わないでくださいよ…………？」

　この先輩ならからかったりすることはないだろうし、親身に声をかけてくださった恩もあり無下にはできない。あの人――神坂怜のＹｏｕｒＴｕｂｅのチャンネルのトップページを表示させて、先輩にだけ見えるようにずいっと差し出す。

「あ、イケメン。うちも従妹がこういうの好きで確かハマってたはず。箱推し云々言ってた」

「従妹さんとは仲良くなれそう」

意外なことに先輩の従妹さん、お母さんの妹さん？　だったかのお子さんもＶＴｕｂｅｒにハマっているらしい。身近なところでこういうのが好きって人は中々見つけられないのでちょっとだけテンションが上がってしまった。この趣味で話す友人って例のあいつくらいしかいないわけだし、ネットで顔も知らない同好の士で盛り上がるのも良いが、面と向かって趣味の話をするのもとっても楽しいものなのだ。

「あたしとも仲良くしてよぉ」

「充分親しくしているつもりなんですけれども。えっと……あの……次は事前にお誘いいただければ時間空けておきますから。そ、それじゃあ。お疲れ様でした！」

「ふふっ、はーい。次に会えるのは大分先になるかもだけど楽しみにしとくね。愛いやつ、愛いやつ」

逃げるように車椅子を目一杯走らせるが、私の腕の力や回転率なんてたかが知れているので、これっぽっちも逃げられていないし、中々エレベーターが来なくて気まずい。

「背中で気まずいって語ってる」

「先輩、自覚あるのでやめてもらっていいですか!?」

次回会社に来るのが億劫にならずに済みそうで、それだけは本当に良かった。

「ごきげんよう」

「うっわ、びっくりしたぁ。どこから現れたのよ」

「どこって近くのパーキングでセバスに車で送ってもらったから。見えないだけで近くに待機してるから指を鳴らせば来るけど」

「なにそれこわい」

「まあ、冗談だけど」

「冗談なの⁉」

「当たり前じゃない。幾らセバスでもそんなことはできないわよ。せいぜい鋼で出来た糸を武器に戦うくらいよ」

「それはいくらなんでも冗談でしょ」

「うん。本当は柔道と合気道とボクシング経験あるくらいだから」

「セバスさんのスペックどうなってんの……」

「本家に仕えてくれる人材の中でもとびきり有能だったからねぇ」

同じ趣味でSNSを通じて知り合って、実際に夏の同人誌即売会でオフで会ったこともある。それ以降ちょくちょくこうして会うようになった。そしていつの間にか机や椅子、アフタヌーンティースタンドまで我が家に持ち込んでくるようになった。同じ趣味とは言っても共通点は『VTuberの配信を視聴している』ということくらいで、お互いの推しは異なる。この女は基本的に可愛い女の子が大好きな性質で、複数人、あるいは箱単位で何人、何十人と追いかけている。一方私の方はひとりを推すのが精いっぱいだ。時間的にも気持ち的にも。

ちなみに彼女の箱推しの中には『あんだーらいぶ』が含まれており、口では文句を言う割にあの人の配信まで律義にチェックしている。よくわからない女だ。ちなみにセバスって言うのは彼女の執事さん。本名が瀬場なのでセバスってことらしい。あとはお付きメイドとしてメイさんという女性もいらっしゃる。

「ぐふふ、おなごのへやじゃあ。ええかおりじゃぁ」

「気持ち悪いからやめて」

「ごめんて、冗談だって」

「あんたが言うと冗談に聞こえない」

「こんなにも清楚で可憐な乙女を捕まえておいて何てこと言うのかしら」

「ヒント、普段の言動」

「リアルでは割と真面目にお嬢様やってるんだって。親しい人やネットの世界でくらいはっちやけちゃったたって良いじゃない」

「だからって加減ってものがあるでしょうが。ネット取り上げたら生きていけなそうよね」

「絶対死ぬ。常にパソコンかスマホが手元にあってネット環境がないと生きていけないの。アニメや配信も実況スレと一緒じゃなきゃヤダヤダヤダァ‼」

「いやだな、こんな駄々っ子」

「お菓子コーナーで『買って買って』言ってるキッズのように純真無垢で可愛らしいワイに対してなんて事を言うんだ」

「純真無垢の正反対でしょ。不純と煩悩をそのまま人の形に押し込めたのがあんたでしょうに」

「キッレキッレで草」

残念女。こいつをひと言で表すならこれ以外ないだろう。見た目だけはやたら良いのに、少し前にも説明した通りの奴なんだが……ご立派なお家柄なのに、どうしてこんなネットスラングを常用したり、匿名掲示板で他のスレ民とのレスバが日常になったりしてしまったのだろうか。真面目すぎる教育方針や、ストレスの反動でこうなってしまったのかもしれないが、少なくとも人生は謳歌してそうなので詮索はしない。

「質素な生活感があって良いよね」

「なによぅ、そっちに比べるとどこの家だって質素よ」

「こういうのの方が生活しているって温かみがあって良いよねってこと。ゲームあんまりしないのにゲーミングパソコンがあったりするのは野暮な突込みってことか」

「ゲームくらいするってば。銃撃つやつとか」

「Ｖｅｒｔｅｘか。せめてＦＰＳって言おう。あわよくば野良で一緒にマッチングしないかなとか考えてるな、この女。しかもパソコンもどこぞの奴が紹介してた機種だし」

「なによぅ、悪い？」

「非常に健全な推し活だなあ、と思いましてね」

丁度パソコンが古くなったから、高画質の動画視聴やゲームができないくらいにポンコツになっていたノートＰＣから据え置きタイプのゲーミングＰＣに買い換えをした。ＮＯＶＯＬというＢＴＯメーカーのもので、いつぞや彼が案件配信で紹介していた機種になる。推しが作ったプレゼンテーション用パワポを見てパソコンを買う人なんてかなりの希少種ではないだろうか。あの人のファンなら買ってる人もそれなりにはいそうだけれども。

「普段音楽とか聞かないのに、ヘッドホンもコスパ高くて高品質で有名なやつだ。低音もしっかり響く。いやぁ一体何を聞くためなんだろうなぁ」

「ボイス聞くためとか、別にそういうわけじゃあないもん……」

「脱サラのボイスやたら評判良いよなぁ。一時期妹ちゃん身バレの件で詫び購入したことはあったけど、結局聞いてないわ。シチュボっぽいとはよく聞くけど」

「感想とか聞かれても答えないわよ」

「いや、別に必要ないってば。ＳＮＳでご丁寧に感想用ハッシュタグ付けて投稿してるから、知ってるし」

「ごっほごほ」

　思わず咽せた。確かにご指摘通りではあるが……毎月ボイスは発売日の日付が変わった瞬間に販売サイトで購入して、当日のうちに視聴。何度か繰り返し視聴してから、感想をメモ帳に書いておいてボイスの感想を投稿する専用のハッシュタグがあるのでそこに画像として張り付けて投稿する。

　確かに相互フォローしている間柄とはいえ、そこまでチェックされているとは思わなんだ。ちなみに今月のテーマはハロウィン。あんだーらいぶは各々自分で台本を用意したり、スタッフさんや所属Ｖでもある羽澄咲ちゃんが手掛けたりもするらしく、ボイスのテーマ自体は自由にどうぞってスタイルみたい。彼の場合は妹の雫ちゃんが毎月気合を入れて書いているらしく、毎月その季節に合わせた内容となっている。ちなみに他の人だと季節感皆無（かいむ）の遊園地に遊びに行く、部屋の片付け、反省文を書いているボイスまであったりする。全部新戸葛音（あらとくずね）ちゃんなんだけどね。

　ネタに走る人も多い中、こうした正統派ドストレートなものを毎月提供していただけるので、雫ちゃんに感謝するばかり。お菓子をあげなかったせいで悪戯されてしまうシーンが特にお気に入りである。あの人普段そんなこと言わなそうだけど、妹ちゃんあたりには言ってそう。

「いつも全文にやにやしながら拝見しております。いやぁ、案外文才あるよね。小説投稿サイトで女性向けの書いて投稿したら案外ウケるんじゃないかって思いますわよ。目指せ書籍化！　コミカライズ化！　アニメ化！」

「全文読むな！　ブロックしてやろうかしら」

「サブ垢で見るから大丈夫」

「全然大丈夫じゃない！　それから無駄に良い顔でサムズアップするのやめて。表情と会話内容の乖離（かいり）具合に頭がバグりそう……」

「うん、それよく言われる。こんなどこから見ても清楚系の子なのに話してる内容が最悪だってね」

「よく言われるんだ」

「うん。セバスとメイに」

「あんた実は人望ないのでは？」

「セバスは一応当家に使えてる人だから……だ、大丈夫だし……それにメイとの間にはお金とう名の絆があるんですのよ！」

「自分で言ってて悲しくないの？」

「ぶっちゃけ悲しい」

「普段の言動に気を付ければ良いだけじゃん」

「これがワイの個性なのよ。それを曲げるのはなんか違くない？　それに猫被るときはしっかり被ってるから。被らなくちゃならないそれが余りにも重すぎて、反動がその分凄いだけなのよ、これは。このくらいはっちゃけないとやってらんねぇ」

「良家のお嬢様も大変なのね」

ちなみに先程話題になったけれども、小説とか書いたことは——ないとは言い切れないのが悲しいところ。黒歴史として、夢小説っていう人気コンテンツのキャラクターとの恋愛ストーリーみたいなのを書いていた事はあるけれども。ちなみに架空キャラの名前を読者側が入力した名前に自動変換するシステムがあって、それで普通の小説の読者さんもより感情移入しやすく楽しめるといったものだ。

「でも脱サラになら悪戯されてもいいって、普段のツンツン状態とボイス感想本文で違いすぎないか？」

「あ？」

「根っこはホント乙女なんやなって」

「はいはいそうですよーだ。耳元で悪戯しちゃうぞ、とか囁いてほしいですよ。どういう悪戯か変な想像とかしちゃいました、申し訳ございませんでした！　これで満足？」

「あ、開き直った」

　悪いか。他のボイス感想出している他の人だって似たような感想上げてるし、感性としてはごくごく一般的なものであることは証明されているわけ。お分かり？

「ちなみにファンの目から見て最近の脱サラ君の配信はいかがでしょうかね」

「まあ、いつも通りじゃない？　あ、でもよくファンスレとかじゃあ『虚無配信』だとか言う人をよく見るんだけれども、あの人たちは多分あの人の配信をずっと見てるわけじゃなくて一部だけ見ただけで判断しているか、そもそも視聴すらしてない人たちだと思うのよね。ずっと見ていればわかる話なんだけれども、言うほど虚無ってわけでもないからね。確かにデビュー当時のアーカイブを見返して見ると、一瞬無言になったりしてたよ。ここは特にゲーム配信では顕著でね、これは単純に配信慣れしていないっていう点もあるんだけれど、ゲームそのものにも慣れていなかった――つまりデバフを2重に掛けられた状態だったわけで……でも自分でもゲームプレイしたりするようになって実感したのは、操作しながらお喋りするのって本当に大変だと思うのよね。話は戻るけれども、昔と違って最近は話が続かなくなったり、無言になっちゃうってことはなくなったよ。話してる内容は確かに地味ではあるけれども、五月蠅く騒いでるだけの配信よりはずっとマシでしょ。そういうのが好きって人も勿論いるんでしょうけれども、私としてはこっちの方が好き。トークテーマの大半が妹の雫ちゃん関連かお料理関係のトークばっかりなのでマイナス評価する人がいるかもだけれども、私としては配信通して楽しそうにやってたからその時点で及第点なんだよ。ここ最近はあんだーらいぶメンバー……特に男子組の話題が自然に出て来たりするのがてえてえ。配信に関係なく仲良く集まって、皆それぞれお互いの活動のスタンスに対してリスペクトしている関係性がくっそ良いよね。何よりやっぱり見てる側としてはあの人が幸せに過ごしてくれることが第一なわけで」

「お、おう……きゅ、急に語るやん。ごめん、愛を試すようなことして」

「自分で聞いてきたくせに。何なら1時間くらい語ってやろうか」

「やっぱ疑いようもないガチ恋ネキじゃん！」

「そんなんじゃない」

恋なんかではない。ただどうしようもなく、心の底から神坂怜というVTuberの幸せを願っているだけだ。恋しているんじゃない。ただ愛しているだけだ。そして、きっとこれはただの気の迷いだ。そうなんだ。きっと。

エピローグ

【10月×日】


「お兄ちゃん、どうしたの？　キッチンで考えるような仕草なんて珍しい」

「うん……？　ああ、マイシスターか」

兄がキッチンで腕を組んで何やら考え事をしているらしい。スマホも片手にしているところを見ると新しいレシピに挑戦しようとでもしているんだろうか？　少なくとも近々でわたしが夕食やスイーツのリクエストをした記憶はない。わたしのお願いを叶えるために過剰に努力したり、頭を悩ませるのはいつも通りの光景なのだけれども……ママやパパはそういうのあんまりしないから、お兄ちゃんがこうしているのは中々珍しい。

「いや、な。今度男子組でオフで会うんだけれども、そこで何を作ったものかと頭を抱えていたところなんだよ」

「悩むポイントが完全に主夫なんだよなぁ……食べたいもの聞けば良いんじゃないの？」

「3人が3人、てんでに食べたいものリスト上げてきちゃったから、悩んでる」

「手料理に滅茶苦茶飢えてるわねぇ」

男子組の3名――兄の所属する『あんだーらいぶ』所属の男性ＶＴｕｂｅｒ、ラギ君、あさちゃん、ミカ君のことだという事はすぐに分かった。ここ最近は毎月……下手すれば隔週くらいのペースでオフで集まって食事したりしている。外食する事もあるが、兄が手料理を振る舞う事も多々あるらしい。その画像がこれまた美味しそうだとあんだーらいぶファンどころか、ＶＴｕｂｅｒに興味がない、存在すら知らないような人からも好評なくらいだ。

　メインはＹｏｕｒＴｕｂｅ上での活動ではあるが、ＳＮＳで話題になる分には良い宣伝になるし、何かが嚙み合えばもしかしたらバズる可能性だってある。たまにレシピを投稿した後にどうみてもＶＴｕｂｅｒに興味ない奥様からお礼のリプを貰っていたりするし……料理する事も好きだし、それで美味しいと食べてくれるのを見るのも好きらしいので、お兄ちゃん的には苦ではないようだ。他の男子組の皆もお手伝いとか兄が好みそうな調味料とかプレゼントしてくれたりもするみたいで、本当の親友同士のようだった。いや——親友なんだろう。きっと。

「でも仲良いよね、あのメンバー」

「そうだね。でもこういう風にプライベートで何かしたりってあんまり経験がないからさ、未だに距離感を測りかねてるところはあるんだけれどね」

「何言ってんのよ。これから慣れていけば良いだけでしょ」

「そう……なんだろうか」

「そうだよ」

　何とも言えない表情。当人的には今の環境は恵まれた環境で、それに甘えている自分を許せないところが心のどこかにあるんだと思う。ふざけんな！　あんな風に誹謗中傷されるようなのが恵まれた環境だなんて満足するな……しないでよ……。

「お兄ちゃん。今ので満足なんてしないでよ」

「……」

やっぱりだ。表情を見ればすぐに分かる。他の人なら、他人なら気付かないかもしれないがわたしが見誤るはずはない。少し疎遠になっていた時期もあるし、社会人になってからは離れて暮らしていたこともあったが、ずっと一緒に過ごしてきた家族なんだから。

「もっともーっと人気者にならなくちゃダメなんだからね」

「そりゃあそうか。仮にも企業所属だしなぁ。一体いつになることやら」

「ずっと応援する」

「お前の声援さえあれば百人力だ」

「でしょ？」

最近確実に良い方向には向かってきているという風に思う。以前までは家族間での会話でも話題はご近所のお話やニュース、家事全般の物が大半であった。でも最近は配信活動やそれに携わる、支えてくれている人たちの話をお兄ちゃん自ら話すことが増えてきてきた。凄い時はたったひとりのファンの人の悩み事にどう応えたものか、どう向き合うべきかについて直接言うことはないが悩んでいることさえある。

わたしはこれまで色々なVを見て来た。好きだったから。そして身内が実際にデビューしてから更にその想いは強くなった。界隈特有の炎上しやすい環境にモヤモヤしたりすることも決して少なくはない。批判する人が多いからって辛くなることもある。家族がその対象になっているのだから、当然だよ。

　でも、今まで沢山の人から裏切られ、利用され、不当に扱われてきたあの人を認めてくれる人がいる。決してそれは企業所属のVとしては多くはないのかもしれない。でも、ファンの人たちの想いの強さはきっと誰にも負けていない。ファンだけじゃない、関わる同じあんだーらいぶ所属の皆やｍｉｋｕｒｉママを筆頭として配信活動を通じて知り合った人たちだって認めてくれている。応援してくれている。やっと、ようやく……両親やわたし以外にもそういう人たちが——そう思うと嬉しくなる。でもまだ足りない。もっともーっと、誰もが認めるくらいになるまでわたしは満足なんてしてやらない。してやるもんか。

「気を遣わせてすまないな」

「わたしたち家族でしょ。そんなこと言わないで」

「家族、か。柊先輩があんだーらいぶメンバーは家族だって言ってたな。確かに言い得て妙だなって思ったよ、本当にさ」

　そんな表情できるんだ。兄の顔を見てふとそんな感想が出てきた。わたしのことを話している時くらいにしか見せない慈愛の籠もったような表情。ああ——本当にあの箱の事を好きなんだなぁと嬉しく思う反面、どこか寂しくも思えてしまう。

「随分と大家族になったねぇ」

「確かに。私がずっとよちよち歩き状態なんだけれど」

「ふふっ、登録者数一番下だもんねぇ。一番年上なのに」

「配信歴で言えば若葉マークだからご容赦いただきたい」

「ルナちゃんとか灯ちゃんは配信初心者だけど滅茶苦茶バズってるけど？」

「彼女たちを引き合いに出されるともうぐうの音も出ないからやめてくれ」

「まだまだ努力が足りないんじゃなーい？」

「ゆるっと頑張ってみるよ」

「ま、人気になるってのはかーなーりハードル高いけれども」

「そりゃあ今の状態見るとそうだろうなぁ」

「でもファン1号であるわたしの期待を裏切らないでよ？」

「ああ、任せとけ」

「言ったなぁ。約束だよ」

「お兄ちゃんがお前との約束違えたことあるか？」

「……怖ッ、シスコン怖ッ‼」

「えぇ……そこは普通感動するところじゃん⁉」

まだ兄のＶＴｕｂｅｒ活動としてはまだ始まったばかりだ。終わりなんかじゃなくて、これからも続く。きっと。ひとりでも多くの人から愛されますように。それが何もできない妹であるわたしの願い。兄がデビューした頃から変わらないものだ。

ま、今月もこの後炎上したんだけどね。約束を果たしてもらえるのはまだまだ時間がかかりそうだなぁ。

あとがき

皆様平素より大変お世話になっております。本作「アラサーがＶＴｕｂｅｒ（ブイチューバー）になった話（はなし）。サブチャンネル」を手に取っていただきありがとうございます。本作は所謂短編集と呼ばれるもので、１～３巻の各種特典や発売記念にＷｅｂで公開したＳＳ、書き下ろしなどを１冊にぎゅっと集めました。当初はこのような短編集が発売される予定はなかったのですが、読者の皆様より発売を望む声が多くあり、この度それが編集さんに所にも届いたみたいです。ＶＴｕｂｅｒ的に言うならスパチャのコメントを事務所が見てた、みたいな感じですかね。それにしてもこの作者特典書きすぎだろ、とか私自身が一番思っています。

なおこの本のタイトルについては、短編集だと味気ないのと、配信をベースにしていてなおかつサブキャラクターにスポットが当たるという意味合いも込めてサブチャンネルとさせていただきました。プロローグ以外は全部主人公以外の視点でお話が進みます。普段は基本主人公の一人称で語られるので、どうしても掘り下げ辛いシーンやエピソードをこうした形で補完しています。第三者目線だと脱サラの異常性であったり、彼がこういう風に見えているんだっていうのが表現できるので書いている私も新鮮な気持ちで執筆に臨めました。私自身筆がそこまで早いわけではないので、本当にひとつひとつに思い入れがあります。特に初めての長編特典だったｍｉｋｕｒｉ視点のお話は特に気合を入れて書いていました。ぜひ皆さんに楽しんでいただければ幸いです。

また、犬威赤彦(いぬいせきひこ)先生によるコミカライズ版の連載も始まっておりますので、書籍版と共に脱サラの配信活動を見守って下さると嬉しいです。今年の１０月７日に第１巻が出るらしいですよ、皆さん。そちらもどうぞよろしくお願い致します。

そして毎度のお約束ではありますが、本作の出版に携わっていただいた出版社の皆様、素敵なイラストを提供いただきましたカラスＢＴＫ(ビーティーケー)先生。そして手に取って下さった読者――脱サラリスナーの皆様に改めて感謝を。そして次巻でまたお会いできる事を願っております。

アラサーが$\overset{\text{ブイチューバー}}{\text{VTuber}}$になった$\overset{\text{はなし}}{\text{話}}$。サブチャンネル

2024年9月30日　初版発行

著　者　とくめい
イラスト　カラスBTK
発行者　山下直久
発　行　株式会社KADOKAWA
〒102-8177 東京都千代田区富士見2-13-3
電話 0570-002-301（ナビダイヤル）

編集企画　ファミ通文庫編集部
デザイン　横山券露央（ビーワークス）
写植・製版　株式会社オノ・エーワン
印　刷　TOPPANクロレ株式会社
製　本　TOPPANクロレ株式会社

●お問い合わせ
https://www.kadokawa.co.jp/（「お問い合わせ」へお進みください）
※内容によっては、お答えできない場合があります。
※サポートは日本国内のみとさせていただきます。
※Japanese text only

 ISBN978-4-04-738047-9 C0093　定価はカバーに表示してあります。